陌生人
STRANGERS

陈研一 著
CHEN YAN YI

北京联合出版公司
Beijing United Publishing Co., Ltd.

图书在版编目（CIP）数据

陌生人 / 陈研一著 . -- 北京 : 北京联合出版公司，2023.4

ISBN 978-7-5596-6747-2

Ⅰ . ①陌… Ⅱ . ①陈… Ⅲ . ①长篇小说—中国—当代 Ⅳ . ① I247.5

中国版本图书馆 CIP 数据核字（2023）第 038736 号

陌生人

作　　者：陈研一
出 品 人：赵红仕
选题策划：雁北堂（北京）文化传媒有限公司
责任编辑：徐　樟
特约策划：施玉环
特约编辑：李　萌　胡月然
封面设计：八牛 · 设计 34508448@QQ.com
版式设计：冉冉工作室

北京联合出版公司出版
（北京市西城区德外大街 83 号楼 9 层　100088）
天津雅图印刷有限公司印刷　新华书店经销
字数 259 千字　880 毫米 × 1230 毫米　1/32　10.75 印张
2023 年 4 月第 1 版　2023 年 4 月第 1 次印刷
ISBN 978-7-5596-6747-2
定价：49.80 元

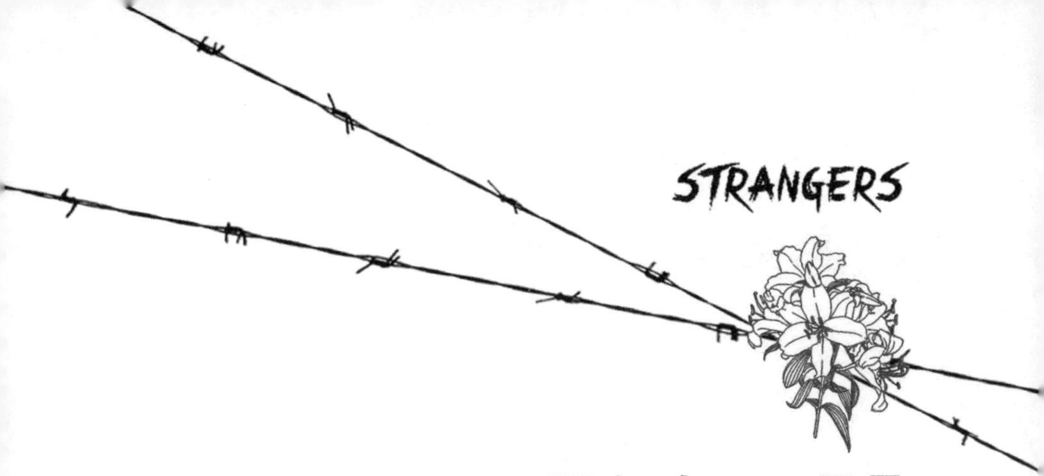

STRANGERS

陌生人　目录

STRANGERS

陌生人　　目录

楔子

从起手第一个脚灯出发，邓丽娟往左踮了二十四步，转身站定。根据刚才的测算，这里正是舞台中央。

已是深夜，台下阴沉黑暗，剧场外说不清是路灯还是月亮施舍的光，夹杂着凛冽的雪花，如遁贼般从观众席两侧高墙上的窗户溜进，鬼魅般附着在她双脚所穿的鲜红芭蕾舞鞋上，氤氲起一团亮眼的红雾，迷离惝恍，如梦似幻。

邓丽娟冲观众席微微颔首，深吸一口气。伴随着粗重的呼吸，脸上那层劣质粉底有些脱妆。她没有在意，挺起胸，脊椎向上尽力拉直，手起二位，双腿并拢，脚于踝处打开，站于一脚位。她就像一名即将接受将军检阅的骄傲士兵，脸上因为紧张抑或是兴奋，涨得通红。

音乐在这时响起。

最先流淌出来的是提琴二重奏，悠扬缠绵，像一对难舍难分的恋人在低语。邓丽娟下意识扭头，瞄向观众席一层和二层中间过道的墙壁——墙上钉着一幅一人高的宣传剧照，照片中是一男一女两位身着纯白色芭蕾舞服的舞者。女舞者单脚踮起，神态倨傲，对一切不屑一顾；男舞者半跪于地，痛苦凝视着女舞者，像是在渴求着女人的解救。

邓丽娟像是受到刺激般，双目死死盯住照片上的舞者，憋住一口气，腰部肌肉收紧，如同被人用力捶了一拳，同时身体微蹲。就在这一刹，她猛然一跃，瘦小的身躯艰难腾空，鲜红的舞鞋在空中画出一道并不标准的半圆后，不算轻盈地落地。至此，她终于完成了一个笨拙的小跳。

如雷的掌声响起。

远处天空中烟花升腾后“砰砰”的爆炸声传到剧场里，在还未完全亮起来的清晨的空中绽放。

今天是二〇一六年的最后一天，为了配合星港今晚的元旦晚会，国际会展中心专门在广场上举行了礼花鸣放仪式，这一切原本与邓丽娟无关，只是此刻听上去，极像是在为她欢呼。

邓丽娟收起思绪，屏气凝神，双脚前后微开，换成二脚位，再次踮起了脚尖。只是此刻，脚踝已经支撑不住她的身躯，没几秒，她的额头上就开始沁出细细的汗珠。

好在音乐声适时由小变大，鼓点骤起，把提琴声完全淹没，一浪一浪地敲击着她的鼓膜。邓丽娟像是在积蓄能量一般，缓缓退后了两步，紧接着小跳步快速向前，姿态笨拙得像是装满了水却未立稳的水桶般摇摇晃晃，仿佛随时会跌倒在舞台上，将狠狠憋着的那口气倾泻而出。

“大跳！”

她低喝出声，双腿同时用力紧绷，高高跃起，在空中艰难画出了一个“一”字。

“砰！”

果然没站稳。

落地的瞬间，她一个踉跄，膝盖重重砸在地板上。因为动作过大，上身那件劣质皮衣腋下处撕裂开来，露出了里面玫红色的起了球的毛衣，反光皮裤的膝盖处也剐蹭出一个一元硬币大小的破洞。

她喘着粗气爬起来，难堪地笑了。还好，耳边欢呼声依旧热烈，远处的烟花声也愈发密集，没有人介意她这套业余的舞蹈动作。

“谢谢大家。”邓丽娟认真地冲台下九十度鞠躬，这才小心翼翼地把舞鞋脱下，收进了口袋中。

“演出”告一段落，窗外的雪花也越飘越大，室外已被盖上了一层厚厚的白色。剧场内一千四百多个空荡荡的座位在反射进来的月光下若隐若现。

“谢谢大家。”邓丽娟再次冲着空无一人的剧场鞠躬道谢，接着摘下耳机，怔怔望着窗外白茫茫的世界。舍不得下台——奇怪啊，今年的雪下得又早又急，还没到一月份，就一场接一场，已经有很多年没有见过这么大的雪了……

“嗡”的一声，手机的振动让她回过神来。她低头看了一眼，是一条新闻推送，图片中是一具被模糊化处理的男性尸体，新闻标题耸人听闻——《渣男杀手重现江湖，下一个死于非命的男人会是谁》。

“‘渣男杀手’……”邓丽娟看向身后——舞台正后方离她不到两米远的地方，十二个煤气罐子整齐地围成了一个圆形，中间有一个被捆住手脚、嘴里塞着毛巾的男人，正不断挣扎着、呜咽着，惶恐地瞪着眼睛看着邓丽娟，像是在看一个吃人的妖怪。

“轰！”

又有烟花的爆炸声传来，在空荡荡的剧场发出一阵“嗡嗡”的回声，像是在为邓丽娟践行。她又回头看了一眼过道上的海报，终于扯开了堵在男人嘴里的毛巾：“我跳得好吗？”

"你……你……"男人大口吸着刺骨的冷空气，没顾得上回答邓丽娟的问题，只是惊恐地看向对方，脸色惨白，冷汗涔涔，"你……你到底要干什么？"

"放心，马上就让你解脱。"

邓丽娟不再搭理男人。事不宜迟，她从每个煤气罐的阀门处扯出事先绑好的引线，像编辫子一样把所有引线拧在一起，拧成一股拇指粗细的粗绳。

"放过我，我求求你……我求求你……"男人愈发惊恐起来，像一只待宰的猪，嘴里发出刺耳的声音。

邓丽娟充耳不闻，小心翼翼地抓着编好的引线，跳下了舞台。

"我知道错了，求求你放过我，我以后再也不敢了！"男人哀号着，止不住抽搐起来，对死亡的恐惧让他失禁，一股尿骚味飘了过来。

邓丽娟厌恶地看了男人一眼："已经晚了，你不应该一而再再而三地……"

"小兔子乖乖，把门开开，不开不开就不开……"

稚嫩的儿歌声打断了邓丽娟，是她的手机响了。她停下手中的动作，从口袋里掏出手机，看了看上面的号码，犹豫了一下，将电话挂断了。

"小兔子乖乖，把门开开……"

电话铃又一次响起，这次是另一个号码打来的，不过邓丽娟依旧挂断了。

"小兔子……"又是一声。

她干脆将手机关机，看着屏幕彻底变黑后，将手机放回了口袋，顺便从中掏出了打火机。

一张照片因为她的动作从口袋里被带了出来。照片过了塑，但依旧泛黄，显然有些年月了。照片里的四个女人穿得大红大绿，很是喜庆，勾肩搭背地站在一栋两层红砖小楼前，冲着镜头笑开了花。

照片上还有一行不知是谁写的字：天下姐妹是一家。

邓丽娟怔怔地看着照片上的这行字，心头涌起一阵苦涩。

“到此为止吧。”

邓丽娟终于按下了打火机——照片即刻被点燃，四张笑脸在烈焰中灰飞烟灭，拇指粗的引线随即被照片引燃，“呼呼”冒着火星，像一条吐着芯子的蛇，飞速往男人的方向窜过去。

“轰！”

远处，烟花升腾而起，在雪夜中肆意绽放，灿烂辉煌！

第一章 连环凶杀

牌坊后的一大片低矮破旧的房屋在夜幕中若隐若现，

远远看去，像是一座座隆起的坟包。

01

雪虐风饕，好不容易停了大半天的雪，临近傍晚时分又下了起来，还越下越大。

晚上六点，天已经黑透，张国栋从总局停车场甬道出来，步履飞快，踩在高度没过脚踝的积雪上，发出“咯吱”的声响。

整个世界一片耀眼的白，这位连续两天没有休息过的公安局副局长，被车灯的光刺得有些晃神。

作为一个纯正的南方人，张国栋的记忆里，这么大的雪，除了早年去北方某镇抓捕一个跨省逃犯时见过外，再往上倒腾，就要追溯到他还在老家村头上小学的时候了。

这位如今令整个湘省作奸犯科、鸡鸣狗盗之辈都闻风丧胆的张副局长，当年还只是个挂着鼻涕泡的顽劣少年。每回年关临近，他最期盼的便是跟着父辈们赶山。那时的自然环境更加原生态，漫山白雪之中，多的是野鸡野兔。

野鸡相对机敏，人一靠近，便会起飞，需要用鸟铳才能击落，小娃自然没有使用鸟铳的资格。

野兔不同。都说狡兔三窟，但村上的赶山老手都知道，其实兔子认死理，从窝里出来觅食走的哪一条道，回窝也是哪一条道，单线来回，绝不逾越。所以只需循着脚印，必定发现兔窝，再放狗一吠，兔子便吓得不知所措，径直呆愣，七八岁的小孩都能手到擒来。

冬末春初是野兔的发情期，运气好点，一次能端一窝。宰杀干净，放点盐巴、葱、蒜等简单作料，小火慢烤，味道鲜美无比。在那个缺少油水的年代，这对张国栋来说，已经是难得的饕餮大餐了。这些年，雪下得一年比一年少，山里的野兔也早已绝迹。

但今年，似乎又有些不同了。

“张副局长！”警车旁，技术队的队长肖敏才已经领着几个伙计在等着了。

负责开车的小马早就把空调暖风调到最大挡，奈何气温过低，挡风玻璃上的冰壳依旧把雨刮器卡得严严实实。他只好又从食堂提了桶开水，往上一泼，结了冰的玻璃顿时升腾起一片白雾。

顾不上灌进鞋里的积雪，张国栋拍拍车门：“赶紧出发。”

两辆警车一前一后出了警局大院，在白茫茫的城区急速穿行，通向目标的“野兔窝”。

肖敏才手里拿着案情简报没敢递给张国栋。年尾本就事多，再加上三天后元旦庆典晚会的安防工作，张副局长怕是好几晚没有睡过囫囵觉了。他试探地问道：“要不先眯会儿？到了我喊你。”

“不用。”张国栋捂了捂阵阵绞痛的胃部，从中控台上一个常年备着的药瓶中倒了两颗药片就水喝下，伸手接过简报。

其实元旦庆典这事儿，张国栋代表局里提过几次反对意见，连日大雪，天气恶劣，不适宜举办大型集体活动。

市委市政府的指示是：我们理解同志们的顾虑，体谅同志们的难处，但市委市政府刚定下城市发展新基调，要把星港打造成一个集合文化、美景、美食三位一体的魅力新城市，这次元旦晚会就是第一炮。

为了打响这一炮，除了已经敲定的大大小小百来号本地明星外，市政协甚至还联合本地知名企业，花费重金专程邀请了国际排名前三的英国皇家芭蕾舞团来星港演出，共襄盛举。为了增加这场演出的影响力，各大电台电视台已经对它进行了长达两个月的宣传预热，网络上也早炒得沸沸扬扬，人民群众对这场演出可以说是翘首以盼。如今这一切已是箭在弦上，不发也得发。

分管整场晚会安保工作的张国栋无疑是担子最重的人。好不容易把相关工作安排得七七八八，准备迎接新一年的到来，结果今天刚准备回家早些休息电话就响了。听到案情，他差点儿没把手机捏碎。

02

案发地点是一处俗称“牌楼坊”的城中村。这地方张国栋熟得很，是个邻近妇幼保健院和省人才市场的待拆迁区。这两个单位原本就是大量流动人口聚集地，再加上周围还有一大片群租房和一个巨大的垃圾掩埋场，因此，三教九流各色人等汇集于此，治安确实好不到哪里去。

警方也不是没有进行过专项整治，但身处社会底层的待业人口和住不起正规酒店的病人家属们总得有个住处。一来二去地拉锯了无数次，这地界的乱象依旧是野火烧不尽，春风吹又生。只是这么个平日里只会发生些鸡鸣狗盗小案子的地方，居然临近新年闹出了命案。

事发紧急，汇报上来的资料也就寥寥两页纸，张国栋细细翻完，问道："一支队到了吗？"

"到了。"肖敏才点头，"赵队带队。"

新任一支队队长赵亚楠，是年中从邻市公安分局空降到总局的，张国栋亲自拍的板。警队都在传，这是张副局长给自己培养的接班人。

警车一路飞奔，不时有雪花飘下，落在车窗上，又被雨刷器拨开。二十分钟后，车辆穿过妇幼路，亮着"牌楼坊"红灯的仿古牌坊出现在众人眼前。牌坊后的一大片低矮破旧的房屋在夜幕中若隐若现，远远看去，像是一座座隆起的坟包，窗口零星亮着的灯光像极了这坟堆中的点点鬼火。再从岔路口穿过一大片垃圾掩埋场，左右拐了几个弯道后，警车终于停在了一家名叫"圆梦"的旅馆门口。

铁门外，十多辆警车闪烁着警灯，把旅馆围得水泄不通。

张国栋推门下车，抬头一瞄，眉头一蹙——说是旅馆，其实就是本地居民早年自建的那种带小院的两层小楼改造而成的招待所。招牌就挂在院门口生锈的铁门上，白底红字印着"五元住宿，单租月租"的字样，接触不良的管灯，忽明忽暗。

大雪覆盖的小小院落白得像块豆腐，"豆腐"正当中有几行摆着明黄色标记牌的脚印沿台阶而上，延伸到了旅馆走廊。靠右手边铲出来一条可以看见水泥的路面，宽度三十厘米左右，勉强够一人通过，应该是先到的同事专门预留出来的通道。

张国栋俯身穿过警戒线，进了铁门，顺着通道往前走。一名女警正领着两个技术员半蹲在旅馆外墙的一个长条形花坛内细致地检查着什么。女警齐耳短发，面容英挺，看到来人，她利索起身，干练地一个敬礼："张副局长！肖队！"

张国栋冲赵亚楠回礼，接着环顾四周——房子是老式的筒子楼结构，外墙面的白漆大面积脱落，露出焦红色的红砖，看来房子建了有些年月了。房间倒是不少，两层加起来应该超过三十间，不过面积都不大，窗户紧紧挨着，密密麻麻，看着像是一排鸽子笼。二楼屋檐上还挂了几个破烂的红灯笼，正随着寒风在半空中摇曳。这原本为了凸显喜庆的东西，在这样一个风雪夜，看上去反而有几分瘆人。

张国栋问道："说说情况。"

"报警的是旅馆老板夏新梅。"赵亚楠指向一旁正与两名侦查人员交谈的白发老妇人，"她说天气预报报道晚上会有暴雪，所以两个小时前，她吃完晚饭就在旅馆里巡视，检查门窗有没有关好，走到 117 房的时候……"

说到这里，赵亚楠指了指花坛上方一扇半开的窗户："夏新梅发现 117 房的窗户没关，想去关上窗户，结果拿手电筒一照，发现屋里有人躺在地上，于是立刻报了警。"

张国栋点头，一边往里走一边问："现场采集工作进展如何？"

"已经基本完成。"赵亚楠领着几人沿着铲出来的通道进入旅馆走廊。

走廊狭长逼仄，灯光昏暗，卫生状况堪忧——不知是因为住户们不注意卫生，还是因为不远处垃圾掩埋场飘来的恶臭，走廊里弥漫着一股令人作呕的尿骚味。

117 号房位于走廊尽头，赵亚楠一推开木门，几人就被明亮的探照灯照得眯了眯眼——全屋二十平方米左右，单间带卫生间的布局，家具只有一张破旧的单人床和一个简易无纺布衣柜。

房间虽破，但住户倒是很注重隐私——房间的玻璃窗上贴满了五颜六色的宣传单。当下是晚上，尚不明显，如果是白天不开窗，屋子里怕是必须要开灯才能活动。

眼睛适应了强光后，张国栋环顾四周。从窗外飘进来的雪融化了，湿漉漉的地板上到处散落着烟蒂、槟榔渣、一次性塑料杯，整个房间就像一个久未清理的垃圾场。床头摆着一只满是破洞的行李袋，拉链损坏，起球的毛裤从中露了出来，裤腿上满是脏兮兮的油污，看上去久未清洗。

看着这老鼠都嫌脏的居住环境，肖敏才忍不住感叹："什么人能在这儿住下去……"

"肖队，看看这个……"赵亚楠俯身从门口的简易操作台上取过一个物证袋递到众人眼前。物证袋里装的是几个一次性针管和使用过的废弃塑料杯。

张国栋皱了皱眉问道："吸毒人员？"

赵亚楠点头："嗯。这应该也是他把窗户贴上宣传单的原因。"

张国栋微微颔首，再往前一步，死者就出现在了眼前——尸体歪着头，胸朝下背朝上横趴在距床尾不到一米远的卫生间出口处；尸体目测为男性，年龄 40 至 50 岁之间，身材矮小干瘦，上身已被融化的雪水浸湿，下身穿一条土黄色长裤；右脑侧面深凹变形，疑似遭受钝器敲砸，鲜血与融化的雪混合，整个房间的地板一片血红。

肖敏才戴上手套，撸起死者的袖子，发现死者的手臂上布满了密密麻麻的针眼，叹道："这么多针眼……毒龄不短啊。"

赵亚楠点头："初步判断，至少十年以上。"

"死亡时间呢？"

"法医结合尸斑和肝温初步判断，死亡时间大概是今天凌晨零点至一点之间。"

张国栋点头，很快发现床头有一个蚊香盘大小、裂成两瓣的玻璃烟灰缸："这是凶器？"

"是。我们询问过旅馆的老板娘，这个烟灰缸并不是房间内原本的物品。它的来源我会派人追查。"这种小旅馆即使配有烟灰缸，大多也就是塑料材质的。而且从新旧程度来看，也和这个房间格格不入。

赵亚楠把烟灰缸翻过来，在背面缺口处，可以清晰看到一片血迹："法医初步推测，死者是被人用烟灰缸猛烈敲击右脑脑干部位，导致颅内主动脉出血而亡。"

"死者生前与人发生过打斗吗？"肖敏才问道。

赵亚楠摇头道："按理说应该是，但我们检查过死者指甲和周身各处，暂时没有发现他人的皮屑和纤维组织，不过不能排除凶手在行凶后进行过清理的可能性。"

"痕迹检测有什么发现吗？"肖敏才心头有种不祥的预感。

老刑警的预感很灵，果然，赵亚楠无奈道："窗户没关，地面被融化的雪水浸泡，不太好采集脚印，我们也没有在烟灰缸上提取到有效指纹，推测疑犯很可能是戴了手套作案。"

张国栋面色凝重："身份查到了吗？"

"死者在旅馆登记的名字是彭大毛，一九六九年生人，现年 47 岁，汉族，籍贯湘西。"赵亚楠看了一眼资料，"根据老板所言，他在这里已经住了三个月。我已经安排人提取指纹去核查了，应该很快就有更加全面的信息。"

"嗯，抓紧。"张国栋沉凝几秒，很快追问，"昨晚这楼里一共住了几个人？有没有人听到异响或者发现异常？"

"除了老板以外，昨晚一共只有三名住客，一个是来妇幼保健院产检的孕妇，两个是来人才市场找家政工作的外地人，她们都说没有听到什么……”顿了顿，赵亚楠指向门头，“旅馆大门和走廊都装了监控，技术队已经在排查了。”

张国栋扭头看了一眼——117房间门口走廊上方就有一个枪式摄像头，就拍摄角度来看，就算房里进了只老鼠也能拍到。

赵亚楠还要接着汇报，一个侦查员小跑上来，冲几人一个敬礼，道：“张副局长，赵队，啊，肖队也在……死者的案底提取到了。”

“什么案底？”几人一头雾水。

“各位看看这个……”赵亚楠没有直接回答，而是把自己的手机拿出来，翻出了一张刚刚在案发现场拍摄的照片递给张国栋。

张国栋倒吸了一口凉气——照片中死者双眼被一根不知从哪里撕扯下来的黑色布条蒙住，凶手用力过度，尸体本已惨白的颧骨和额头处被布条勒出了一条红色尸斑。刺目的灯光下，被打上死结的布条尾部湿哒哒地耷拉在尸体干瘦的脖颈上，像一条趴在上面吸血的蚂蟥。

“‘12·7’杀手?!”

03

八年前，二〇〇八年十二月七日。

那天的星港也跟今天一样，下了一场多年一遇的大雪。凌晨三点，时年32岁的星港市居民秦世聪，在星港大学女生宿舍附近的岚山巷内，被人用汽油浇体活活烧死。死后，其尸体同样被布条蒙眼。

这个发生在闹市区的恶性凶杀案，令市局乃至省厅震怒。当时还在市局刑侦支队担任支队长的张国栋当即组织警力深入调查，但案发现场破坏严重，警方没有采集到有价值的线索，就连岚山巷路口的摄像头也没有拍到疑犯半点儿踪迹。

至于那根蒙眼的布条，经检测成分为日常服装上最常用到的棉和腈纶混纺面料，判断是凶手随手从自身衣物上撕扯下来的。

以此为线索，警方在查阅了相关民俗资料后，发现湘省西南地区的多个偏远乡镇都流传着类似传说：给枉死之人蒙眼，能让其找不到回“阳间”的路，无法化成恶鬼复仇。

在对秦世聪生平的走访调查中，警方发现，秦世聪生前风流成性，喜欢夜场生活，不仅同时交往了多名女友，还因为情感纠纷闹过几次不大不小的矛盾。警方初步判断，死者很有可能是因为之前的情感纠纷被人报复，且凶手有可能为湘省西南地区人士。但警方未在秦世聪的社会关系中发现符合条件的嫌疑人。

至此，案件走入迷雾。

四年后，也就是二〇一二年五月十七日，星港市区再次发生一起恶性凶杀案——时年 48 岁的烟草公司副总段黎明，在自家别墅内被人勒颈身亡。法医在尸检过程中发现，死者血液中含有大量枸橼酸西地那非、丁香、桂心、淫羊藿等所谓的催情药成分。而且，与秦世聪案一样，死者同样被布条蒙住双目，只是这一次，布条为红色雪纺面料。

与四年前的案件相仿的是，案发现场依旧没有采集到疑犯的指纹或脚印。但警方在调取段黎明别墅大门的监控视频后发现，死者当晚八点左右开车进入别墅车库，当时车上坐了一位穿红裙的女子。

可惜的是，由于进入别墅时疑犯坐在车辆后排，监控只拍到了红裙一角，且并没有拍到此人离开别墅的画面，所以警方无法获取该名女子的其他体貌特征。

不过在后期的调查走访中警方发现，死者段黎明私生活混乱，不但因嫖娼被拘留过，还利用职务之便违规招聘了三名女性进入其单位文工团，且最后都发展成了情人。就连案发地点的别墅区，也是位于星港出名的“二奶村”——也就是所谓“成功男人们”包养“金丝雀”的地方。

基于两起案件受害人的相同之处，警方决定将两起案件并案调查，并成立了“12·7”连环凶杀案专案组。同时专家也再次对疑犯进行了画像分析——凶手很有可能是一个活跃在中高端阶层男性社交圈的女性。

但无奈的是，虽然警方经过了大量排查，也对两个受害人的社交圈进行了详细比对，却没有发现任何有价值的线索，致使案件再次走进了死胡同。

倒是媒体通过道听途说，得知两个受害人花花公子般的生前所为后，添油加醋一番，给凶手冠以了“渣男杀手”的称号，以博眼球。

由此，“渣男杀手”这个绰号，一度成为星港的流行语，就连不少情侣彼此间开玩笑，都会用这个称呼来打趣对方，说是感谢彼此不杀之恩。

04

房间内灯光愈发刺眼。

肖敏才皱眉道：“这么个吸毒人员，还能跟秦世聪和段黎明一样，和不少女性发生感情纠葛？他们的社会阶层也相差太远了，真的是同一凶手所为吗？张副局长，会不会是模仿犯案？”

张国栋没有接话。作为当时专案组的主要负责人，他到现在都清楚记得两名死者的详细背景——第一个死者秦世聪，父母承包建筑工地起家，本人属于典型的富二代；第二个死者段黎明条件更好，生前是某大型烟草公司副总，开的是豪车，住的是独栋别墅，中年离异，标准的钻石王老五。

但眼前这个叫彭大毛的毒鬼，明显不属于上述阶层。

思忖几秒，张国栋问赵亚楠："有没有什么新的发现？"

"我也不能确定，不过……"赵亚楠快速翻看了刚拿到的资料，在上面画了几个红圈，"这是彭大毛的犯罪记录，真要说起来，他和前两名死者的确有一个共同点……"

资料上被赵亚楠圈出来的，正是彭大毛的犯罪记录，记录显示秦世聪、段黎明、彭大毛都曾因嫖娼被警方拘留。

"这……这难道是……妓女杀嫖客?！"

不知是谁说出来这个推论，在场刑警们的脸上都出现了复杂的神情。能进总局刑侦队的，谁没见过大风大浪，但妓女连环虐杀嫖客，这还真算是头一回遇到。

一众刑警纷纷发表起自己的看法——

"这……有力气这么大的妓女吗？"

"哪要什么力气？秦世聪不是喝醉了吗？段黎明也被灌了春药啊。至于这个彭大毛，老毒鬼了。"

"有点儿道理……这么看妓女杀嫖客不是没有可能……"

"我看不一定，嫖过娼的男人那么多，八年就死了他们三个，是不是有点儿牵强？"

"都静静！"张国栋拍了拍手，示意大家噤声，再次看向赵亚楠，慎重问道，"赵队怎么看？"

赵亚楠思忖两秒，沉声道："我觉得，凶手是不是性工作者，对于目前的案件侦查工作来说并不重要。”

“为什么不重要？”张国栋有些吃惊。上一次敢这么说凶手作案动机不重要的人，还是那个姓钟的小子。

“如果凶手真是性工作者，就很有可能发生过一种情况——三名被害人都曾与凶手进行过性交易，从而结怨。但我看了案卷……”赵亚楠指了指案卷，摇头道，“秦世聪被抓一次，段黎明两次，彭大毛三次，与他们三人进行过性交易的性工作者名单并没有重合。也就是说，即便这个猜测成立，我们也查无可查。”

肖敏才点点头：“被抓过两三次，没被抓的谁知道有多少次呢。别说人已经死了，就算没死，他们找过的小姐，怕是自己也认不全，我们根本没法查。”

赵亚楠颔首，接着指向被砸坏的门锁道：“所以我认为，我们应该先围着彭大毛这个案子来进行重点侦查，通过线索去锁定嫌疑人，而不是在这里凭空猜测。”

张国栋点头赞许，问道：“那你觉得，现在应该从哪里入手？”

“窗户。”赵亚楠看向窗户，“这么冷的天，窗户大开着，不符合常理。”

“但这窗户有防盗护栏啊……”一名刑警比画了一下，“就这个间距，连小孩也挤不进来。”

“所以我才请肖队亲自带技术员过来……”赵亚楠看向肖敏才，“我想先请法医做个案情模拟，确定这里是不是第一案发现场。另外，还要请肖队带人再详细检查一下护栏有没有被人动过手脚。”

“这没问题。”肖敏才明白了赵亚楠的意思。

赵亚楠接着道：“还有，即便疑犯能躲过旅馆的摄像头，现场也应该会留下脚印。”

有刑警低头看向一地水渍，不解道："赵队，刚才你不是说，没有采集到脚印吗？"

"屋内没有，但屋外还不能肯定。"赵亚楠指了指院外。

此时依旧大雪纷飞，技术人员依旧在俯身检查。赵亚楠看向众人，分析道："法医初步推断，死者的死亡时间是今日凌晨零点到一点左右，我查过天气预报，昨晚十一点左右雪就停了，一直到今天下午五点左右才又开始下雪。按照降雪量来推算，疑犯只要进入过旅馆大院，短短两个小时，脚印不可能被完全掩盖住，所以我安排了技术人员把院内出现过的脚印全部采集，之后再对住户进行核实排查。"

说完，她又指了指窗外那个长条形花坛，继续道："我刚才检查过，这个花坛泥土松软，如果对方从那里走过，极有可能留下痕迹……有了脚印，就可以推断出凶手的体貌特征，特别是性别，我们再由此去判断到底是不是'渣男杀手'，才更有意义。"

时间不等人，张国栋立刻分配任务："行，肖敏才，详细尸检和痕迹比对你来接手，另外……"他刚把目光看向赵亚楠，这姑娘已经一个敬礼，正色道："张副局长，我申请全权负责此案。"

张国栋微微一凛。他还真没想到，赵亚楠会主动承担如此重任。毕竟，这么一起延绵八年的连环凶杀案，毫无疑问是个烫手山芋，作为本市知名的连环凶杀悬案，凶手时隔四年再次犯案，如果这次再不能破获此案，市局众人无疑会颜面扫地。由此可知，这起案件不仅本身破案难度大，而且负责人肩上无形的压力会更大。

"张副局长，请批准我负责此案。"见张国栋还在犹豫，赵亚楠又重复了一遍，语气更加坚定。

张国栋没接话，而是抬手道："说说你的破案思路。"

赵亚楠神色坚毅道："可以从四个方面入手。一、窗户和脚印，这一点我刚才已经说明，不再赘述；二、走廊监控，就算疑犯行凶时躲过了摄像头，但死者已经在这里住了三个月，疑犯说不定此前与死者有过接触，甚至有可能专门来踩过点，很可能会留下线索；三、联系运营商，除了调取死者生前的通话记录，找出死者近期联系过的人以外，还可以根据手机通话基站定位系统，找到死者最近出入的场所，逐一排查。”

赵亚楠低头看了一眼尸体，接着说道：“最后，从死者人际关系入手，调查他的社交圈，看看能不能发现嫌疑人。”

“可以！”

赵亚楠话音刚落，张国栋重重拍了拍她的肩膀，道：“你马上组织一个案情通气会，按你的思路开始查，人手方面有任何需要，尽管跟我提。”

“是！”

张国栋放下心来，转身出了走廊。刚才省厅已经来了几轮电话催问情况，他急着去跟上头汇报。刚到院里，满地刺目的白让他忽然想起了那张清瘦的脸——那小子自从上次的案子以后，窝在派出所快一年了，也应该动弹动弹了。

“锁要一把一把开……”张国栋正念叨着这小子的口头禅，一个负责警戒的民警小跑上来汇报道：“张副局长，政法频道的记者到了，想请您接受采访，聊聊‘渣男杀手’……”

张国栋这才发现，警戒线外正围着一堆看客议论纷纷。再往外，几家本地电视台的新闻采访车已经架上了天线，摩拳擦掌等着爆出一个惊天新闻。

“什么‘渣男杀手’！”张国栋厌恶地一挥手，呵斥道，“不信谣，不传谣！”

第二章 窥伺

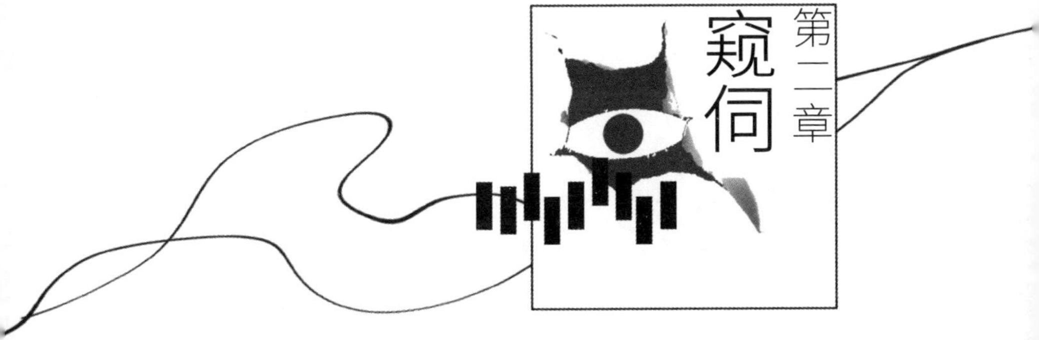

在高倍望远镜的视野中，

只剩下窗外的雪花不断坠落，

不眠不休……

01

“死了个男的，还是个吸毒的，昨晚上被杀的。我是听我小舅子说的，他可是城管大队的队长，消息灵通得很。”

“不对吧，我听说死了三个人，依我看啊就是毒贩内讧！”

“瞎说，‘渣男杀手’知道吗？据说是个女杀手，专杀欺骗女人感情的男人！”

“对，我听旅馆的夏娭毑说，死的那个男的玩弄了别人感情，这才遭了报应！”

漫天飞雪，寒风刺骨，通通没有影响看客们的热情。道听途说的消息被添油加醋一番后不断发酵，很快被传得面目全非。

邓丽娟挤在人群中，怔怔听着众人议论，半天没有挪步。刚才，她已经把现场能见到的警察挨个数了一遍——22 个男的，1 个女的，统共 23 个人。虽然她分不清警衔，但是从人数上判断，她感觉警方并没有把它当作一起普通的谋杀案来对待，而是把这起案子和秦世聪、段黎明的死放在一起调查了。这正合她意。

风刮得越来越紧，伴随着冰冷的雪籽往她的脖颈里钻，邓丽娟忍不住打了一个激灵。边上一个提着菜篮的大婶小嘴不停：“我跟你们说个确切消息，杀手是个四十多岁的女的，因为被老公抛弃了，于是杀男人报复，我听说……那女的以前还是个小姐！”

“小姐？”这话让邓丽娟一愣，忍不住扭头问道，“大姐，你这消息靠谱吗？”

“怎么不靠谱！”大婶上下打量了她一眼，内心以貌取人了一番——四十来岁的年纪，穿一身廉价的皮衣皮裤，烫着一头卷毛，浓妆艳抹的，长得是还不错，但看上去就知道是个没啥档次的人。大婶的语气更鄙夷了，“我老公就是公安局的大领导，专门负责杀人案的，我这都是第一手消息，他刚才专门打电话给我，嘱咐我最近别出门，说外头乱得很！”

“哦，这样……”看来是个张口就来的主儿，邓丽娟长叹一口气，挤出了人群。

“无所谓了……”从八年前秦世聪的死，到后来再背上段黎明这条人命后，邓丽娟就默认了自己是个连环杀手，即使她从来没当一回事。毕竟，在她这说长不长说短不短的人生中，熬过去的坎儿，哪一个都比这个不痛不痒的绰号要难以承受得多。

“只要不连累别人就好。”

邓丽娟加快脚步，往“牌楼坊”出口的方向走了七八百米，打开了路边一辆打着双闪的厢货车副驾驶的车门。

门一开，驾驶位上的司机就嗔怪了一句：“娟姐呀，怎么去这么久，主家都催了好几次了！”

司机也是个女的，同样穿一身皮衣皮裤，也是一脸浓妆，不过比邓丽娟年轻许多，二十五六的年纪。她的相貌更艳丽，鼻梁高挺，一头染红的长发垂在饱满的胸前，勾勒出几丝诱人的风韵，可以算得上是一位明艳的美人。

“人家生意好，得排队。喏，艳艳，你的……”邓丽娟撒了个谎，跳上车，从怀里掏出一袋肉包子递给朱艳艳，又从自己那一袋里分出来两个递给后座一个瘦弱的男孩，“小六，娟姐专门跑德源买的，来，尝尝……”

“娟姐，我不饿，你都给艳艳姐吧。”这个被叫作小六的男孩十七八岁的模样，长相秀气，说话轻声细语的，乍一看还以为是个姑娘家。

“不饿也得吃，中午你就没吃好。你年纪还小，饿出胃病来怎么办？”

邓丽娟把包子硬塞到小六手中。一扭头，发现车厢内烟雾缭绕，她气恼地把朱艳艳嘴边叼着的烟扯走，扔进中控台旁一个装了半瓶水的塑料瓶里，训斥道：“跟你说多少次了，少抽点！抽出肺癌来，我可没钱给你治。”

“行行行，怕了你了，老板！”朱艳艳嘿嘿一笑。

“要记心里。”邓丽娟有些无可奈何，“你也别不服气，一天到晚叼根烟，跟个女流氓一样，你说你啥时候才能找到对象？”

“娟姐，我抽个烟怎么就成女流氓了，再说，你可不知道有多少男的哭着求着想跟我过日子，我还看不上呢！”朱艳艳得意地回击了一句。

邓丽娟只能摊手道：“行，知道你魅力大。不是说主家催了好几次吗？你赶紧开车。”

“遵命！”朱艳艳拧动了车钥匙，厢货车剧烈抖动了两下后，排气孔冒出一股浓烟，车往前方开去。

风越刮越大，夹杂着雪花，把车侧面写着“丽娟艺术团”的横幅吹得噼啪作响。邓丽娟把车窗打开了一条缝，伸手扇了一阵，车厢内的烟雾才一点点被驱散开。

她不是“小姐”——或者说，现在不是“小姐”。

02

这是“丽娟艺术团”成立的第三年。

说是“艺术团”，其实和“艺术”两个字完全沾不上边，最多算是民间演出团队。团内人员不太稳定，接活儿也是有一茬没一茬的，顶多在各种红白喜事上跑个场子，唱上几首滑稽恶俗的流行歌曲，或者讲上几个荤素不吝的段子。

但好在收入还可以，演出一次，一个人能分到两三百元，运气好的时候接个哭丧的业务，号一下午一个人起码能有五百元红包。这些收入不但能喂饱自己，还能有余钱干些想干的事情。邓丽娟对这份工作是打心底里觉得满足。

今晚要去的是个葬礼，老太太耄耋之年，没熬过寒冬，算是个喜丧。地点也不远，就在星港郊区的黄花镇。

一路无事可做，邓丽娟从口袋里掏出手机，打开一个存储好的视频文件。一段慷慨激昂的音乐过后，屏幕中一男一女两名身穿芭蕾舞服的舞者跳跃着上台，开始了表演。

这部芭蕾舞剧她看过无数次了，所有舞段都已熟记于心——这是由中国著名古典戏曲《牡丹亭》改编而成的芭蕾剧目，用西方的芭蕾舞剧来表演中国的古典戏曲，属于创新性的中西合璧。

两位主演跳得很卖力，邓丽娟看得更认真，眼睛里透出的光像是吸附在那块小小的屏幕上一般，连眨都不舍得眨一下。

朱艳艳行车间隙侧头一瞥，不满地嘟囔道：“娟姐，又看呢？”

邓丽娟盯着屏幕，没搭理朱艳艳。

“我可听说，这两人是现在国内最出名的芭蕾舞演员，特别是那男的，好像叫曾星吧，拿过好几个国际大奖呢！”朱艳艳也不在乎邓丽娟搭不搭理自己，自说自话道，“娟姐，你该不会是要离开我们，跳槽去他们的‘星剧场’吧？”

这句话似乎戳到了邓丽娟的软肋，她心头颤了颤，但依旧没有吭声。身后的小六也嘿嘿开着玩笑道：“艳艳姐，我跟你说，娟姐她可不只是看，有空还自己偷偷练呢！”

“这是真想转行了？”朱艳艳故作夸张道，“可别呀娟姐，你要是跳槽了，我们就失业了。”

邓丽娟无奈道：“艳艳，少开玩笑行吗？”

“我可没开玩笑……”朱艳艳吐了吐舌头，随即又想到了什么，双眼滴溜溜转着，“你要是不干了，我不就是老板了？娟姐，对吧？”

“对对对。”邓丽娟被吵得心烦意乱，只好按灭了手机，白了朱艳艳一眼，仰躺在座椅上，“一分钱不要就转让给你，随时可以办手续。”

朱艳艳乐了没两秒，旋即摇头道：“不行，我当老板接不到活啊。还是得你来，不然我带着小六会饿死……”

“那你就少说两句，留点力气等下去台上唱歌。”

“我那性感战袍一穿，往台上一站就是一道风景线，还唱啥歌啊。”

“对对，你最性感，全世界就你最性感。”

两人斗着嘴，后排的小六跟着咯咯笑出声来。一阵嬉笑声中，厢货车很快驶入了黄花镇。

拐进一条岔道，前方不远处的路边，一个脏兮兮的杏色帐篷已经支棱起来，远远看去像个大号的鞋盒般，倒扣在两栋三层小楼前的空地上。

瓦数巨大的白炽灯也早已点亮，把二十来米长的篷内照得如同白昼，当中整齐摆放的四十多桌席面已经在依次上菜了。宾客渐多，鞭炮声密集，把角落的油漆桶炸得摇摇晃晃，升腾起的烟霾在冬夜的雾气中荡开，刺入鼻腔，呛得人难受。

朱艳艳在烟雾中把车停在了后门，邓丽娟收起笑容："负责伴奏的靓靓她们都到了吗？"

"到了。行头设备我也都检查过了，都在车后头。"

"还是你办事牢靠。"邓丽娟夸奖了朱艳艳一句，又从口袋里掏出一面小圆镜，一边照着一边往脸上补了补粉，描好了眉毛，这才一同下了车。

伴随着执事者大吼出来的迎宾语，三人鱼贯穿过席面中间窄窄的过道，刚走到了帐篷最深处刘二妹的棺材旁，邓丽娟瞄了一眼棺材中的逝者，下意识站住了脚，小声嘀咕道："不讲究。"

"什么不讲究？"朱艳艳纳闷道。

"方位摆得不讲究。"邓丽娟看着棺材轻声叹气，打小她就知道，"头位朝东，脚位朝西，子孙个个有福气。脚不使绊，眼不能睁，仙人早日遇真神。"但现在的人啊怕是连这些规矩都没听过了。

"算了，娟姐，这跟咱们没关系。"

朱艳艳不想邓丽娟管这种闲事，赶紧扯了扯她衣角，又拉上了小六，三人郑重其事，跪拜于前，一个头磕下去，执事者拖着长音大声喊道："孝子答礼！"几位本还凑在一起商量着事情的"孝子"们，马上条件反射似的响起了一通哭号声。

三拜九叩，再起身上香，形式走完后，邓丽娟才轻车熟路地绕过棺材，走上台阶——离棺材不到十米的地方，就是用钢管和木板临时搭成的演出舞台，上面铺了一层油腻腻的红地毯，后方墙壁上用白色纸花拼了一个巨大的“奠”字。

邓丽娟手拿话筒，站在“奠”字前，深情款款地冲着宾客们鞠了一躬，然后大声道：“鞭炮声声迎宾客，哀乐阵阵悼亲人！尊敬的各位来宾、各位亲朋好友，各位父老乡亲，大家晚上好！”

03

“苍天流泪，大地含悲。在这个令人心碎的日子里，有一位德高望重的老人离开了我们，离开了这个令她无限眷恋的人世间！她就是我们尊敬的刘二妹老大人！”

这套迎来送往的说辞，邓丽娟已经背诵过无数次，虽然只是换了个名字，她依旧能每次都全情投入。

这已经是三天流水席的最后一天了，也是“丽娟艺术团”来表演的最后一天，台下宾客兴趣寥寥，几乎没人抬头看她一眼。

邓丽娟早就习惯了这个场面，情绪没有任何波动，继续声色俱恸：“今天我们‘丽娟艺术团’怀着沉痛的心情，应邀前来参加她老人家的追悼活动，在此，我谨代表艺术团的全体工作人员，对刘二妹老人家的仙逝表示沉痛的哀悼！”

没有掌声，也没有欢呼，宾客们对于桌上菜品的兴趣要远远大于这场演出。邓丽娟不以为意，往旁边瞄了一眼，候场的小六已经把一件艳红的长袍穿上，头套也已经套好。邓丽娟不再耽搁，大声宣布：“话不多说，下面请欣赏第一个节目——《贵妃醉酒》！”

依旧没有任何掌声，朱艳艳按下音响的播放键，潦草的二胡声响起，小六迈着小碎步款款上台，用尖细的嗓音开始唱着：“菊花台倒影明月，谁知吾爱心中寒，醉在君王怀，梦回大唐爱，爱恨就在一瞬间……”

这是个反串节目，说的是杨贵妃喝醉了勾引唐明皇的故事，属于人民群众喜闻乐见的剧情。只是小六这一身宽松的长袍，怎么都显不出贵妃的富态。再加上是葬礼，词也不太应景，演出效果很不理想。

朱艳艳有些心急，如果气氛搞不起来，主家会用无数种理由克扣演出费。

“要不……”犹豫了一下，朱艳艳脱掉皮衣，把包里的一件肉色短裙取了出来，“等下我上吧，我去搞搞气氛。”

“搞个屁。”邓丽娟看了一眼那条只能勉强遮住半个屁股蛋的裙子，“又走性感路线？这天气不把你给冻死？”

“那现在咋办？”

邓丽娟原本准备了一个舞蹈节目，如今看来气氛不对，演不成了。想了想，她干脆道：“土办法，我上，你让靓靓她们伴奏，搞个点歌节目，还能捞点儿外快。”

“也行。”朱艳艳点头同意，冲靓靓她们努了努嘴道：“那等下把背景音乐一换，你就赶紧上，气氛方面把握一下，是喜丧，别弄得太悲伤。”

说话间，小六已经唱完下台，邓丽娟不再耽搁，手持话筒小跑而上，伴奏的靓靓几人也适时弹奏起了一首雄壮的《精忠报国》。

在这慷慨激昂的伴奏中，邓丽娟提高了声调：“亲爱的朋友们，人有悲欢离合，月有阴晴圆缺。老人家虽然离开了我们，但是她的音容笑貌，她的高风亮节却永远留在了我们的心中……”

老一套说辞，台下依旧没有任何反应。

邓丽娟继续加大音量："在这里，我给大家表演一个绝活，献给在座各位，算是表达对孝子们照顾老人的敬意！"

听到有绝活，台下终于有人抬起了脑袋。邓丽娟眼疾手快，伸手扯了扯贴合大腿的皮裤，再弯腰捡起几瓶没开的青岛啤酒，一字排在跟前。待到背景音乐到达高潮时，她双脚前后一划拉，一个劈叉，手中酒瓶用暗劲往台面砸去。

"砰！"

就在大腿贴地的瞬间，邓丽娟手中的啤酒瓶盖窜天猴似的飞起，酒花喷泉般从瓶中射出，在三四米高处四下洒开，如同烟花盛开。

"好！"

台下顿时一片叫好声。邓丽娟操起另外一瓶，又是一个劈叉。

"砰！"

"砰！"

"砰！"

整整一排啤酒，随着她一个一个劈叉，一瓶一瓶喷涌而出，在舞台上形成了一个瀑布般的奇观。

"好！"

无数叫好声响起，有人起哄："美女，你裤裆破啦！"

邓丽娟不以为意，依旧笑得灿烂。这是她 14 岁跟着唱道场的肖爷爷跑场时练会的绝活，这么多年屡试不爽，今天自然也不会例外。

气氛被调动起来，邓丽娟扬起脖子，把手中半瓶没喷完的啤酒吞下肚，趁热打铁道："在座的好朋友们，俗话说，一曲哀歌送亲人，忠孝礼义仁。各位贵宾如果需要寄托哀思，我可以用歌曲代为表达，二十元一首，五十元为您唱三首，价格公道，礼轻情意重！”

有了绝活铺底，台下马上就有人喊道：“花鼓戏晓不晓得唱？”

邓丽娟笑意盈盈：“会，《刘海砍樵》和《补锅》都会！”

“别唱花鼓戏，太土了。”右手主桌上一个穿皮夹克的男人起身问，“《祝你平安》会唱吗？那个谁……那个眯眯眼叫啥来着？”

“孙悦。”邓丽娟忙不迭点头，“大哥有品位，这歌最适合表达对亲人的不舍之情。”

皮夹克表示赞同，掏出二十块钱扔到了舞台上：“那来一首。”

邓丽娟俯身捡起钱收进皮裤口袋，问好了名字、亲属关系，一拍话筒，干咳一声后，大声道：“感谢刘顺利大哥点歌，刘顺利大哥作为刘老太太的表侄儿，孝心感天动地，现在我们请听刘大哥点播的歌曲——《祝你平安》！”

伴奏很快响起，邓丽娟看了一眼棺材，又看了一眼皮夹克，脸上满是款款深情，沉痛唱道：“你的心情，现在好吗？你的脸上，还有微笑吗……”

还没进入副歌，邓丽娟隐约听到舞台后有人在喊她，只是声音嘈杂，她没有听清：“……你的所得还那样少吗？你的付出还那样多吗？”

后台又响起了一声：“姐！”

“生活的路，总有一些不平事，请你不必太在意，洒脱一些过得好……”

“娟姐！”

喊声再起，这一次急促许多，邓丽娟终于听清了，是小六在喊。她退后两步，侧身撩开舞台后的帆布口子往后看去，声音是从靓靓开来的那辆车的车厢中传来的。但车停得歪，这个角度看不清里面发生了什么。

“姐，救我！”

这一下，邓丽娟终于听清了。来不及细想，她一个鞠躬，放下话筒，弯腰出了帐篷，三两步跨上车厢。眼前场景让她怒火中烧——一个喝得大醉的男人正对小六上下其手，小六已经被逼得无路可逃。

在这一瞬间，邓丽娟冷静下来，一把拉住男人的手，赔笑道：“大哥，别这样，今天这日子不合适。”

男人用力甩开邓丽娟的手，喷着满嘴的酒气骂道：“有他妈什么不合适的，你也不打听打听，我老狗在这一片儿是什么人物！”

小六捂着胸口，吓得面色惨白。

邓丽娟赶紧两手环绕，再次死死抱住老狗，哀求道：“大哥，别这样。刘老太太这才仙逝不久，真不合适。”

“老子说合适就合适！”老狗一把薅住邓丽娟的头发往外一推，邓丽娟重重砸到了车厢上，皮衣撕开了一道口子。

小六急得满脸通红，要上来拼命。老狗一甩手，眼看着一巴掌就要甩在他脸上，邓丽娟眼明手快，又一把抱住老狗，脸上依旧挂满笑意：“大哥，今天这日子，真别这样……”

“还他妈给我装！你们他妈不就是出来卖的！”老狗又是猛地一推，邓丽娟的额头一下撞出血来。

老狗最后这句话像匕首一样，一下刺到了邓丽娟胸口。她没顾得上擦血，瞄到地上一个空啤酒瓶，正要俯身捡起，身后忽然响起一声“娟姐”。

是朱艳艳。她不知什么时候已经换上那套肉色短裙，右手拿着一个敲碎的啤酒瓶，不知道是因为愤怒，还是因为天气寒冷，浑身不住地发抖着。

“娟姐，我来帮你！”朱艳艳又是一声大叫。

这一下，老狗终于回头，看到了朱艳艳手中的酒瓶。

老狗并不惧怕，目露淫光，两步向前，讪笑着道：“你这骚货还想打人？”

“你不许动娟姐……”朱艳艳咬牙切齿，脸涨得通红，“不然老娘跟你拼了！”

“不知死活的东西！”老狗怒骂一句，操起一根搭帐篷用的铁棍就要朝朱艳艳打过去。

“大哥！”就在此时，邓丽娟“唰”的一声拉开了上衣拉链，挡在了两人跟前，脸上再次堆满了笑意，“大哥，你误会了！”

“滚开！什么他妈的误会?！”

“真是误会！大哥！”

邓丽娟笑得情真意切，“啪”的一声扔掉了啤酒瓶，双手把上衣领口拉得更低，滚圆的胸部呼之欲出，那件鲜红的内衣像极了冬日里的一团烈火。她指了指“那团火”，冲大哥继续笑道：“您摸我。”

“啥？”

“他是男的，摸起来没意思。”邓丽娟指了指小六，又一把抓着老狗的手，按在了自己饱满的胸上，“您摸我，我的大。”

04

邓丽娟和邓丽君只差了一个字。

多年前，还跟着肖爷爷在乡下唱红白喜事的时候，就有个姓宋的男人信誓旦旦地保证过：“你的嗓子比邓丽君还甜，你的舞跳得比邓丽君还好看，跟我去城里歌厅跑场，以后绝对比邓丽君还火，赚得比邓丽君还多。”

年轻时，她信以为真。可惜，虽然名字只差了一个字，命运却相去甚远。除了比那个歌星活得久一点，邓丽娟没一样比得上人家，到了这把年纪，还混在红白喜事上跑野场。

不过后来她也想通了。她出生的那个响水村，早年穷得响叮当，生下来的女娃有大部分都被淹死在响水河里。她爹懒，觉得响水河还要出门走三里路，太远，所以她两个姐姐都是直接在尿桶里溺死的。她运气好，托那个打了一辈子光棍的大伯的福，用三条烟从她娘手里换来了这条命。

大伯买下她，本来是想着给自己养老送终的。结果，邓丽娟长到12岁的时候，大伯动了歪心思。一次，邓丽娟洗澡时发现有人在偷看，她一瓢开水泼过去，把大伯烫伤了。那天之后，她就被赶出了那间破败的砖瓦房。

无依无靠的邓丽娟再次走了好运，被常年混迹在红白喜事上唱道场的肖爷爷接了手。肖爷爷对她是真好，教她认字，教她唱小曲，给她讲各路古怪神仙的故事，爷孙俩就这么相互依靠着，一起跑红白喜事，一直到她16岁。那年，肖爷爷得了肺水肿走了，邓丽娟又遇到宋铁雄，这才一脚踏进了深渊……

不过这爬呀爬的，又被她给爬出来了。如今一眨眼自己已经四十出头，兜兜转转一大圈，又出来跑场，也算是继承了祖辈的衣钵。

“人啊，都有一条命管着。命就是一个箩筐，你出生就是落在这箩筐里，怎么蹦跶都蹦跶不出去！”

隆冬时节，天本就黑得早，到了这会儿，整个郊区已经一片漆黑，吵闹了大半天的盖灯仪式也已经结束，就剩下几个守夜的至亲，时不时哀号一句，听上去很是凄惨。

邓丽娟就这么深深浅浅地踩着雪，往后门处厢货车的方向走着，怔怔地想起多年前，肖爷爷跟她说过的话——如今看来，似乎还真是一步一步应验了。

邓丽娟叹了口气，借着雪光看了看手中那几张钞票，又是一声苦笑——刚才要账的时候，主家嫌弃帐篷老旧，上面还有霉斑，不吉利，原本一百五十元一天的租金，想要便宜五十。可她知道，这都是借口，肯定是那个老狗在使坏。

“早知道直接给人摸得了，还费那劲干什么？”邓丽娟懊恼地回想着演出时的场景，又从钱包里掏出几张一百，刚想打开车厢门，“吱呀”一声，车门被朱艳艳推开了。

看到邓丽娟，朱艳艳双眼一下红了，低着头，跟做错事的小孩一般，小声问道：“娟姐，对不起……主家……主家没有为难你吧？”

“你又没做错，对不起个啥？”邓丽娟扑哧一笑，举了举手中的钞票，“哪个主家敢为难你娟姐？喏，一分不少收回来了。”

朱艳艳上下打量了邓丽娟一阵，确认她没有缺胳膊少腿，这才放心下来，转忧为乐，嘿嘿笑道：“就知道我们娟姐本事大！”

“行了，别拍马屁了。”邓丽娟上车关门，先是把手里的钱摸出两张一百，塞到朱艳艳手中，接着又多抽了两张，递给了后座上的小六：“小六今天受委屈了，多拿两百。”

小六没敢接钱：“姐，这钱我不要，我这些天一直吃你的喝你的，你今天为了我，还……还被人……”

“说啥呢！让你拿着就拿着，去买一身好行头，你娟姐有的是钱。”邓丽娟把钱甩到小六座位边上。

“别，娟姐，今天我表现不好，小六买行头的钱应该我来出。”

朱艳艳有样学样，也把手中的钱硬塞在了小六手中，这才拧了车钥匙，笨重的货车“嗡嗡”喷出来两个“响屁”，往市区方向开去。

夜已经深得像一个黑漆漆的无底洞，车道上几乎没几辆并行的车，朱艳艳开得平稳，车厢在黑暗中有节奏地摇晃，座位也偶尔发出“吱呀”的声音，配合着后视镜上吊着的相框来回摆动，像是催眠曲。后座的小六在行车后不久就发出了均匀的鼾声。

邓丽娟转身给小六披上毛毯，心头一阵羡慕——年轻就是好，心里不装事，沾床就能睡。她习惯性地打开手机，又点开了那部《牡丹亭》改编成的芭蕾剧目。

“又看呢？”朱艳艳嘀咕了一句。

邓丽娟没有回话，盯着屏幕里的人，眼都没眨一下。

“唉……”朱艳艳长叹一声，小声劝道，“姐，你别陷进去了，该放弃就放弃吧，你自己还要过日子的。”

邓丽娟依旧看得认真。视频里，那个叫曾星的男舞者把女舞者高高托举，就在到达最高点时，瞬间卸力，女舞者在空中翻滚着，落入曾星怀中，再借着惯性一甩，一个大跳跳跃而去，姿态优美至极，犹如仙女。

“娟姐……”

见邓丽娟不搭理她，朱艳艳没忍住，叫了一声，又忽然停了半晌，像是在回忆往事，又像是在组织语言，好久才看了一眼后视镜上吊着的相框，道：“袁姐的小孩都快考大学了，蒋姐也算事业有成了。你是不是也该为自己想一想？老这么耗在别人身上，也不是事儿啊。”

邓丽娟这下终于把视线从手机屏幕上移开，抬头看了看相框——里面的照片已经有些年月了，照片中的四个女人穿得大红大绿的，冲着镜头笑得乐开了花。

见邓丽娟有些触景生情，朱艳艳赶紧转移了话题："对了……夏姨身体还好吧？"

"还行，就是关节炎经常发作，都是老毛病了，难治。"邓丽娟又重新看向了手机屏幕，像是赌气一般道，"还有，我不觉得我是在耗。"

"还不是耗呢，这都多少年了？你这人啥都好，就是碰上感情的事，就拎不清了。"朱艳艳被气笑了，说着，她似乎想到了什么，忽然道，"对了，那个姓彭的最近怎么……"

邓丽娟手一抖，猛然打断道："别跟我提他！"

朱艳艳被吓了一跳："不提就不提呗，咋忽然凶成这样？"

"我不想听到这个名字。"邓丽娟发现自己失态，赶紧转移话题道，"别说我了，你自己呢，你答应老吴了？"

朱艳艳抿嘴一笑道："还在考察。"

"还考察呢？人家里那么大的产业，身高一米八几，除了比你大几岁，配你绰绰有余，而且还对你好，这不就足够了？哎，我说……"邓丽娟按灭手机，仰躺在了座椅上，她双眼滴溜溜地一转，"是不是他那方面不行?！"

朱艳艳笑了，浓妆也没掩盖住双颊的绯红："说啥呢！我们都还没到那一步！我是担心李红兵……"说着，她的双眼黯淡下来，低声叹了一口气。

"那人又来找你了？"邓丽娟皱了皱眉头。

"我躲过去了。"朱艳艳从口袋里掏出一根烟点上，烟雾很快飘散开来，布满了整个车厢，"不过我现在想通了，也啥都见识过了，啥都不怕了，就算他真找到我，我也能对付。"

邓丽娟这次没阻止朱艳艳抽烟，她知道这话朱艳艳说得心虚。朱艳艳的前夫李红兵，她见过几次，是个死猪不怕开水烫的地痞无赖。为了摆脱这个人，朱艳艳不断换电话号码、搬家，但他就是跟狗皮膏药一样，总能黏上来。

朱艳艳也是因为这一点根本不敢回应老吴的示爱，生怕连累了别人。

车一路不停，经过了来时的牌楼坊。邓丽娟远远望了一眼，那边似乎还有警车闪烁着灯光。

“谢谢了，艳艳。”邓丽娟扯开话题，看了一眼后视镜上的相框，又认真地冲朱艳艳笑笑，声音难得地温柔。

“谢什么？”

“谢谢你刚才帮我啊。”邓丽娟又扭头看了一眼牌楼坊的方向，“要不然，你娟姐这会儿怕是已经坐牢去了。”

“呸呸呸！别说晦气话！”朱艳艳连啐了几口，前面路口很快拐弯，她把车开进了辅路。

05

雪停了，黑漆漆的夜空中还有几点残星。一路无话，厢货车就在这么几点残星的照耀下跑了三四公里。

邓丽娟忽然直起身来。这个下意识的动作，让朱艳艳不由得微微摇头——前方不远处，星剧场三个偌大的字正在夜空中闪着耀眼的光芒。

已经是夜里九点，剧场门口的广场上依旧停满了私家车，感觉今晚一定有一场精彩的芭蕾舞演出。

“行了，我就在这里下。”车刚停下，邓丽娟已经迫不及待地打开车门跳了下去，惹得驾驶位上的朱艳艳长叹一声。

邓丽娟小跑着拐进边上的一条小巷——星剧场后方隔着一道围墙，是花园国际小区的大门。

进了一栋三单元的楼道后，她并没有进入电梯，而是径直小跑着上了三楼，飞快地打开了 301 的房门——三室一厅的房子面积不小，但客厅里除了简单的餐桌、茶几、一个掉了漆的电视柜，几乎没有什么其他家具。也正因如此，靠着墙壁的那个亮着红烛的神龛格外打眼。

没顾得上给牌位上香，甚至都来不及换鞋，邓丽娟径直走到卧室拉开窗帘，然后从书桌第一个抽屉里取出望远镜，对准对面的大楼——隔着一条单行道和两面围墙，对面的星剧场尽收眼底。

“好多人！”

演出已经散场，上千名观众陆续走出剧场。他们三三两两地谈天说笑，透过他们享受的表情，邓丽娟知道今晚的演出一定精彩极了。

她就这样一脸满足地看着，品味着，一度忘记了时间的流逝……

就在这时，邓丽娟口袋里的手机响了起来。

“娟姐，明天有个手机店的开业要跑，记得早点休息。”是朱艳艳。

“手机店？”邓丽娟一愣。最近事情太多，她差点把明天的演出忘了。

“对啊，不是上个星期就谈好了吗？”

“行，我知道了。你也赶紧休息去。”

邓丽娟挂了电话，重新拿起望远镜看向对面。只是，此时剧场外已空空如也。因为天气寒冷，人们的脚步都加快了许多。她不死心地举着望远镜，继续寻找着离场观众的身影。

可惜，在高倍望远镜的视野中，只剩下窗外的雪花不断坠落，不眠不休……

第三章 杀身之祸

人啊，都有一条命管着。

命就是一个箩筐，

你出生就是落在这箩筐里，

怎么蹦跶都蹦跶不出去！

01

落雪一直持续到第二天中午，依旧不见颓势。气温比前几天还要低，风依旧刮得狠厉，抽打着一切它能抽打到的东西，发出“呜呜”的声响。

赵亚楠双眼通红地翻阅着办公桌上一堆杂乱无章的材料，思绪纷乱。

只有一夜时间，她实在来不及将卷宗整理清楚，主卷、副卷、证人证词、搜查登记等都没有分类，材料还是散页的，尚未装订，已经在办公桌上堆成了一座小山。她一份一份地仔细翻阅，眉头皱得越来越深。

“彭大毛，47 岁，汉族，湘省星港市跳马县浮邱山村人，无业……”

法医在彭大毛的血液中发现了大量吗啡类成分，虽然之前在旅馆房间内搜查出了针头等物品，但是直到此刻才能真正确定此人吸毒。同时警方还调查了他的生平：

24 岁时，彭大毛在星港建设路附近跑摩的，同年因猥亵妇女第一次入狱；26 岁时，因打架斗殴被判一年监禁；30 岁时，又因偷盗摩托车再次被判刑两年。三进宫以后，彭大毛不知在哪里染上了毒瘾，从此就靠着小偷小摸和以贩养吸生活。再加上他在整个湘省流窜作案，故而他频繁“光顾”湘省各大城市的戒毒所和拘留所，一直到半年前才消停下来。

吸毒成瘾的人有如此斑斑劣迹倒也不令人意外，可此时令赵亚楠头疼的是她当时在现场提出的四个破案方向进展都不顺利。

第一，对圆梦旅馆大门和楼道处的监控进行排查后，结果令人失望——案发前一天，彭大毛下午六点左右单独进入房间后再没出来，也没有其他人进去过。警方将旅馆保存下来的监控视频进行了排查，但是由于硬盘存储空间有限，只能回溯此前六天的内容，在这六天的时间里，彭大毛没和任何人有过来往，而且旅馆最近生意不好，监控中连一个生面孔都没有出现过。

第二，排查死者生前的人际关系也没有取得有效进展。彭大毛生前作奸犯科，得罪过的人不计其数，亲友对他更是唯恐避之不及，更别说与女性有什么情感纠葛了。

第三，排查死者的通信记录同样对案件侦破没有任何帮助——彭大毛被害前一天没有任何通话记录。更怪异的是，根据运营商提供的基站信息，他近三个月的行踪完全没有规律可循。

比如：十一月九日，他出现在星港市芙蓉区中山路有文槟榔店附近；十一月十二日，他在岳山区悦民路沃尔玛超市附近与人通话；十一月二十二日，他忽然出现在汽车南站附近的电信基站拨打过电话——要知道，这三个地点分别位于星港市东西南三个边角处，相距甚远。这个行迹路线让赵亚楠百思不得其解。

至于他拨打的号码，是一张不记名黑卡，警方初步推断，那应该是某个毒品分销商的电话。但这同样不能解释彭大毛怪异的行动路线，因为没有毒贩会如此频繁地变更交易地点，而且每次都选择闹市。

“头位朝东，脚位朝西，子孙个个有福气。脚不使绊，眼不能睁，仙人早日遇真神……”

那张被蒙眼的尸体照片出现在幻灯片投影幕布上，赵亚楠抬头看了一眼，蹙眉思索着在那份多年前的案卷上看到的话，绕了一大圈，似乎又只剩下这一个线索了。但问题是，有类似民俗的地区包括湘省全境和一个自治州，人口多达四千余万，如果不能缩小范围，根本查无可查。

那个不属于房间的烟灰缸，也查无可查，不管是材质还是款式，都是市面上最常见的，光在星港就能找到几千家店在售卖。

“问题出在哪里呢？”

赵亚楠再次操作着鼠标，幕布上不断闪现着烟头、针管、打火机、脏乱的床单、被砸变形的脑袋、半开的窗户，还有被砸坏的门锁等现场照片，最后停在了那扇半开的窗户上。

“窗户……”

赵亚楠喃喃了一句，窗户上被贴得满满当当，五颜六色、五花八门的宣传单看得她思绪纷乱。

就在此时，肖敏才推门快步走了进来。

“怎么样？”赵亚楠赶紧起身。

肖敏才拧开一瓶水往喉咙里灌了两口，摊手道：“详细的尸检结果已经出来了，确定死者的死亡时间是二十八日，也就是昨日凌晨零点三十分左右，误差不超过半个小时。具体死亡过程和之前的推断基本一致：彭大毛应该是被烟灰缸敲击右脑，导致颅内动脉出血，当场毙命。”

说着，他抽出一张尸检照片，道："另外，法医根据尸斑情况判断，死者死后并没有被移动过，所以圆梦旅馆 117 房间就是第一案发现场。"

"窗户呢？"

"我亲自带人检查了……"肖敏才点了点下方一张检测报告，"根据窗户上螺丝的锈迹、灰尘、积雪等情况，以及螺帽松紧程度综合判断，防盗窗确实是四年前装好的，此后再没有重新拆装过，我们也没有发现任何痕迹。"

赵亚楠愕然，半晌又问："脚印呢？"

"也没有。"

"什么?！"赵亚楠不敢置信。

"确实没有。"肖敏才拿出几张花坛的照片。因为二楼有屋檐阻挡，花坛中的积雪不算多，加上土质松软，疑犯若是通过窗户进出，不可能不留下脚印。但他让技术人员来回排查了五六次，都没在这小小的花坛中发现任何脚印。

肖敏才脸色铁青，继续道："另外，所有出现在圆梦旅馆院内积雪上的脚印都逐一排查过了，除了最开始到达现场的两位民警留下的以外，其余的都能和旅馆老板以及另外三名住户对上。但旅馆老板和住户都没有作案时间。"

赵亚楠点头不语。昨晚到达案发现场以后，就已经排除了旅馆老板和其他住户的嫌疑——案发时间段，旅馆老板在隔壁小卖部打麻将，几名牌友都可以做证；另外三个住户，一人住在雇主家中，一个去拜访亲戚，都是二十七号上午十点左右就离开了旅馆，剩下的是个怀孕七个月的孕妇，根本不具备杀人条件，而且这几人和彭大毛无冤无仇，也没有作案动机。

肖敏才抽出几张泛黄的案卷，皱眉道：“跟三名死者嫖娼被一同抓获的小姐，我也做了一个简单的排查，其中没有出现过相同人员，而且时间跨度超过八年。所以……”

赵亚楠知道他要说什么，苦笑一声。一夜的时间，所有线索都进了死胡同。她叹了口气：“看来，我们需要新思路了……”

肖敏才犹豫了一下，道：“我倒是有个人选，说不定可以帮我们……”

话音未落，又有人推门进来，看到来人，两人忙起身敬礼：“张副局长。”

02

张国栋挥手让两人坐下，见两人神色不佳，沉声问道：“案子不顺利？”

赵亚楠点头：“暂时没发现什么线索。”

张国栋随手翻看了几页调查报告，只感觉胃部又是一阵抽痛，嘴上依旧宽慰道：“不用太心急，总会有突破口。”

赵亚楠调整好情绪，很快说出了第二套方案：“接下来，我打算把彭大毛的犯罪记录重新梳理一遍。另外，将与彭大毛通话的黑号提供给缉毒大队，看看那边能不能给我们提供有价值的线索。还有……”

沉思片刻，她接着道：“我想针对三名死者之间的共性再做一次排查，看看有没有纰漏。”

“行，这几条线都可以查一查。”张国栋点头。

踟蹰半晌，赵亚楠还是道：“省厅那边是不是有什么指示？”昨晚还没来得及参加案情通气会，张副局长就被电话催走了，看情形，应该是上头给的压力不小。

“猜到了？”张国栋苦笑一声。

今天许厅又差点把桌子拍烂。他理解，毕竟市委前脚正风风火火地想把星港打造成魅力城市，后脚就“贡献”出了这么大一个案件。

张国栋在心里斟酌着用词：“这案子比较敏感，社会影响很坏，给市民造成了较大的心理恐慌，所以省厅方面希望我们在元旦晚会举办之前破案。”

肖敏才张大嘴巴，掰着手指头来回数了几遍，无奈道：“满打满算也只有三天……”

张国栋大手一挥：“这些你们不用管，上面的压力我来扛。另外，是否并案调查，赵队你全权把控，我无条件信任……”

赵亚楠点点头，忽然道：“张副局长，我想提个申请。”

张国栋微微一愣，很快道：“有什么需要协调的，尽管开口。”

赵亚楠笑了：“我刚调任星港不久，这次又时间紧迫，所以想申请一位警员作为帮手进入专案组。”

“帮手？”张国栋有些意外。他原本也有过这个打算，但赵亚楠新官上任，还是自己要求负责此案的，他要是提出加个人进来，总会显得有些不大相信她的能力。没想到这姑娘自己提出来了，倒是有些小看她的胸襟了。

“有人选吗？”

“钟宁。”赵亚楠脱口道。

在调任星港之前，她看过星港近几年所有重大案件的资料，对钟宁的印象极其深刻：“他对连环案件有些心得，而且破案思路和一般警察不太一样，我想，吸收一个这样的人加入，会对破案有很大帮助。”

张国栋爽朗一笑，一旁的肖敏才也是一乐，他们几个人的想法倒是不谋而合了。

张国栋道："你是负责人，人手配置，你可以全权做主。"

赵亚楠点头，慎重道："那我亲自跑一趟派出所。"

"不过……"话到嘴边，张国栋犹豫了。自去年那案子以后，那小子也不知是受了什么刺激，据他们所长老刘说，这一年，他一天到晚地翻看那些旧卷宗，对于所里那些家长里短的案子也特别上心。这还是以前那个只对大案要案有兴趣的刑侦天才吗？他真担心这小子不配合赵亚楠工作。

想了想，张国栋大手一挥，干脆道："我陪你跑一趟！"

此时，窗外的雪似乎停了。

03

雪停了，只是气温依旧低得可怜。

中午十二点半，新民西路，刘聋子粉店内。

"宁哥……宁哥，你看新闻！"张一明一边不停地跺脚搓手以抵御严寒，一边仰头看着右边墙上的壁挂电视，时不时碰碰坐在边上的钟宁。

"现在为您插播一条午间新闻：本市圆梦旅馆内发生凶杀案件，死者为男性，于二十八日凌晨被人用硬物击打头部致死，具体案发原因还在调查当中……根据有关方面透露的消息，此次凶杀案很有可能和八年前出现过的连环凶杀案有关……"

张一明盯着电视机，眼都没眨一下，嘴里啧啧道："宁哥，这可是大案子啊！"

钟宁扯过一张纸，把桌面上脏兮兮的油渍抹去，从头到尾都没有抬头看过一眼电视。

张一明扭头强调：“宁哥，连环凶案！”

钟宁依旧没有抬头，继续擦着桌子。

“宁哥，连环凶杀案啊！你给点反应呀！”张一明再次强调。他搞不懂，以钟宁的性格，发现这种命案早就按捺不住了，即便没有调查资格也会想办法往现场跑。现在倒好，两耳不闻窗外事，一心只盼眼前粉了。

去年那起大案侦破后，两人本来已经到刑侦总队报到了，结果第二天钟宁就主动提出了调回原职，理由是不能胜任。张一明对此很是不解，凭钟宁的本事都不能胜任，那还有谁能？福尔摩斯还是狄仁杰？

钟宁提出调回原职，张一明也跟着他回了派出所。刘所长常说：“革命工作一块砖，哪里需要哪里搬。”可钟宁就此和所里的旧卷宗较上劲儿了。张一明搞不懂，留在派出所没往上报的案子，说明社会影响比较低，再加上这些案子年代久远，基本都是结了案的，即便有一些还没结案，也无非就是些鸡鸣狗盗的小案子，值得钟宁为此浪费这么多时间吗？

其实他没有注意到，钟宁在听到“连环凶杀案”几个字时，眼角微微眯了一下。

店员把热气腾腾的米粉端上桌，钟宁终于开口：“吃你的粉。”

“宁哥，我们已经在这里吃了两天，这都是第四顿了。”张一明完全没有胃口。

米粉是价格亲民的星港特色美食，有圆有扁，有宽有细，从牛肉到三鲜，品类繁多，配上剁椒、酸豆角，口感更加丰富，但连着吃四顿，再好吃也有些腻了。

钟宁用筷子拌匀了辣椒油，往嘴里送了一口，丝毫不理会张一明的抱怨。

张一明瞄了一眼就知道，钟宁这是又想起那个他已经看了八百遍的旧案子了——一个姓盛的男人，因为公司破产受不了刺激，在家里烈酒配头孢自杀而亡。这么一个盖棺定论的自杀案，人都死了好几年了，实在是没有半点研究价值，他不知道钟宁到底想从里面看出点什么来。

张一明实在是忍不住了："宁哥，咱先把正事给办了吧。"

钟宁这次接话倒是快，问道："门口贴的通缉令还在吗？"

"在啊。"张一明小声答道，"我昨晚按你要求打印的，贴得特牢固，不过……通缉令的内容是你编的，这不太符合规矩吧？"

"放心，一共就让你贴了一张，别人不会知道。"钟宁终于抬起了头，冲张一明咧嘴一笑，"而且……我们现在就在办正事。"

张一明的脑袋有些转不过来。

04

这两天，钟宁和张一明跟进的是一起猥亵案。

案子发生在一周前，受害者吴菲儿，女，22岁，职业是房产销售。根据吴菲儿提供的信息，案发当晚七点左右，她接到客户要求看房的电话，在芙蓉兴盛小超市买了个面包充饥后，便赶到了与客户约定的看房地点。看房过程很顺利，与客户分别的时间大概是八点四十五分。之后，吴菲儿在独自回家途中，遇到了一个暴露狂。

楼盘位于新开发地段，因为没有路灯，周围漆黑一片，更不要说监控了。吴菲儿只看到疑犯身穿棉袄，棉袄内赤身裸体，对她喊了一些下流话，其余体貌特征一无所知。她当晚惊吓过度，没有及时报警，几天后闺密看出她情绪不对，问出原委后，鼓励她来报案。但时日已久，疑犯的毛发指纹等生物信息完全采集不到了。

这么个案子让钟宁犯了轴劲儿，他翻阅了三年以来辖区内所有的报警记录，结果发现类似案件从前年冬天起就屡次发生，案发过程基本一致，但案发地点都在偏僻路段，没有监控拍到疑犯。

张一明挠头："宁哥，查猥亵案，你翻姓盛的那人卷宗干啥？他都死了好些年了，总不能是他干的吧？"

钟宁没有回答张一明，而是端着碗，起身到了灶台处："老板，加个虎皮蛋。"

店名虽叫"刘聋子粉店"，但经营者并不是真聋子。老板四十岁左右，头秃，富态。他听到钟宁的话赶紧舀了一个虎皮蛋到钟宁碗中，指了指边上一个二维码，一脸堆笑道："两块钱，扫那儿就行。"

钟宁没听清楚，问道："你说什么？"

"两块钱。"老板擤了擤鼻涕，重复了一遍，"扫那个二维码就可以了。"

"感冒了？"

老板点头，赶紧把挂在下巴上的口罩戴上，不好意思地说："是啊，这天气太冷了。"

"多穿点嘛，你这衣服太薄了，这天气得穿羽绒服。"钟宁看了看老板的后脖颈，看来老板这身衣服是新的，吊牌都没拆。

钟宁低头看了看台面上的盆盆罐罐，纳闷道："没有酸豆角了吗？"

老板赔笑："没了，天气不好，送货不及时。"

"没有酸豆角还敢开粉店，星港你是头一个吧。"钟宁笑道。

老板也不恼，依旧赔笑："明天，明天就有了。"

钟宁不再多问，舀了一勺剁椒，往收银台瞄了一眼，店里唯一的店员是个染着红头发的小年轻，这会儿正跷着二郎腿打游戏。

"宁哥，现在到底是个什么情况？"等钟宁再次坐下，张一明凑了上来。

"等人。"

"等谁？"

"等送酸豆角的人。"

张一明愕然，为了吃个酸豆角，这么执着？继续问道："人家送来也是原材料，老板不还得炒吗？吃到最早也得明天了，你想吃，咱换家店呗。"

钟宁不为所动："我问了派出所边上的两家粉店，说是最近天气不好，送货的一般一个星期送一次，应该很快了。"

张一明咧嘴，刚想说什么，就透过玻璃窗看到门口一个穿着绿色围裙的人下了电动车，手里拎着一个大袋子，里面装的是成捆的泡制好的豆角。这人掀开门帘走了进来，冷空气也随之闯入，把墙上挂着的卫生许可证和营业执照吹得哗哗响。

老板赶紧迎上去，接过豆角放入后厨，又从收银台里抽出几张钞票递了过去。绿围裙也没说话，接过钱点了点，便走了。

钟宁起身跟着送货的人出了门。

"宁哥，干吗去？"张一明赶紧放下筷子，刚要起身，发现钟宁已经折了回来，还戴上了手套。他发现了异样："咋了？"

"抓人。"

张一明一愣："抓谁？"

钟宁看向正在忙活的秃头男人，道："老板。"

"行嘞。"

对钟宁的命令没有任何怀疑和迟疑，张一明立刻两步向前，一声虎喝："警察！双手举高，靠墙站好！"

秃头老板愣了一下，很快回神："警察同志，您这是干吗？吓我一跳。"

"现在怀疑你涉嫌一起猥亵案。"张一明瞪起虎眼，"跟我到派出所接受调查。"

"什么？"秃头老板一个哆嗦，"你们不要冤枉好人。"

"是不是好人，查查就知道了。"张一明冷笑一声，摸出手铐。

老板见势不对，拔腿就想跑，可惜他遇上的是连续三届警队散打冠军张一明，还没走出一步，就被张一明钳住衣领，猛地一扯，一屁股摔在了地上，嘴里号叫起来："你们干什么！我是好人，我要告你们！"

一屋子食客纷纷起身躲避，好事者还拿出手机拍着视频。钟宁不急不恼，把卫生许可证和营业执照从墙上取下，摔在老板身旁："好人你跑什么？"

"你们乱抓人，我当然要跑！"老板还想回嘴，钟宁已经蹲下，一把扯住了老板的衣领："衣服新买的？"

老板一愣，明白过来，顿时面如死灰，不再挣扎。

"带走吧。"钟宁捂了捂外套，出了店门。

天色阴沉，寒风呼啸，芙蓉兴盛小超市和"刘聋子粉店"中间隔墙的那张通缉令贴得牢牢的，纹丝不动。A4 纸张，上半截印了一张照片——其实就是个黑漆漆的半身黑影，别说长相，连性别都难以判断——就是钟宁昨天在网上随便找的。照片下印着一行加粗黑体字：案发当晚，嫌疑人身穿灰白色棉衣，暗红色灯芯绒裤，欢迎广大群众提供线索。

“谢了。”钟宁冲着通缉令上盖着的红色印章笑着道谢，再把通缉令细细抠下来，用打火机点燃烧尽。

张一明用手铐铐住秃头老板，塞到警车后座上，问钟宁：“现在带回去审吗？刘所长还等着呢！”

“你先给送回所里，再去通知受害者指认吧。”钟宁交代。这种二皮脸猥亵犯，不撞南墙是不会招供的。

张一明点头，又问：“宁哥，那你什么时候告诉我，你是怎么确定疑犯就是这秃子的？”

钟宁还没来得及回应，远处忽然驶来两辆警车，打头那辆还是总局的车牌。钟宁皱了皱眉头，回头瞪了张一明一眼。张一明嘿嘿一笑，默认是自己“暴露”了钟宁的行踪。

果然，车门一开，张国栋率先下车，身后还跟着一个穿警服的女人。张国栋指指赵亚楠，介绍道：“给你介绍一下，刑侦一队支队长，赵亚楠。”

赵亚楠率先伸出手：“钟宁，久仰了。”

05

“你好，赵队。”

钟宁听张一明提过局里空降了一个支队长，只是没想到这么年轻。

钟宁冲张国栋敬了个礼：“张副局长，谢谢您的批准。”他说的是那张通缉令的事，因为怕错失时机，他直接给张国栋打了报告，想不到张副局长当场就准许了，只是再三强调要做好善后工作。

张国栋哈哈一笑：“怎么样，人逮到了？”

“逮到了，正准备送回所里，再联系受害者来指认呢！”张一明在一旁答道。

张国栋看了儿子一眼，又重重拍了拍钟宁的肩膀，道：“这么冷的天别站外边了，上车，我们车上说。”

钟宁看看张国栋明显没有休息好的憔悴面容，略微迟疑，点了点头，吩咐张一明：“你先带人回所里去。”

张一明领命，和张国栋道了别，开车带着秃头老板走了。钟宁这才和张国栋、赵亚楠一起上了车。

刚坐好，张国栋就开门见山道：“钟宁，我就不绕弯子了，相信你知道我们是为什么来找你。”

钟宁眉毛一抬，没吭声。

张国栋叹了一口气：“听张一明说，你这段时间总抱着旧卷宗看，怎么，是想避免再有错案发生？”

钟宁沉默。

“那我也跟你说个旧案……”张国栋回忆几秒，开口道，“一九八六年，有个刚从部队转业回来的警察，接手了他人生中的第一起案子，是个连环抢劫杀人案。那时候凶手作案手法简单粗暴，只要看到穿着得体的人，他就从后脑一扳手下去，抢了钱就跑。死了整整七个人……”

张国栋抽出一根烟点上，思绪回到了三十多年前：“那时候连摄像头都没有，更不要说什么天眼系统了，但这个警察很聪明，在一个招待所的房间里找到了凶器，再根据当时的登记情况，推测出凶手是一个姓谢的生意人，那人正准备逃跑，于是警察带人去车站堵人，结果……”

张国栋吸了一口烟：“结果警察判断失误，凶手其实就是招待所老板，他老婆出轨，他因此报复社会，看到夹着公文包的男人就下手。警察去调查时惊动了他，然后他干脆来了个鱼死网破，趁警察带人去车站时，杀了两个旅馆住客后，跳楼自杀了。”

张国栋语气苦涩：“因为这个案子，这个警察受了处分，差点丢掉公职，但他没有因此而丧气，反而愈发努力工作，后来考上了北京公安大学，成了全国首屈一指的刑侦专家。”

钟宁抬头看了张国栋一眼，想确认他说的是不是已故著名犯罪痕迹学和犯罪心理学权威，陈山民。

张国栋看看钟宁的神色，心知他听懂了，拍了拍衣袖上的烟灰，接着说：“钟宁，谁都是在错误中成长的，难道你真要窝在派出所混一辈子？我不想用上级的命令来压你，我希望你能自己想清楚，你这是在浪费时间！”

钟宁有些底气不足：“也……也挺有意义的。”

“浪费天赋能有什么意义！”张国栋气得一声吼。

“张副局长，给他一点时间考虑。”一直没开口的赵亚楠看向钟宁，“不过，钟宁，我们的时间并不多。”

钟宁会意，开门下了车。

警车呼啸而去，消失在拐角处。

06

风刮得很大，抽打在钟宁脸上，像是针刺一般。

看着警车渐行渐远，钟宁心头怅然失落。不过张一明倒是回来得很及时。钟宁开门上车，问道：“这么快？吴菲儿去所里指认了吗？”

“把疑犯送回所里不就一脚油门的事儿吗？我刚打算通知吴菲儿，就接到了我爸的电话，然后立刻来找你了。”张一明朝后座努努嘴，“你看后座，资料都送过来了。”

钟宁扭头，看到张一明的比亚迪后座上放着厚厚一叠案卷，苦笑一声，看来张副局长是算准了自己抵挡不了内心的冲动吗？

“宁哥，咱有一说一，一直待在派出所对你来说太屈才了，你就应该去破大案要案。”看钟宁依旧还在犹豫，张一明继续撺掇着。

“我……”

“别你啊我啊的，”张一明冲他一抬下巴，“我可陪你在派出所待了一年了，你要再不走，我可走了！”

钟宁哑然一笑，探过身子把案卷拿到手里，终于还是没忍住翻看起来。

张一明心头一乐：“就是嘛，这才是我偶像应该干的事情。”

钟宁没有搭话，只是一页一页翻阅着案卷，眉头也跟着皱得越来越紧。

“我听我爸大致说过这案子的情况，确实挺诡异的，都不知道从哪儿下手查，我脑子里有一百个问题都找不到答案。”张一明发动了汽车，“这彭大毛都坏到脚底板了，谁知道他嫖过多少次，凶手真要是个小姐，这怎么查？”

“坏人就一定是从头坏到脚吗？”钟宁莫名点了这么一句，就没再往下说。

去年的那起案子，凶手杀了那么多人，可他真是一个彻头彻尾的坏人吗？钟宁给不出答案。这个彭大毛也一样，看起来就像张一明说的那样，从头坏到脚底板，但如果他不是一个彻彻底底的坏人呢？

张一明若有所思地点头，自己琢磨道："难不成这个彭大毛还做过好人好事？他不像这种人啊……再说了，谁还能因为做好人好事招来杀身之祸？宁哥，你这个想法真是另辟蹊径啊！"

钟宁暗暗一笑。这个张一明，虽然当警察是被他爸逼的，脑子转得也慢，但是认真起来，是相当负责任的，可见他是发自真心热爱警察这个职业，未来说不准也是一把好手。

手上的资料翻到了117房间的外墙窗户的照片，钟宁眯了眯眼："窗户上贴的是……"

张一明瞟了一眼，随口道："应该是彭大毛在街上随手接的传单吧，拿回去糊窗户了。"

"沃尔玛开业大酬宾……洗浴城五折优惠活动……舞蹈培训招生简章……《牡丹亭》演出信息……"

钟宁细细看了看，眼睛猛地一亮，又翻到彭大毛的行迹路线图对比了一番，道："我知道疑犯在哪里出现过了。"

"什么?！"张一明瞪起虎眼，激动起来，"我就知道你厉害！宁哥，赶紧跟我说说！"

钟宁没答话，而是问道："你可以让赵队把案卷的电子档发过来吗？"

张一明咧嘴一乐，从储物台里拿出一个警用PDA递过去，嘿嘿笑道："她早就给我了。"

钟宁哑然失笑，接过PDA，很快在电子档案里翻到了那两张照片，放到了最大，说道："我推测，疑犯并不是性工作者。"

"什么？"张一明没听清楚。

"你联系一下刘所长，麻烦他去通知吴菲儿指认疑犯，你跟我去一趟这里。"钟宁指了指PDA上放大的照片，"疑犯可能是个演员。"

第四章 上香

这崔府君掌管地府的工作，

只要有他压阵，

什么厉鬼都不敢靠近。

01

天色阴沉，云层厚得像脏兮兮的旧棉被，把月亮遮挡得漏不下一丝光线来，剧场内只剩下两盏壁灯施舍着光亮，照亮着眼前的小小舞台。

邓丽娟从起手第一个脚光灯处出发，往左踮了二十四步，转身站定。根据刚才的测算，这里刚好是舞台正中央。灯光落在她脚上的红舞鞋上，氤氲起一团亮眼的红雾。她深吸一口气，像个即将接受将军检阅的骄傲士兵，脸涨得通红。

音乐响起!

邓丽娟姿态笨拙地小跳步快速向前，就在她腾空的瞬间，伴奏不知为何戛然而止，她猝不及防，重重摔在了地上，茫然地环顾四周，只看到周围漆黑一片，就连壁灯施舍的光也不知被谁收走了。

“谁？为什么不让我跳舞？”

没有人回话，黑漆漆的剧场里只有呼啸而过的风。

“谁？为什么不让我跳舞？”

“我呀！”

观众席上悠悠飘来一个白影——是一个面无血色的男人，又高又瘦，头发很长，遮住了脸，单薄的身上套着不合身的白色西装。男人向邓丽娟伸出手：“是我呀，娟，别跳了，跟我走吧，我带你去赚大钱。”

“你是谁？”邓丽娟害怕地后退两步。

白西装瞪大了眼睛，露出一口黄牙，冲她挤眉弄眼：“我是你的男朋友啊！我带你去大城市，那里的舞台比这里大多了！”

邓丽娟好奇地问道：“真的吗？”

“当然是真的，大城市不但舞台更大，还能赚大钱，我给你买好看的衣服，好吃的东西。”白西装不断引诱着她，“今年你就能开上小汽车。”

“我不要开小汽车。”邓丽娟摇了摇头，又很快点头，“你真能带我去跳舞吗？”

“我可不会骗你，你下来我就带你去。”白西装冲她招手，“你放心，我会保护你的。”

“好，你说话要算数。”邓丽娟终于抬腿跨下了舞台。

就在此时，黑暗中响起一个女人的声音：“不要去！娟！”

邓丽娟茫然四顾，看不到说话的人。

“不要去！小娟！”还是那个女人的声音。

邓丽娟举目四望，依旧看不到半个人影：“你是谁？”

没有人回话。

“你到底是谁？”

依旧没人回话。

“别听她的，你跟着我才能过好日子。”白西装不耐烦地伸手去拽邓丽娟。邓丽娟看到他伸出袖管的手臂，竟然是一节白骨！她惊恐地往后退了两步，再抬头看向白西装，发现他瞪大的双眼惨白一片，根本没有瞳孔。

“我不跟你去！你是个骗子！”

听到这句话，白西装瞬间变脸，面容慢慢扭曲起来：“我要是骗子，你就是婊子！”

“我不是！”邓丽娟大声否认，用尽浑身气力想要逃跑，可身体像是被定住了一般动弹不得。

“你跑啊，怎么不跑了？”白西装越飘越近，“去接客吧，娟！接客能挣钱，挣了钱，我们就能过上好日子了。”

“我不去，我不想去……”

白西装换了语气：“去吧，乖，我这么疼你，你忍心看我受苦吗？”

“我不去，我害怕！”

“啪！”一个巴掌抽在了邓丽娟的脸上，留下五道斑驳的血痕。

“别给脸不要脸！”白西装突然从裤腰处抽出一把闪着寒光的尖刀，在邓丽娟的脸上比画着，“不去老子就毁了你的脸。”

“我不去！”

眼看着刀尖在脸上游走，邓丽娟不知道哪里冒出来的力气，猛地伸手一推，白西装摇晃两下，居然像纸片人一样轻易地被拦腰折断，瘫倒在地。她瞅准时机撒腿就跑，可只跑出两步，白西装就再次出现在她眼前。

“臭婊子！还想跑！”他举起刀，朝她脸上划了下来……

02

“啊！”一声惨叫，邓丽娟猛然睁开了眼睛。

枕边的手机正响着一曲儿歌：“小兔子乖乖，把门开开……”

又是噩梦。八年了，她总是被这种噩梦缠绕，梦里的人永远面目模糊，无法辨认。邓丽娟翻身起床，这才发现自己已经浑身湿透了，身上穿的还是昨晚那一身皮衣。她喝了口水，感觉到脑袋一阵一阵刺痛。

“嗡！”电话振动了一声，是朱艳艳发来的消息：“娟姐，等下来接你演出。”

邓丽娟收回思绪，回了句“好的”，看看时间，才发现已经中午了。她赶紧起身拉开窗帘，拿起望远镜看出去。

然而对面的星剧场却空空荡荡，根本没有往日热火朝天的景象。

“难道是午休了？”

她又瞄了一眼剧场宿舍的方向，也是一片安静。

邓丽娟叹了口气，有些意犹未尽地从床底下搬出一个箱子，从箱子里拿出一个厚厚的文件夹打开，里面全是她从各种报纸杂志上剪下来的豆腐块，内容全是关于一个人的演出报道和各种剧照。当中不少纸张已经十分陈旧了，从时间上看，连这人大学时参加舞蹈比赛获奖的报道都没有漏掉。

文件夹明显被翻看过很多次，折角处已经有些破损。邓丽娟翻得小心翼翼，脸上的表情却五味杂陈——曾几何时，她也梦想着站在舞台上，和最心爱的人跳上一曲。

失神间，邓丽娟忽然感觉脸上有些刺痛——应该是昨晚没卸妆就睡觉的缘故，这会儿皮肤有些过敏了。她放好文件夹，再把箱子塞到床底下，这才去卫生间卸妆洗脸。

浓妆卸去，镜子中映着一张比妆后苍老不少的脸，鼻梁处的刺痛感愈加强烈，还伴随着瘙痒。

“老了，抵抗力是越来越差了……这都多少年了，居然又有增生了。”

她叹了口气，拧开洗手台上一瓶绿色的凝胶，在鼻梁处细细涂抹，这才又在脸上铺上了一层厚厚的粉底。

化完妆，她走到客厅的神龛前。神龛里摆放的雕像不是观音也不是财神爷，而是一个穿着黑袍、凶神恶煞的老头，看得出来放了有些年月了，雕像表面已经被香火熏得乌黑。

神龛里供的是崔府君，邓丽娟听肖爷爷说过，这崔府君掌管地府的工作，只要有他压阵，什么厉鬼都不敢靠近。

“保佑我早点完成最后一个心愿吧……”邓丽娟恭恭敬敬地点上六炷香，俯身拜了六拜，这时，一阵敲门声传来。

“谁呀？”邓丽娟有些意外，除了几个最要好的姐妹，就连朱艳艳和小六都不知道她的具体门牌号，谁会来敲门？

“物业的！”门外一个女人的声音说道，“前两天不是请娟姐去教跳舞嘛，今天专门过来感谢一下。”

邓丽娟记起来了。为了庆祝新一年的到来，物业组织了一批业主表演广场舞，前两天她确实去教了一点跳舞的技巧。她打开门，物业大姐手中提着一篮橘子，一脸笑意地递了过来：“娟姐，马上元旦了，意思一下。”

“谢谢。”邓丽娟笑着接下，并不打算过多客套。

大姐似乎还有事情，赶紧开口问道：“娟姐，元旦晚会的门票你别着急买。”

“什么门票？”邓丽娟一愣。

物业大姐不好意思地摆了摆手：“咱们小区的舞蹈队要作为民间代表参加元旦晚会啦，到时候我给你一张通行证，你去现场指导一下我们呗。今天早上星剧场门口好多人搬东西，他们也是去排练元旦晚会的，一想到能和曾星参加同一场晚会，我就激动！”

邓丽娟回头看了一眼墙上的挂历，心头一个激灵——今天是二十九号，元旦晚会已经近在眼前了。原来今天剧场没人，并不是在休息，而是去元旦晚会现场彩排了。

那岂不是意味着……今天是一个好时机？

物业大姐见邓丽娟愣神，误会了，连忙道：“没事，你要是有事来不了也没什么……”

邓丽娟赶紧借坡下驴：“我怕那天有事，不保证一定能去。”

物业大姐又客套了几句，转身往电梯口走去。

邓丽娟瞄了一眼窗外，按捺住心头的喜悦，等物业大姐进了电梯，她这才拿上外套，锁好门，走楼梯，往对面的星剧场小跑而去。

03

从住所出发，经过花园国际小区正门口的两个保安亭，再沿着星剧场围墙边的剧场西路走上七百步，看到右边一栋三层小楼后，再继续往左走四百二十步，就可以到达星剧场的正门。

风刮得急，邓丽娟走得更急。剧场正门口果然停着两辆蚂蚁搬家的货车，此时，几个工人正在保安的指挥下，往货车上抬着东西。

邓丽娟埋下头，绕过货车，踩着积雪往剧场内走去——如同熟记住所到剧场的距离一样，剧场内部的情况她也了如指掌：这里以前是一个叫“湘省花鼓剧团”的剧院，前几年因为经营不善倒闭了，星剧场接手后做了修缮和扩建。如今，大堂面积达到八百五十五平方米，门口安装了检测管制刀具的立式检测仪，进门右边是售票处，左边是休闲区。四周墙壁的海报和演出预告大部分是一男一女的舞台剧照，剧照中的演员正是星剧场的首席舞者。

邓丽娟仰头看了看比自己还高的喷绘剧照，又瞄向了一楼转角处的吸烟室——没有人。

“看来今天没有人值班……”

邓丽娟推开边上一扇厚实的木门，进入演出厅。演出厅设计成了半圆形，观众席分上下两层，全场一千四百个座位，红色底座搭配米色靠背，看上去很有些壮观。

没有演出时，舞台幕布是合着的，玫瑰红的绒布搭配黄色的流苏，让整个舞台显得端庄高雅。美中不足的是，剧场只开了两盏橘色的壁灯，让这个空旷的空间看上去有几分阴森。

邓丽娟绕到后门出了剧场，进入右边那栋三层小楼——那里是演职人员的宿舍，也是她今天的目的地。宿舍一楼住的是剧务、美术等工作人员；二楼是配角和群演们；三楼是两位首席和男二女二的宿舍。

此时，宿舍楼里空无一人，只有一只橘黄色的老猫正趴在窗台上慵懒地打着盹。

邓丽娟径直上了三楼，停在302号房的门口，左右看了一眼，俯身从入户地毯下摸出了一把钥匙，打开房门，闪身进入。

这是一个小户型的单身公寓，六十平方米左右，面积不大但装修精致，家具考究。原木风格的茶几和素色沙发让整个房间充满了小资情调，头顶是水晶吊灯，脚下是胡桃色的实木地板，床头柜上还摆着一个玻璃相框。

邓丽娟把目光锁定在了相框上——照片里的人正是这个房间的主人，身上穿着十分华丽的芭蕾舞服，举着一个奖杯，正冲着她笑得璀璨。

怔怔地看了好一会儿，邓丽娟这才看向了地面，忍不住苦笑一声——地板上、床头柜上、洗衣机上，到处都是脏袜子、脏衣服、啤酒罐，枕头上甚至还散落着半包没有抽完的香烟。

邓丽娟轻车熟路地在卫生间找了一双塑胶手套，戴上早就预备好的口罩，利索地打扫起来。她之所以不怕被屋主人发现，是因为知道这里会有保洁进屋收拾，即使屋主人回来发现房间被整理过，也会以为是保洁人员干的。全都收拾妥当后，她心满意足地半躺到了床上。

和凌乱的房间不同，床上倒是很好闻。邓丽娟取下口罩，贪婪地深吸了好几口气。

已是下午一点半，距离和艳艳约好的时间只有半个小时了。可邓丽娟依旧不舍得走，她轻靠着床头，看向相框里的照片——多少个日夜啊，她就是靠着对这个人的执念，才苦苦支撑着，告诉自己要活下去。

邓丽娟掏出手机，打开了里面的视频——这次她看的不是芭蕾舞剧，而是芒果台的一个综艺节目。视频中，曾星和搭档在节目现场跳了一小段高难度的炫技舞蹈，博得阵阵掌声。紧接着，一个民间演出团队上台表演，两者之间的强烈对比带来了不错的节目效果，观众席不时有欢声笑语传来。

邓丽娟就在其中，她清晰地记得，那天是九月三十日，一个让她永生难忘的日子。

“要是能跟你真正共舞一曲就好了……”邓丽娟的心头忽然涌起一阵酸楚——她想起了秦世聪，想起了段黎明，想起了彭大毛……如果没跟他们浪费那么多时间，说不定自己是有机会实现心愿的吧？

邓丽娟长叹一声，关了视频，刚要起身，压在相框下的两页纸引起了她的注意。那似乎是什么演出合同，上面印的都是英文，邓丽娟看不懂。

就在这时，走廊外响起了一阵急促的脚步声。邓丽娟心头一沉，猫着腰，把耳朵贴到了门上。脚步声越来越近，邓丽娟感觉自己的心脏像是被敲击的鼓，怦怦跳个不停。来不及细想，她蹲下身，眼睛瞄向了床底。

就在她准备钻进床底时，隔壁房门传来了开门声，接着又响起了关门声，脚步声再次在隔壁房间响起。

虚惊一场，邓丽娟尴尬地笑了笑，以防万一，她不敢再多待。重新戴上口罩，她提上整理出来的垃圾，把门打开一条小缝往外瞄了瞄，确定没人后闪身出了门，正要掀开地毯——

“你好，你是？”

走廊入口处忽然出现了一个高挑的身影。

邓丽娟顿时僵住了。走廊里灯光昏暗，但她依旧一眼就认出了，来人是曾星！

04

曾星有些紧张地盯着邓丽娟：“你好，你是？”

“哦……我是……我是搬家公司的。”邓丽娟的思绪飞速转动着，终于想出来一个借口，“我来看看这边有没有什么东西需要我们处理。”

“搬家公司？”曾星狐疑地看着邓丽娟，又瞄了一眼她手中的垃圾袋，像盯一个小偷。

“对啊，蚂蚁搬家嘛。”邓丽娟继续扯谎，“你们不是要去参加排练吗？你们请我们过来搬东西的。”

“这样啊……”可能是言之有据，也可能是被邓丽娟的演技骗了，曾星不再怀疑，笑着说，“这里是我们的员工宿舍区，不用你们搬东西。”

“那行，门口的这袋垃圾我帮你顺手扔了吧。”邓丽娟尴尬一笑，依旧忍不住多看了曾星两眼——他穿着一件浅灰色羽绒服，搭配一条浅色牛仔裤，看上去比在舞台上要纤瘦很多，也更显年轻。

“谢谢你。”曾星彻底放松下来，笑着露出一口好看的白牙。

“没事，没事。”邓丽娟赶紧往楼道走去。

还没到楼梯口，邓丽娟忽然又听到曾星在身后喊了一句：“咦，钥匙呢？”

邓丽娟的心头“咯噔”一声——刚才太着急，钥匙还没来得及放回原处，她支支吾吾地答道：“我……我没看到啊。”

“不是问你。”曾星呵呵一笑，指了指邓丽娟身后。

这一回头，邓丽娟神色一窒——那个叫苏盼的女首席出现在楼道口，她也和曾星一样，穿着一件浅灰色羽绒服，里面还套着没换下来的芭蕾舞服，看上去像刚排练完。她看起来似乎心情不好，有些不耐烦地说：“不就放在地毯下面吗？”

“真没看到啊……”

“你是视力不好，还是在故意扯开话题？”苏盼快步从邓丽娟身边走过，气呼呼地质问曾星，“你先回答我，你为什么把合同签了？你不知道我不想去吗？”

“哎呀，有人在，等下再说这个……”曾星瞟了一眼邓丽娟，“先找钥匙，先找钥匙。”

苏盼跟着看了一眼邓丽娟，悻悻地闭了嘴，俯身在地毯下和鞋柜里翻找起来。邓丽娟不敢多待，赶紧下了楼。

雪彻底停了，几缕阳光在云层中拔地成长。剧场门口的工人们还在搬运着物品。邓丽娟取下口罩，大口呼吸着新鲜空气，心情也跟着明媚起来——这些年，老袁总炫耀儿子又拿了全校第一，老蒋总吹牛自己又赚了多少钱、开了多少分店，连老夏都有意无意地跟她谈起自己的生活多么有滋有味。末了，三人还一个劲儿地挖苦她，说她要钱没钱，要事业没事业，要男人没男人，都不知道为啥活着。

她们哪里知道，经历了那些事儿以后，还能安安心心地守着自己的心头肉，是多么难得。

这两年她也想开了，只要能守着，吃再多苦受再多累，甚至让她再背上一两条人命，她也心甘情愿。就像肖爷爷说的——人啊，都有一条命管着。命就是一个箩筐，你出生就是落在这箩筐里，怎么蹦跶都蹦跶不出去！

邓丽娟心想，那就不跳了呗，守着还不行吗？

阳光更耀眼了，劈头盖脸地洒在剧场大楼披挂下来的海报上，让上面的人显得更光彩夺目。邓丽娟握了握口袋里的钥匙，嘴角弯了起来。

就在此时，口袋里的手机"嗡嗡"振动了两下，邓丽娟以为是朱艳艳催她了，拿起手机看了看，蹙起了眉——是一条新闻推送，标题耸动：《连环杀手重现江湖》。

邓丽娟无奈一笑，抬头瞄了一眼宿舍楼，又看向演出大厅，脚步轻快地往大堂方向走去。

应该是上午的彩排结束了，演员们陆续回来了，大堂里很热闹。不过，没人注意到她。

她径直到了一楼拐角处的吸烟室。

反锁上门，邓丽娟跨上一个半身高的垃圾桶，然后撑起双臂，将天花板的扣板取下来一块，接着踮起脚伸手在里面摸索了一阵，而后取出一个玻璃瓶——瓶子原本是装老干妈辣酱的，不过被清洗干净，灌满了透明的液体。

邓丽娟用力拧开盖子，小心地倾斜瓶身，让里面的液体缓缓滴在垃圾桶中的一张被丢弃的海报上。

“滋！”液体接触到海报的瞬间，曾星那张标致的脸上冒出了浓浓雾气，一圈一圈细小的泡沫不断侵袭着曾星的身体，很快，他的上半身便成了一片焦乌，一股难闻的气味充斥着整个吸烟室。

“没被人动过……”邓丽娟拧紧瓶盖，把玻璃瓶握到手中，推开吸烟室的门。门开到一半，外面忽然传来了一个女人的声音：

“你好，我是警察，有案件需要你配合调查……”

05

邓丽娟一怔，赶紧重新关上门——警察为什么会找到这里？

“什么事情啊？”是保安的回话。

“想跟你打听一下这里的负责人……”

确实是警察。邓丽娟赶紧把玻璃瓶放进外套宽大的口袋里，接着把吸烟室的门拉开了一条缝，然后她从中往外瞄了一眼——一、二、三、四，大堂内一共有一女三男四个警察。

“这是来找谁的？”邓丽娟皱眉。

没时间深究，先离开这里再说。她稳定了情绪，开门走了出去。没有人注意到她，更没有人注意到她口袋里的东西。她快步走到检测仪旁，正要出门，一个穿着夹克的男人迎面拦住了她：“你好。”

"怎么了？"邓丽娟站住了脚。

"我是警察。"男人拿出警官证，"想找你调查一点事情。"

不止四个，有五个警察！邓丽娟问道："什么事情啊？"

警察似乎默认了邓丽娟是这里的工作人员，从随身包里抽出一张彩色照片，递了过去："请问你见过这个人吗？"

邓丽娟感觉脑袋里一声轰鸣——照片里的人是彭大毛！

警察是来找彭大毛的！

邓丽娟竭力维持着镇定，摇头道："我不是这里的员工，也没有见过这个人。"

"那你是……"

邓丽娟赶紧指了指墙上的海报："我是来看看今晚有没有演出的。"

"哦，那请问……"

警察还要问什么，邓丽娟口袋里的手机非常适时地响了起来。星剧场广场上，朱艳艳已经到了，正把脑袋伸出厢货车的窗户，举着手机冲她喊着："娟姐，这边！"

邓丽娟尴尬一笑，掩饰道："我还有事，朋友已经在等了。"

警察点了点头，做了个请便的手势。邓丽娟赶紧走了出去。

就在此时，厢货车后方，一辆警车一脚急刹，停在了广场上。

第五章 加大版密室

八年前，一辆黄色保时捷 911，

进了巷内……从着火到死亡，

时间不会超过三分钟。

没有线索，没有疑犯，查无可查。

01

“这是知道出事了？”张一明推开警车的车门，看到那两辆搬家公司的卡车，眼睛滴溜溜地转着，“莫非是知道我们查过来了，老板准备跑路？”

“不至于。”钟宁摊手。他知道张一明就是随口瞎扯，自己这个搭档老没个正形的心态让他很是羡慕，起码心里不装事，睡觉安稳。

“宁哥，这个问题我憋了一路了……”抬腿下车，张一明问道，“你跟我解释解释，为什么你觉得疑犯在这里出现过？又为什么可能是个演员啊？”

“先进门，赵队在里面等着呢。”钟宁抬头看了看眼前的星剧场，脚下没停。

这是他头一次进芭蕾舞剧场，身边人的日常消遣多是看看电影、逛逛街，芭蕾舞演出相对而言比较小众，没想到这个剧团，居然能在市区租得起一个独立剧场。

刚到剧场门口，赵亚楠已经迎了出来，给两人递上证件，半开玩笑道：“钟宁，我先代表自己感谢你，至于警队方面就算了，这是你应该做的。”

钟宁伸手接住证件：“谢谢赵队。”

“不用，这是我应该的。”简单寒暄过后，赵亚楠领着两人往里走，“刚才我已经安排人找保安队队长和几个工作人员做了简单的问询，暂时没有人见过彭大毛。我已经派人去调取监控了。”

钟宁点点头。刚才进门的时候，他发现剧场大堂里、门口广场上到处都装了摄像头，只要彭大毛来过，有很大可能在监控视频里发现他的踪迹。

环顾正在被问询的演职人员，一旁闲不住的张一明仰着头，看着墙上一人高的宣传剧照，不解地问道：“芭蕾舞剧怎么用《牡丹亭》里的词？”

“最近星剧场正在上演的，是根据中国古典戏剧《牡丹亭》改编的芭蕾剧目。主演曾星正是靠这出剧目在国际上闯出名堂的。”赵亚楠指了指海报上面容英挺的男演员，介绍着她在来之前看的资料信息，“曾星，星剧场的男首席也是老板，留美海归，曾获得国内外多个芭蕾舞大赛的冠军，是国内首屈一指的男舞者。回国后先在中南舞蹈学院任教，后辞职创办了星剧场。他边上这个是……”

“这个我认识！”张一明两眼放光，兴奋道，“东方小鹿，苏盼！”

钟宁有些惊讶：“你还懂这种高雅艺术？”

“我是不懂艺术，不过……”张一明一脸得意，“苏盼上过一期《男人装》，裸背……特漂亮。”

赵亚楠尴尬一咳，继续道：“对，她叫苏盼，星剧场的女首席，算是这两年国内芭蕾舞界的新星，被舞蹈圈粉丝称为‘东方小鹿’。”

“彭大毛跟这里有什么关系？”张一明话说到一半，大堂门口，一个刑警领着一男一女走了进来。

钟宁一眼就认出，这两人正是海报上的曾星和苏盼，俊男靓女，很是般配。看两人的亲密程度，应该是一对情侣。不过，曾星看起来和海报上那个傲气十足的舞者不同，生活中的他似乎更加胆小谨慎。

曾星有些紧张地问道："警官，请问找我们有什么事吗？"

"有个案子想请你协助调查。"赵亚楠拿出彭大毛的照片，"这个人你认识吗？"

曾星盯着照片看了看，摇头道："不认识，没见过。"

"你呢？"

苏盼同样摇头："没见过。"

"完全没有任何印象？"

"没有。"两人一脸纳闷。

苏盼不解道："这人怎么了？跟我们剧场有关系吗？"

"案件还在调查，不方便透露。"赵亚楠没有多言，"麻烦你提供一份剧场所有工作人员的联系方式，包括保安和保洁，另外通知一下今天上班的员工到你们的会议室集合，让我们做个简短的问询。"

"你们先得说是什么事情吧？"曾星还没吭声，苏盼就在一旁不满道，"不然我们怎么跟大家说？"

赵亚楠笑笑："具体案情现在不方便透露，请配合警方的工作。"

"好的，好的。"苏盼还想说什么，曾星赶紧扯了她一下，"这个没问题，你们跟我来。"

两名警员跟着曾星走了。张一明盯着赵亚楠递过来的问询记录，愈发不解，好奇问道："宁哥，这不都说没见过彭大毛吗？而且，一个吸毒的闲散人员，难道还能来看芭蕾舞演出？"

钟宁没有回话，手中的警用 PDA 正闪着幽光，显示的是案发现场窗户的照片。他看一眼照片，又抬头看看墙上的剧照，像是在比对着什么。

赵亚楠已经明白钟宁要来调查星剧场的原因，她拿出自己的设备打开同样的照片，又指了指墙壁上的剧照，解释道：“你看看这张……这张……还有这张……”

才瞄了两眼，张一明就瞪大了眼睛，他突然明白了赵亚楠的意思——在彭大毛案发现场窗户上的那些宣传单中，有四张都和星剧场相关：一张是《牡丹亭》的演出信息，一张是星剧场和英国皇家芭蕾舞团合作的预告，还有两张是招募芭蕾演员的招聘广告，这些宣传单页的时间横跨了彭大毛住在圆梦旅馆的三个月。

“也就是说，彭大毛不但来过星剧场，还来过好几次？”张一明的好奇心被勾了起来，“他来这里干什么？难道疑犯真是这里的演员？”

钟宁沉思片刻，说道：“我推断，星剧场应该有彭大毛熟识的人，但这个人很可能不想被人知道他与彭大毛相识，而且他没有去过圆梦旅馆，所以我们在那儿找不到任何嫌疑人的线索。”

赵亚楠点点头：“有道理。这种高雅的舞种，连招保安都对外形有一定的要求，在这种地方工作的人，要真认识彭大毛那种老毒鬼，换了是我，也不想被人知道。”

“所以，工作人员里有人表示见过彭大毛的概率不高。”钟宁抬头指了指监控摄像头，“更大的希望还是在它。”

此时，张一明已经拿着 PDA 对窗户上的宣传单一阵分类，后知后觉地分析道：“宁哥，你是对的。窗户上贴的宣传单，有岳山区沃尔玛超市的，还有汽车南站附近的，这些都和他的通信基站信息吻合，所以他肯定来过星剧场。”

话音刚落，一个警员小跑过来，道：“赵队，整个剧场包括老板在内，在编演员二十四人，售票员两人，保安四人，已经全部做完问询。”

“有没有收获？”

果然如钟宁所料，警员摇头：“没有，都说不认识彭大毛，对他也没有印象。案发时间段，所有人都提供了不在场证明，目前正在一一核查。”

“嗯，抓紧。”赵亚楠神色严峻。

钟宁没有失望，心里已经思考着，万一监控视频也没有收获，下一步该怎么行动了。就在此时，一个警员从保安室小跑出来，激动道：“发现彭大毛了！”

02

广场西侧的监控拍到了彭大毛的身影，且拍到不止一次。

十二月九日下午三点十五分，彭大毛出现在星剧场广场右侧的人行横道旁，一直来回踱步，像是在等人。十分钟以后，他突然快步离开，肢体语言显示出他的焦急，接着他右拐离开剧场路，进入监控盲区。

十二月二十二日晚上六点，同样是在广场西侧的人行横道旁，他再次出现在画面中，依旧神情焦急。六分三十二秒以后，他就挤上公交车离开了。而且这一次，他确实随手接过了剧场工作人员派发的宣传单，塞进了口袋中。

“半个月来了两次。”赵亚楠握了握拳，看向钟宁。这是这个案子第一次见到曙光。

钟宁没有说话，看着监控，脑子飞速运转着——画面中只出现彭大毛一人，而且很快就离开了，这点信息暂时对案子的侦破没有实质性帮助。

“这是……在等人？”张一明目不转睛地看着视频，问道。

“看样子像。”

“我也觉得是在等人。”

不止张一明，另外两人也说出了同样的观点。

“这么看来，他等的这人很有可能就是疑犯！”张一明兴奋地看了一眼钟宁，“宁哥，你起码对了三分之二！”

“可惜，没看到他等的人是谁。”一旁的警员来回拖动了四五遍监控进度条，有些丧气。

“慢点！”赵亚楠忽然开口指挥道，“慢点……定格！再拖回去一点……慢点……定格……”

如此来回几次，监控画面中出现了三个类似的画面。

“右后方！”钟宁很快发现了端倪——三个画面中，彭大毛的头全部扭向了右后方，也就是说，他等的人，可能会从星剧场右后方出现。

“那边是剧场西路，再过去的话，是……”赵亚楠思忖两秒，“是花园国际小区。”

花园国际小区紧邻星剧场，同时还是星港乃至整个湘省最好的高中雅俊中学的学区房之一，而且是免考直升。这小区的房价贵是肯定的，甚至不是有钱就能买到的。这样高端的小区里面很可能藏了一个连环杀手？

赵亚楠分析道：“有没有一种可能性，因为花园国际的安保很严密，所以彭大毛不敢直接找过去，只能在星剧场附近等人。”

“这也不太好排查啊。”查看监控的警员摇头道。

花园国际是个老小区，一共四期，加起来有 8300 户，住得满满当当，按一家三口算，至少居住着 24900 人。如此庞大的数字让众人犯难了。

“肯定还漏了什么细节……”钟宁把目光从监控画面上收回，重新看向了警用 PDA。沃尔玛国庆促销……洗浴城开业……KTV 五周年大酬宾……为什么其他宣传单页没有重复的？彭大毛去这些地方又是为了什么？钟宁隐约感觉到自己漏掉了什么关键点，但一时半会儿又抓不到症结。

“宁哥，赵队，你们觉得，这个案子和星剧场搬家有关系吗？”张一明道，“我怎么觉得这么巧呢？”

赵亚楠摇头道：“没有关系，他们只是将一部分设备搬去元旦晚会的现场。不过星剧场应该是准备关张了。两天前，芭蕾舞圈的论坛上透出消息，英国皇家芭蕾舞团想请曾星和苏盼去当首席，据说这次元旦晚会也是看曾星的面子才应邀前来的。”

此时，曾星推开保安室的门走了进来。看到一屋子警察，他比刚才更紧张了：“那个……各位警官，该提供的资料我都已经提供了，那人我们都不认识，我们是不是可以正常工作了？”

“可以。”赵亚楠指了指监控道，“不过这个监控硬盘我们需要调用，等案子结束了，我们会送回来。”

曾星赶紧摆手：“没事没事，不用送回来，我们反正也用不上了。”

“我们有规定，必须送还。”

“那……那行吧。”曾星点头道，“既然没事了，我们就先去排练了。”说完如释重负地离开了。

“剧照上看这男的高大威猛，生活中倒是胆小的人。”张一明撇撇嘴。

“行了，回归正题，我们结合监控基本可以确定，彭大毛生前曾经几次来星剧场附近等一个居住在花园国际小区的人，此人很可能就是杀害彭大毛的凶手。”赵亚楠拍了拍手掌，开始分派任务，“小刘，你现在马上去花园国际找保安排查监控，看看彭大毛有没有出现过；小王，你去调一份花园国际所有住户的名单，不管是业主还是租户，全部做一次走访调查，任何人都不能漏掉。”

这么庞大的工作量，专案组人手不够不说，时间上更来不及，钟宁皱起眉头思考，怎么才能够再缩小排查范围。那种就要抓住重要线索的直觉一直萦绕在胸口，可就是看不透，这让他有点愣神。

赵亚楠思忖几秒，继续交代道：“张一明，你赶紧通知肖队，让他重新排查彭大毛的档案，看看他涉及的所有案件中出现过的女性，有没有曾经或者现在住在花园国际的。”

张一明领命，又拉着赵亚楠低声嘀咕了几句什么，赵亚楠听完点头同意，他这才跟钟宁打了个招呼，一边打电话，一边转身往外走去。

钟宁正陷入思考，没注意他们在说什么，就听见赵亚楠对他说道：“钟宁，跟我来。”

“去哪里？”来不及拒绝，钟宁只能跟着赵亚楠出了大门，上了警车。

一脚油门踩下去，赵亚楠言简意赅：“追查凶手。”

03

大雪初停的周末，憋坏了的市民们都跑出来赏雪透气，主干道上来来往往的车辆堵成了长龙。喇叭声伴随着司机们的咒骂声此起彼伏，那辆侧面挂着“丽娟艺术团”横幅的厢货车就卡在长龙中，走走停停了近一个小时，还没到达演出现场。

车停在一个红灯前，朱艳艳打开了车窗，让好不容易才得见的阳光钻进驾驶位，给快要“发霉”的身躯消了消毒。邓丽娟一路默不作声地看着窗外，一副心事重重的样子。

气氛实在太沉闷，朱艳艳从口袋里摸出一根烟递给邓丽娟，问道：“娟姐，看你这一路闷闷不乐的，想啥呢？”

“没想啥。”邓丽娟接过烟，没点，丢进了中控台，侧着脸仰躺在座椅上，看着外面的车流，依旧有些失神——她在想那些警察为什么会查到星剧场。

是通信记录吗？不可能。她一直很注意，从来没有告诉过彭大毛自己的电话号码，也从没用自己的手机跟他联系过。

是视频监控？更不可能。如果旅馆的监控拍到了什么，警察不应该跑到星剧场去调查。

难道……

邓丽娟扭头看了一眼朱艳艳——不像，艳艳不会出卖自己。而且，她是个藏不住事的人，如果警察找她调查过彭大毛，她早就跟自己说了。再说，对于自己的事情，她知道的并不多。至于小六，这孩子什么都不知道，嫌疑也可以排除。

那还有什么理由，会让警察查到星剧场？警察只查到星剧场倒也没什么，万一接下来查到花园国际，那自己岂不是很快就会暴露？不过她转念又想，花园国际里住了上万人，警察想要查到自己，无异于大海捞针。退一万步说，警察即便找到了自己，无非就是问她这些天干了什么，彭大毛死的时候自己在干吗，这些问题她早就在心中排练过无数次了。这么想来，她似乎并不需要惧怕什么。

担忧和侥幸两种念头在她心中交战着，让她的脸色阴晴不定。

绿灯亮起，朱艳艳一脚油门，后视镜上吊着的相框摇晃起来。邓丽娟看向相框中的照片，心头一紧——总不会是这几个女人吧……不可能！邓丽娟立刻否认了这个想法。

小六察觉到邓丽娟的异样，想逗邓丽娟开心，道："娟姐，我跟你说个秘密吧？"

邓丽娟收回思绪，扭头问道："什么秘密？"

"艳艳姐昨晚没回家。"小六捂嘴笑道，"和老吴一起出去玩通宵了！"

"小六，你出卖我！"朱艳艳故作夸张地吼道，"我要扣你工资。"

"哈哈哈，艳艳姐害羞了！"小六笑得更开心了。

"挺好的。"邓丽娟嘴上这么说，脸上却没有欣喜的表情。她摸了摸口袋里的钥匙，心头五味杂陈。这几个小时的时间，着实让她体会了一把从天堂到地狱的感觉。

小六忽然指着车窗外喊："娟姐，快看！"

顺着他手指的方向，邓丽娟看到不远处明珠大厦外景墙上那巨大的LED显示屏，正播报着一则"英国皇家芭蕾舞团今日抵星"的消息。

小六羡慕地说道："我要是能去英国皇家芭蕾舞团上班，让我打扫卫生我都愿意。娟姐，你说是不是？"

邓丽娟没有接话。她看到对街的公交站广告牌上挂着一张英国皇家芭蕾舞团的团长要去参加企业家峰会的宣传图片，会议地点就在对面的明珠大厦。此时，街道两旁的公交站台上都更换上了相关的宣传图片，明珠大厦周边也开始有交警管控路面，让本就行驶缓慢的道路更加拥堵了。

小六讨着邓丽娟开心道："谁叫咱没你偶像那本事呢！娟姐，我可听说，曾星被挖到这个舞团当首席了。"

邓丽娟立刻扭头看向小六："你说什么？"

"曾星要到英国皇家芭蕾舞团去当首席了。"小六掏出手机，打开了一个网页，递了过去，"这是芭蕾舞论坛上的最新消息，曾星不是你的偶像吗？你不知道？"

邓丽娟低头看了一眼手机，脑中"轰"的一个炸雷——曾星和他的搭档苏盼，在元旦演出之后，将应邀前往英国伦敦，担任英国皇家芭蕾舞团的首席。

"不可能……这不可能……"邓丽娟的手不由自主地哆嗦着，一把抢过小六的手机，把这条新闻看了好几遍，只感觉一阵眩晕。她想起床头柜上的合同，看来，那根本不是什么元旦演出合同，而是他们和英国皇家芭蕾舞团的合约！难怪会是英文的！

邓丽娟的手抖得更厉害了——可笑！她刚才还在因为得了一把钥匙、跟人打了个照面而高兴得不得了呢，结果人家几天以后就要走了！

"娟姐，你怎么了？"小六见邓丽娟脸色苍白，关切道，"是不是不舒服？"

邓丽娟摇头，心里翻江倒海——几天以后，人就要走了，那是不是意味着，自己不再被需要了？这些年自己遭受的一切是不是就成了一场空？

"娟姐，你的偶像要去更大的舞台了，你不是应该替他高兴吗？咋看着闷闷不乐的？"朱艳艳一脸不解。

"我应该高兴吗？"邓丽娟喃喃自语。这个消息对她来说，比警察查到星剧场带给她的打击还要严重上万倍。一时间，无数不堪的过往、苦难的经历，像一幕幕按下快进键的黑白电影，在她眼前不断闪现，锤击着她的心脏，让她像是失重一般，坠落于失去挚爱的恐惧中。

邓丽娟看向摇晃的相框——老袁、老蒋和老夏是不是早就知道了这个消息，为什么没有告诉她？心痛伴着怒意瞬间涌上心头，邓丽娟狠狠握紧了拳头。她想亲自去问问她们，是不是因为她们都过上了好日子，就觉得她的事情不重要了！为什么这么大的事情，没有一个人来告诉她！

“停车！”邓丽娟猛地一声怒喝，把朱艳艳和小六都吓了一跳。

“怎么了，娟姐？”朱艳艳不解。

邓丽娟狠狠盯着照片里的那几张笑脸，又怒喝了一声：“马上停车！”

“这里停不了啊。”朱艳艳左右看了一眼车流，为难道，“这不是马上就要到了吗？”

“我说了停车！”邓丽娟牙齿咬得咯咯作响，“马上靠边停车。”

“行行行，我马上停。”朱艳艳清楚邓丽娟的脾气，无可奈何地打了转向，堵着后面一长串车流，硬生生靠边停了下来。

邓丽娟打开车门，正要摔门而下，小六忽然喊了一声：“娟姐！”

“你们先去，我今天有事。”

小六语气惶恐：“不是！娟姐，你看前面！”

朱艳艳“啊”的一声惨叫，猛地一拉手刹，推门下车，一路狂奔而去。

再一抬头，邓丽娟心头那股怒意再也按捺不住，一拳砸在了车门上，一把抽出放在车里的扳手，小跑着跟了上去。

04

演出现场被人砸了！

不但搭建好的舞台被砸了个稀烂，地毯和背景墙也被撕破了，现场满地狼藉。空荡荡的铁架上拉起了一条巨大的黑底横幅，上面一行白字——“朱艳艳水性杨花，道德败坏，骗婚骗财三十万！丧尽天良！人神共愤！”

横幅之下，四五个剃着寸头的男人正聚在一起抽烟，当中一个黑矮胖子的脖子上还挂着一个扩音喇叭，里面重复播放着辱骂朱艳艳的污言秽语，引得不少路人围观。有好事者还拿着手机津津有味地拍了起来。

“李红兵，你这个畜生！”朱艳艳冲到人群中，气得浑身发抖，“你他妈到底要怎样！”

“终于现身了，你可真够难找的！”李红兵矮胖敦实，一脸麻子像是脸上长着霉斑。

他瞪起眯眯眼，上下打量着朱艳艳，阴阳怪气道：“我还以为你偷人偷得不记得自己老公了，只好把你的优秀事迹告诉大家了。”

边上几人哄笑起来。

“你……你不要血口喷人！”朱艳艳脸色涨得通红，说着就要扑打上去抢那个喇叭，可随即被李红兵身边一个男的一把掐住，狠狠一甩，一个踉跄摔了回来。

“你这是怕丢脸了？”李红兵讪笑着举起喇叭，“喂”了几声，高声喊道：“来，来，大家都来帮我评评理，我娶这娘们儿的时候，可没嫌弃她不是处女，彩礼花了三十万。不到两年，这婊子在外面认识了人，就要跟我离婚，钱也不退，你们说，天底下怎么会有这么水性杨花、丧尽天良的女人！”

这一下，围观群众都对朱艳艳指指点点起来。再看她这身打扮，看起来的确像个骗婚骗财的女人。

“不是这样的！”朱艳艳急得大声辩驳，“我早和他离婚了！我也没骗过他的钱！”

李红兵号叫起来：“你他妈没骗我说自己是处女？钱你没收，你爹妈也没收？”

朱艳艳顿在原地，不知该如何反驳。人群中的议论声更大了。

李红兵像是受到鼓励一般，愈发来劲：“这女人收了我的钱，给她弟弟娶了媳妇，盖了房子，转眼就要跟我离婚，你们说说，天底下哪有这样的事情？我辛苦赚钱，就只能当冤大头？”

人群中又是一通感慨，说朱艳艳是个“扶弟魔”，舆论风向已经完全转向了李红兵。

“我会还钱给你的！”朱艳艳委屈得眼眶通红，“这几年我已经还了你好几万了！”

“你那几万，还不够你爹后面问我借的！”李红兵越说越来劲，索性把喇叭音量调到最大，“大家快来看看啊，这个骗子骗了我三十万，自己还是个不下蛋的母鸡！你们说，母鸡不下蛋，那还能叫母鸡吗？”

人群中的哄笑声更大了。

“我……我跟你拼了！”朱艳艳气得脸色乌青，也不知道她是哪里爆发出来的力气，往前一扑，想和李红兵拼命，却被他的两个同伙钳住了肩膀，动弹不得。

李红兵一边骂着污言秽语，一边抬起扩音喇叭就要往朱艳艳脸上砸去。可手刚刚扬起，喇叭就被什么东西重重砸在了地上。身后，一个拿着扳手的女人正怒火冲天地看着他。

李红兵刚要开口骂人，邓丽娟举起扳手径直冲他脑袋挥来，他吓得一个踉跄，一屁股蹲在地上，半天才回过神："妈的，你找死啊！"

几个同伙放开朱艳艳，冲邓丽娟围了过来。

"来，都来……"邓丽娟怒极反笑，干脆扔掉扳手，拧开手上那个玻璃瓶的瓶盖，"不怕死的就一起来！"说着伸手一泼，玻璃瓶中的液体一大半倒在了李红兵的裤裆上，裤子瞬间被烧出一个大洞，露出里面的红内裤。

"啊！"李红兵惨叫一声，"硫酸，他妈的是硫酸！"

几个同伙一听，赶紧四散开，不敢再上前。

李红兵挣扎起身，捂着大腿狂吼："老子要报警抓你！"

邓丽娟上前两步，眼神冰冷地看着李红兵："你去啊。"

"你……你他妈以为我不敢？"

邓丽娟脸上依旧没有一丝表情，眼睛死死盯着李红兵："只要不判我死刑，等我出来，我一定杀了你！"

李红兵被邓丽娟的眼神吓得一哆嗦："你……你神经病啊！"

"对，我就是神经病！"邓丽娟点头同意，高高举着手中的玻璃瓶，"还不给我滚，信不信我把这个浇你头上。"

"真的是个神经病！朱艳艳你给老子等着！"李红兵领着几人连滚带爬地逃了。

"都散了！有什么好看的。"邓丽娟重新拧好瓶盖，挥手驱赶围观群众。朱艳艳还没回过神来，浑身发抖，小六赶紧脱下外套给她披上，柔声安抚着。

"娟姐，谢谢你。"朱艳艳终于忍不住了，豆大的眼泪砸了下来。

"没事了，别哭了。"如果换作昨天，邓丽娟可能会好言相劝，息事宁人，也不会浪费那瓶硫酸，但刚才那件事给她的打击已经令她有些丧失理智。这么一闹，她终于平复下来，看了一眼已经稀烂的舞台——今天的演出肯定是没办法进行了。

朱艳艳一脸内疚："娟姐，这些损失，我想办法赔给你……"

"不是你的错，要你赔什么？"

邓丽娟随手捡起地上一张开业五折的宣传单，干脆道："老板那边我会去交代，你带小六去老吴那儿住几天，记得把手机关机，省得李红兵又来烦你。另外……告诉我他的地址。"

这狗皮膏药黏在朱艳艳身上甩都甩不掉，得想个快刀斩乱麻的方法。

"娟姐……"邓丽娟的表情让朱艳艳有些担心，"你别冲动，我没事的。"

"放心，我就是去讲讲道理。"

"不要，你一个人去太危险了，他们都是一群地痞无赖。"朱艳艳不肯。

小六见地上有个钱包，捡起来打开一看，说道："娟姐，这是那人的钱包，里面好像有张房卡。"

邓丽娟拿起房卡看了看——乐天宾馆，离这里不远："行了，你们赶紧走，我有空就去聊聊。"

"娟姐，你别一个人去！"小六攥着拳头，恨恨道，"你等等我，等我安顿好艳艳姐，跟你一起去！"

邓丽娟点点头，跟老板道了歉，目送两人打车离开后，自己返身上了厢货车。

她坐在驾驶座上，一把扯下后视镜上吊着的相框扔进中控台，一拧钥匙，厢货车抖动了两下发动了。这时，一阵寒风吹过，把地上散乱的开业宣传单吹了起来，贴到了前挡风玻璃上。她只能重新拉下手刹，探出手把宣传单扯走。

刹那间，邓丽娟心里“咯噔”一声，全身过电般抖了一个激灵——彭大毛的窗户上贴了很多宣传单，难道警察是通过这些找到星剧场的？那岂不是意味着，警察很快就会查到花园国际，甚至找到自己？

“不行，那些东西都还在家。”邓丽娟咬了咬牙，猛地打了个转向，一脚油门掉了头，开入了主干道。

05

距离星港大学还有一个街口，赵亚楠就在路边停好车，两人步行往岚山巷的方向走去。

八年前，也就是二〇〇八年十二月七日凌晨三点，时年 32 岁的星港市居民秦世聪，在这条巷子里被人用汽油浇体，活活烧死。

“就当换换脑子。”赵亚楠领着钟宁去往旧案的案发现场。

钟宁点头，没有多言。

赵亚楠忽然想起什么，笑着说道：“对了，刚才张一明跟我申请去查彭大毛的好人好事。是不是你给他指导了什么调查方向？他说是他的偶像给了他灵感。”

钟宁一笑，原来刚才那小子是去主动申请调查了。

距离不远，不到五分钟，两人便到了岚山巷巷口。

说是“巷”，其实就是一条夹在星港大学和星大附属中学之间的单行道，长约一公里。因为岳岚山地势的关系，两个学校的建筑布局都不是很周正，导致这条巷子呈现出可乐瓶的形状，入口很窄，约莫三米，进去以后，街面稍宽，约为五米。这也是赵亚楠没有把车开进来的原因。

巷子左边是星港大学女生宿舍楼，底商有十七家店铺；右边是星大附属中学的教学楼，外面围了一堵近五米高的围墙。整条街此时人声鼎沸，路边堆着未及时清扫的积雪，年久失修的路面坑坑洼洼，积着一摊摊融化的雪水，不时被行人溅起水花。

“人真多……”钟宁感叹，抬头看看头顶装了一排造型各异的摄像头的红绿灯支架，问道，“八年前没有这么多监控吧？”

赵亚楠指指其中一个圆形监控，说道：“当时只有一个测速摄像头，清晰度不是很高，不过没有死角。”说着，她打开警用 PDA 中的视频资料，递给钟宁，“你先看看。”

八年前的监控视频，清晰度确实一般，案发时间又是晚上，光照也有些不足，不过因为巷口本身狭窄，巷口处的情况还是能看清的，确实没有死角。

“案发当日凌晨两点三十五分，秦世聪开着一辆黄色保时捷 911 进了巷内。”赵亚楠一边把视频进度条拖到相应位置，一边介绍，“法医判断其死亡时间在凌晨两点四十分至三点，也就是说，他进入巷内不久就被烧死。”

钟宁看着视频，案发前后，画面中只出现过秦世聪的车。

“没有目击证人吗？”

“完全没有。”赵亚楠叹气道，“当时刚巧碰上暴雪天气，两个学校都放了假，这条巷子里的小店停业大半。在案发时间段，除了死者自己的车辆外，整条巷子没有出现过任何可疑车辆和人员。”

钟宁又重复看了一遍视频，问道：“也就是说，监控既没有拍到疑犯进入，也没有拍到疑犯出去？”

赵亚楠点头："对。监控中出现的另外两辆私家车也做过排查，都是学校老师的车，没有任何可疑。"

"这是什么？"视频画面中忽然闪过一道绿光，引起了钟宁的注意。

"岳岚山上的景观灯。"赵亚楠指了指远处一条盘龙般的山岭，"那时候岳岚风景区刚建好，晚上有时候会开旋转效果灯，可能刚好照到了这个摄像头。"

钟宁点头，大脑飞速运转，分析着各种可能性："凶手有没有可能就在秦世聪的车上？"

"没有。"赵亚楠很快调出一张照片，是监控视频的截图。照片分辨率不高，但仍可以确认，那辆两门两座的保时捷上只坐了秦世聪一人，而这种车的后备厢——应该说是前备厢——根本装不下一个成年人，所以疑犯不可能藏匿其中。

排除。

钟宁又仰头看了一眼十多层楼高的女生宿舍："可以从这一排底商，或者大学女生宿舍潜入巷内吗？"

"不行，底商和宿舍楼是分开的。要进宿舍楼只能从大学内部，要进底商只能从巷子口。"她快速翻了翻 PDA 里的资料，补充道，"当年警方也排查过宿舍楼二楼到五楼的情况，没有发现攀爬进出的痕迹，更高的楼层，可能性就更低了。"

钟宁抬头看看宿舍楼的构造，点头认可。为了女学生的安全，这种楼在设计上就很注意，规避了上下徒手攀爬的可能性，即便有工具辅助都有很大的难度，但只要使用了工具，就不可能不留下痕迹。

排除。

钟宁的目光在那一排底商之间来回审视着，又问道："当时在这里开店的老板或是工作的员工呢？”如果嫌疑人原本就在某个商铺中工作呢，他杀完人以后再躲回商铺，伪装成一直关门的样子，再伺机逃过监控，是目前看来可能性最大的一种解释。

“警方当时调查了整条巷子十七家店铺的老板及店里的员工，甚至是兼职人员，没有一个人与秦世聪有交集，更不存在作案动机。”她指指入口第二家店，“不过左侧那家美甲店的老板，还有这家——这里以前是个理发店——老板娘说半夜隐约听到有人惨叫，但是睡得迷迷糊糊的，就没有在意。”

钟宁点头不语，以秦世聪的烧伤程度判断，从着火到死亡，时间不会超过三分钟，即便叫得再惨烈，要让一个沉睡中的人彻底清醒，也是很难的。

排除。

06

可能是到了下课时间，巷子里的人越来越多。两人边说边走，穿过人群来到巷子中的公交车站。此时，几个穿制服的工人正在拆卸站牌更换广告。旁边有个小伙儿正抱着吉他边弹边唱，引起不少人的驻足。

赵亚楠指向弹唱小伙儿面前的地面，道：“那儿就是当年的案发地点。”她手中的资料，正是案发现场的照片。

钟宁看了一眼照片，心头不由一紧——照片中，黄色保时捷就停在如今的公交车站旁边，一具烧得焦黑的尸体倒在离车不到两米远的人行道上，可能是死前痛苦万分地挣扎过，周围已经泛黄的积雪上留下了一大片烧焦的痕迹。

“脚印呢？也被破坏了？”钟宁皱眉问道。按道理，在有积雪的情况下，疑犯不可能不留下脚印。

“看热闹的人太多了，警方赶到的时候，现场已经被破坏了。”赵亚楠无奈道。

钟宁接着问道：“当时警方怀疑秦世聪是因为感情纠纷被人烧死的，从这个方向的调查也没有取得任何突破吗？”

赵亚楠道：“秦世聪死前交往过一个星港大学的女学生，名叫姚晨曦，两人在他死前半个月左右分手，分手原因是秦世聪脚踏两条船。警方推测，案发当晚，秦世聪应该是喝醉后来找姚晨曦的麻烦。”

钟宁抬头看了一眼女生宿舍楼的窗户，不解道：“凌晨两三点来见前女友？”

赵亚楠解释道：“警方调查了秦世聪的背景，他的家庭条件好，性格自我，有些唯我独尊，从不肯吃亏。据秦世聪的好友说，是女方提的分手，秦世聪气不过，不止一次来找姚晨曦的麻烦，当时姚晨曦就住在宿舍二楼，来这儿大概是要比进学校方便些。”

“姚晨曦有不在场证明吗？”

“她当时回老家了。”

“秦世聪出轨的另外一个女孩……”钟宁翻找着手中的资料，停在了一张长相艳丽的女孩照片上，“是李靓琳？”

赵亚楠点头：“她和秦世聪是在一家叫‘魅力四射’的酒吧认识的，当时李靓琳在酒吧跳舞，因为秦世聪出手阔绰，一来二去两人就在一起了。不过在一起两个月后，李靓琳发现秦世聪不但喜欢拈花惹草，而且控制欲过强，于是提了分手。案发前李靓琳已经去了广州发展，案发当天也不在星港。”

没有线索，没有疑犯，查无可查，难怪会成为一桩悬案。钟宁看着这条巷子——这简直就是一个加大版的密室。

隆冬时节，天黑得早，此时下午四点刚过，天空已经灰蒙蒙一片。此时，公交站的广告牌已经换成了企业家峰会论坛的宣传照。临近饭点，巷子里的人流量更大了，刚刚那个弹唱小伙儿此刻正唱着一首老情歌，唱得十分卖力。

钟宁一时听得有些愣神，赵亚楠笑了笑，抬了抬下巴，问道："我们先吃点东西吧，我请你，算是正式欢迎你加入专案组。"

"应该是我请你。"钟宁跟着赵亚楠往一家小吃店走了两步，这时，弹唱小伙儿的音箱出了问题，忽然发出一声刺耳的电流声，把路人震得一阵耳鸣。钟宁的脑子也跟着震了一下，之前一直堵着的思路突然间被打通了，令他不由得再次站住了脚。

赵亚楠已经推开了小吃店的门，回头发现钟宁还怔怔地看着弹唱小伙儿。

"怎么了？"赵亚楠笑起来，"勾起你的青春往事了？"

钟宁没有回话，反倒没头没尾地问道："那个李靓琳是在酒吧上班的？"

赵亚楠一愣，答道："对啊。"

"在酒吧干吗的？"

"跳舞的，算是个小艺人吧。"

"跟他一样吗？"钟宁一指弹唱小伙儿。

"差不多吧，你问这个干什么？"赵亚楠丈二和尚摸不着头脑。

"我知道了！"钟宁眼里闪过一道光，伸手要过警用 PDA，很快打开了一个文档。

赵亚楠更糊涂了："知道什么了？"

"你看看 117 房窗户上贴的宣传单！"钟宁抑制住内心的兴奋，

再次打开了彭大毛案现场的照片，一边拨动画面一边说，“你看看，超市开业、美容院五周年店庆、中秋节店庆……发现共同点了吗？”

赵亚楠明白了钟宁的意思：“我马上让人查！”

两分钟后，她得到了调查结果，双眼发亮地看向钟宁：“花园国际小区一栋三单元 301 室！”

第六章 短兵相接

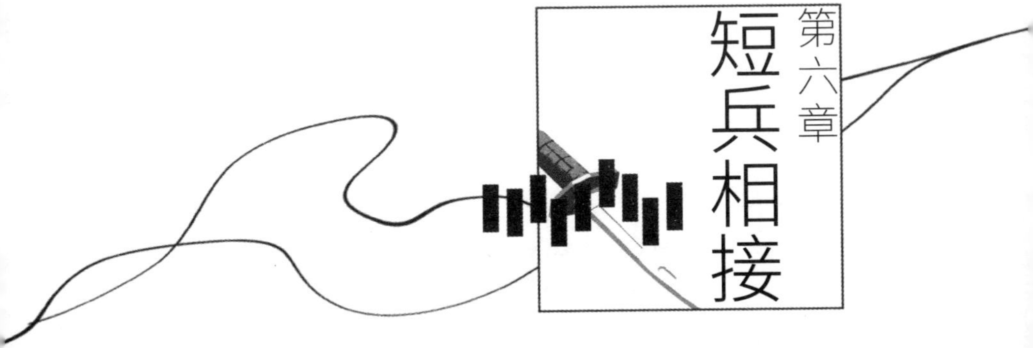

她藏着秘密，

不，是神像，

是神像里藏着秘密。

01

“砰砰砰！”

花园国际一栋三单元 301 室的房门被连敲了三下，半晌都没有人应答。

“砰砰砰！”

又是三声敲门声，依旧没有任何回应。

“领导，没人啊……”物业大姐冲着两名警察尴尬一笑，“我看八成是去演出了。”

“演出地址知道吗？”

“这种民间演出团队哪有啥固定演出地址。”物业大姐一脸好奇，“领导，娟姐是犯啥事儿了吗？”

“还在调查，不方便透露。”其中一名警察问道，“301 的住户平时为人怎么样？”

“人挺好的，虽然文化程度不高，但对待我们物业啊、保安啊，都很热情，也愿意帮忙，不像有的业主，那眼睛都长脑袋顶上……”

“你知道她平时和什么人来往吗？”

“她是一个人住，一直都是独来独往的。”物业大姐摇了摇头，“我是有一次看到她开的那辆车，才知道她是个跑场子的，她这人真的不错，上次我出门，她还稍了我一段路。”

两名警察互相看了看，点点头，和物业大姐一起进入电梯，离开了。

直到听到电梯关门下行的声音，邓丽娟才长吁一口气，从楼梯间小跑出来，轻手轻脚地打开 301 的门，进屋后再将门反锁，一颗悬着的心终于稍微安稳下来。

她看了一眼神龛，不敢再耽搁，走进卧室，很快清理出一个用来装旧衣服的黑色垃圾袋，接着从床底下搬出木箱，打开来，最上面放着那只高倍望远镜——这东西留着就是个隐形炸弹，必须尽快处理掉。

邓丽娟没有丝毫犹豫地把望远镜扔进垃圾袋，只是再往下，她犹豫了——下面是一个厚厚的文件夹。她小心翼翼地翻开，看着里面的剪报，感觉自己的胸口像是被什么撞击了一下，一阵一阵地发疼。

“算了！”邓丽娟狠狠咬了咬牙，把这一叠厚厚的剪报也扔了进去。再看向木箱，她的心里更加失落了——文件夹的下面，是一双红色的舞鞋。那是她当年在打印店工作时，省吃俭用三个月才买下来的，她一直小心翼翼地保存着，这么多年过去了，舞鞋被她保存得很好。可今天过后，这双鞋已经没有存在的意义了。

她把舞鞋放到一旁，从箱子里取出一个牛皮纸袋，纸袋里装着一双手套，小牛皮的材质，貂绒内衬，一看就价值不菲。这是她离开打印店以后，在足疗店上班，捏了好多好多双脚才凑齐钱买下的。她还记得，那年冬天，星港格外地冷，她的双手生满冻疮，可她买了这双手套却一次都没舍得戴，因为这是她想送给最重要的人的。谁能想到这么些年，一直没有机会送出去，今后怕是再也没机会了……

箱子角落里还放着一只长耳兔造型的毛绒玩具，邓丽娟看到它，嘴角微微翘了起来——这是她收到过的为数不多的礼物，虽然不值钱，但这么些年，她一直舍不得扔。每每被思念折磨得难以忍受时，都是这只兔子陪伴她，听她倾诉。

“唉！认命了，认命了！”邓丽娟长叹一声，心一横，把这些东西全部扔进了垃圾袋。

她拖着垃圾袋走了出来，客厅神龛中的崔府君正一脸凶神恶煞地盯着她，像是在审视一只恶鬼。

“只剩这里面的东西了……”

邓丽娟恭敬地对崔府君拜了六拜，接着她双手小心翼翼地把崔府君侧翻了过来——陶瓷质地的崔府君身体内是中空的，里面塞着一个小木盒。她小心翼翼地把小木盒取出来，刚要打开来，突然门外传来“砰砰”两声敲门声。

邓丽娟心头一沉，看向地上的垃圾袋——东西还没来得及处理。

“砰砰。”又是两声敲门声，还响起一个女人的声音：“娟姐，在家吗？”

不是警察，是物业大姐。邓丽娟长吁一口气，赶紧把木盒重新塞回去，提上垃圾袋，一边走进卫生间一边问道：“在家，哪位？”

“物业的。”门外的女人应声答着，“我跟你说，刚才有人找你……”

“有人找我？”邓丽娟把垃圾袋塞到卫生间的垃圾筐旁边，“谁找我？没说什么事情吗？”

“你先开门，进门跟你聊……”

“行，就来。”

一扭头，邓丽娟在卫生间的镜子里看到了自己的脸——刚才和李红兵发生打斗时，脸上的妆被蹭掉了一些。

“得补妆……”邓丽娟赶紧打开粉饼，往脸上补了一层。

“砰砰！”

又是两声敲门声。

“来了！”邓丽娟三两步跨过去打开门，顿时呆立——门外站着的不是物业大姐，而是一男一女两个陌生人。

“你好。”女人掏出证件，“我们是警察。”

邓丽娟后背一凉，眼睛下意识瞟向了神龛中的崔府君……

02

像。

第一眼看到这个女人，钟宁就确定是她。

她和自己推测的职业画像几乎一模一样——女性，身高一米六左右，结合从物业大姐那儿了解的信息，再看她这身打扮，确实是一个专门在城乡接合部的红白喜事上活跃气氛的跑场演员。

也只有这种职业，会出现在各种开业典礼上，可以将彭大毛窗户上的那些宣传页串联起来。

赵亚楠和钟宁对视一眼，重复道：“你好，我们是警察，想找你了解一些情况。”

“警察？”女人一脸警惕，明显不想让人进门。

“你是邓丽娟女士吧？”赵亚楠开口问道。根据物业提供的资料，301的住户叫邓丽娟，一九七〇年生，今年46岁，籍贯是湘省益水，职业是“丽娟艺术团”的老板。

邓丽娟点了点头，一脸纳闷：“你们有什么事？”

“有个案子想请你提供一些资料。”赵亚楠笑笑，指了指屋内，“方便进去聊聊吗？”

“行吧。”邓丽娟有些不情愿地给两人让开了道，像是忽然想起了什么，赶紧问道，“你们不是从黄花镇过来的吧？”

“黄花镇？”

“对啊，我昨天演出的时候在那边和一个叫老狗的人闹了点儿误会。”邓丽娟摊手，“不过当时就解决了。难道他报警了？”

“不是这事儿。”赵亚楠摇头。

钟宁一进屋就察觉到了不对劲。能租得起花园国际小区，还租了面积这么大的户型，家里不说多富裕，至少也是殷实的。可这屋里没有一件像样的家具，餐桌和茶几都是掉了漆的老旧款式，看着像是二手的。空得寒碜的客厅里还摆着一个突兀的神龛，这种不协调令钟宁心中的疑虑更甚。

刚刚开门的一瞬间，邓丽娟下意识地看向了这个神龛，这代表着什么？

邓丽娟请两位警察坐下，问道：“两位警察同志找我是为了什么事情？”

“做一个简短的调查。”赵亚楠打开了录音笔，“可以问问你的工作单位吗？”

“我没有单位，就是个跑场子的。”邓丽娟窘迫一笑，“跑场子，警察同志懂吗？”

“嗯，红白喜事、开业庆典之类的场合进行表演工作。”

“对对。”邓丽娟连连点头，“就是干这个的，干好些年了。”

赵亚楠环顾四周，话里有话道：“收入很不错吧？”

“还算可以吧。”邓丽娟看着赵亚楠的脸色，明白了她话里的意思，赶紧解释，“这房子是我租的。哎呀，不瞒你们说，以前我住在天马安置小区，那边的治安、卫生条件都太差了，我的内衣裤被偷了好几次，就咬咬牙搬到这个小区来了。高档小区，起码治安有保障，你们说对吧。”

钟宁在一旁默不作声，默默地观察着——这女人十分擅长察言观色。

赵亚楠漫不经心地从公文包中掏出一张纸，问道：“十一月十二号，岳山区沃尔玛开业，你去演出了吗？”

“对啊。”邓丽娟想都没想就赶紧点头道，“怎么，那边出事了？”

赵亚楠看了钟宁一眼，又问：“十二月一日，建设路有个美容院五周年店庆，你还记得吗？”

“记得啊。”邓丽娟又是连连点头，“店名叫罗森尼尔。”

“是的。”赵亚楠皱了皱眉头。

钟宁在心中暗叹，来的路上，他就和赵亚楠做好了分工，赵亚楠负责问话，他在一旁观察。他没想到，赵亚楠连问了两个地点，她都没有丝毫隐藏，甚至可以说非常坦然。这种态度只能指向两个可能：要么，她不是嫌疑人，内心坦荡；要么，她是个高手，早就安排好了后手。

此刻钟宁还不好判断她属于哪一种。

邓丽娟愈加好奇了，主动道：“警察同志，你们问我这些是干什么？”

赵亚楠重新换上了笑容，冷不丁地问：“彭大毛是去这些地方找你了吧？”

邓丽娟一愣：“啥？”

“彭大毛啊。”赵亚楠从文件夹中取出一张照片放到邓丽娟面前，

“他是去找你了吧？”

邓丽娟盯着照片看了半晌：“我不认识他啊，他干吗来找我？”

“不认识？”赵亚楠盯住了邓丽娟的眼睛。

邓丽娟丝毫没有躲闪，一脸狐疑地看着赵亚楠，茫然道：“我应该认识他吗？”

“你再仔细看看。”赵亚楠举起了照片，“好好回忆一下。”

邓丽娟就这么直愣愣地看了一会儿照片，还是摇头道：“真不认识。”

赵亚楠又突然转了问题：“他是来小区找你的？”

邓丽娟一下站了起来，气愤道：“警察同志，我都说了我不认识，就这长相，一看就不是什么好人，他要干了什么坏事，你们可别想着栽赃到我身上！”

配合着赵亚楠的问话，钟宁一直细细观察着邓丽娟的反应，竟有些分辨不出这是演戏还是她真实的反应。

赵亚楠拍了拍椅子，示意邓丽娟重新坐下，这才问道：“前天晚上，也就是十二月二十七日晚上十点到十二点，你在哪里？”

邓丽娟很快答道：“我在跑场子啊，就在黄花镇，是一白喜事。刚才不是说了吗，昨天晚上我也去了。”

“白喜事？”

“对啊！”邓丽娟点头，“黄花镇死了个老太太，叫刘二妹，八十九岁高龄走的，子女孝顺，办了三天流水席，请我们‘丽娟艺术团’去表演三天，昨天在现场和一个人闹了点儿误会，还好三天表演已经结束了！”

钟宁心头一沉。她说得如此有名有姓有细节，绝不是在撒谎。她有不在场证明，难道是自己判断错误？钟宁很快否定了这种自我怀疑。她记得太清楚了，这些活动她几乎没有思考就对答如流，就像是提前背好了答案。

邓丽娟耸耸肩，补充道："不信的话你们可以查嘛，现场很多家属都可以做证。"

赵亚楠又问："你们演出队还有其他人住在这个小区吗？"

"没有。"邓丽娟摆手，"就我一个。"

"能提供一下你们演出队的人员名单吗？"

"这就有点难了。"邓丽娟露出一副为难的表情，摊手解释道，"我们这种民间演出队，人员很不固定，就这小半年，来来回回的演员就有几十上百人，很多我都不熟。"

问得差不多了，赵亚楠刚要起身，一直没有开口的钟宁忽然问道："你在'魅力四射'跑过场吗？"

"什么？"邓丽娟被问得一愣，"魅力什么？"

钟宁死死盯着邓丽娟的眼睛道："'魅力四射'，解放西路的酒吧。"

"警察同志，你开玩笑吧。"邓丽娟苦笑，"我这种人怎么可能去那种地方跑场。"

钟宁没再吭声，赵亚楠起身道："今天先这样，麻烦了，以后有问题我们会再来找你，希望你能够配合。"

邓丽娟一脸不高兴："你们还没说到底为什么来找我呢！"

赵亚楠微微皱眉道："案子还在调查中，暂时不方便透露。"

"那行吧。"邓丽娟做出送客的姿势，"配合警察是我们老百姓的义务。"

钟宁也站起身，准备跟着赵亚楠转身出门，却忽然两臂上扬，看似无意实则有心地伸了个懒腰，手臂磕到了神龛上，发出"砰"的一声。

邓丽娟的脸色陡然一变。

钟宁的嘴角不易察觉地微微一翘——她果然有问题！

03

“不好意思，没注意。”钟宁嘴上道歉，伸手就要去摆正神龛里的神像。

“不用不用，我自己来。”邓丽娟眼疾手快，抢先一步拦在钟宁前面，踮着脚把神像重新摆正，然后转过身来，挡在钟宁和神龛之间，似乎不想让他再靠近。

她的肢体语言表现出，她藏着秘密，不，是神像，是神像里藏着秘密。钟宁观察着神龛，问道：“邓女士还挺虔诚？”

“什……什么？”邓丽娟刚才的淡定自若仿佛被钟宁的这一举动击碎了，慌乱爬上了她的脸。

“我说……”钟宁指了指神龛，加重语气，“邓女士很虔诚。”

“对……对啊。”邓丽娟这才反应过来，“我老家那边很信这个。”

不能强来，钟宁不再看神龛，而是环视整个屋子，扯开话题，问道：“这么大的房子，就你一个人住吗？”

邓丽娟的笑意更加勉强：“对……对啊，一个人住舒服，演出队还有一些道具要放，大一点可以当仓库。”

钟宁跟着笑笑，冷不丁指了指神龛道：“那里面是……”

“什……什么？”邓丽娟脸上的慌乱愈加明显，“什么都没有啊。”

钟宁又往邓丽娟身后一指：“那里是什么？”

邓丽娟下意识一扭头，看向了右手边的卫生间：“什么……什么东西？”

卫生间也有问题！

此时赵亚楠的手机响了，她向钟宁示意了一下，随后起身出去接电话，钟宁却没有跟出去，而是对邓丽娟说：“我刚才水喝多了，借你的厕所用用。”他边说边往卫生间走去。

邓丽娟两三步跨了过去拦住钟宁：“那个……下水道堵了，不太方便。”

钟宁绕过邓丽娟：“刚好我会维修，可以帮你看看。”

“不用，不用……我已经报修了，不麻烦你。”邓丽娟的面色变得苍白，嘴唇抖动。

彻底隐藏不住了吗？钟宁加快了步伐：“没事，不麻烦。”

邓丽娟伸手要去拦钟宁，但钟宁已经伸手把卫生间的门推开了，他一眼就看到了垃圾筐旁的那个黑色的塑料袋。垃圾袋被什么东西塞得满满当当，和边上的垃圾筐明显尺寸不合。

“这里面是修理工具吧？”钟宁伸手就要去拿垃圾袋。

邓丽娟眼疾手快地把垃圾袋捞进怀里：“都……都是旧衣服。”

钟宁指指邓丽娟额头上的汗，道：“你怎么看着这么紧张？”

邓丽娟下意识后退了一步，把袋子藏到身后：“太久没洗了，挺脏的，我……我都打算扔了。”

“我一会儿下楼帮你扔吧。”钟宁说着就要伸手去抢。

“真不用！”

“没事，我反正有空。”

“我说了不用！”邓丽娟往后一躲，手中的塑料袋被墙上的挂钩勾住，哗啦一下被划破了一条长长的口子，里面的东西就这样散落了一地。

钟宁一怔——确实是一堆旧衣服，里面还有不少女士内衣。是自己猜错了吗，还是……这个女人比自己想象的要高明得多？

“说了是没洗的脏衣服！”邓丽娟气极，赶紧把掉出来的衣服塞回袋子里，刚才还苍白的脸此刻涨得通红，“你是警察还是流氓啊！我要投诉你！”

钟宁还想再逼一逼，但赵亚楠打完电话回来叫住了他，在他耳边低声道：“侦查那边查到，黄花镇确实有个叫刘二妹的老人去世，连摆三天流水席。”

这个消息并没有让钟宁感到意外，他的心底甚至升起一丝遇到对手的兴奋。

赵亚楠扯了扯钟宁的衣袖，低声说：“你知道流程的，即便要搜查，也需要搜查令。”她把警用 PDA 递过去，“你是对的，张一明和肖队那边找到嫌疑人了。”

这个消息倒是出乎钟宁的意料：“是谁？”

他看了一眼 PDA 上的照片，再抬头看向邓丽娟。

04

“砰！”

关门声像是一记重锤锤在邓丽娟的心上，她听着走廊上的脚步声越来越远直至消失，终于双腿一软，瘫坐在地上。

只差一点点……就被那个警察抓到把柄了。太奇怪了，自己的回答是那么的完美，多年来在舞台上见人说人话，见鬼说鬼话的演技绝对过关，也没有被女警察的问话套进去，可那个男警察为什么这么笃定自己有问题？

卫生间里，地上还放着那个装旧衣服的垃圾袋，水龙头没关紧，水一滴滴地滴到下面的塑料盆中，塑料盆里的水已经装满了，水溢出来，浸湿了地面。

还好多长了一个心眼，最后关头把东西换了地方……邓丽娟搬开装满水的塑料盆——那个塞满秘密的黑色垃圾袋就被她藏在塑料盆下面的黄色水桶里。如果刚才不是那个女警察说了什么把男警察叫走，她的秘密就很可能暴露了。

她感到一阵后怕。

对了，还有神龛！里面的东西不能留了。

不敢再多耽搁，邓丽娟走到神龛前，取出雕像里的小木盒，正要打开，窗外忽然传来“曾星我爱你”的叫喊声。

邓丽娟停下手中的动作，拉开了客厅窗帘。

不需要望远镜也能看到广场上的状况，邓丽娟的心里一阵发凉——大概是得知了星剧场即将关停的消息，此时广场上聚集了一大批粉丝，拉着横幅举着灯牌，有不少小姑娘情绪激动地喊着“曾星苏盼留下”的口号。

“一辈子需要我？”

邓丽娟想起那人给过她的承诺，不禁苦笑。以前她听人在歌里唱，时间是冲淡一切的解药，她总是不信，觉得这世上有些情感永不褪色。但现实就摆在眼前，不要说一辈子需要，就怕连相认都不可能了。

“苏盼不要走，陪你到永久！”

“曾星放心飞，星迷永追随！”

不断有口号声传来，邓丽娟听得心烦意乱，干脆关上窗户，强迫自己静下心来。把小木盒攥在手中，正打算提着垃圾袋出门，忽然又想到了——那个男警察可不好对付，万一他留了人盯着自己，现在出去不是把证据送上门吗？

还是再等等吧。邓丽娟进了卧室，把垃圾袋塞到床底下。刚站起身，手机响了起来，是小六打过来的，语气着急："娟姐，我把艳艳姐安顿好了。你在哪儿啊，没有一个人去找李红兵吧？你可别一个人去，一定要叫上我！"

邓丽娟心力交瘁地说道："好，到时我联系你。"

挂了电话，看看时间，已经是晚上七点多了。

"你们真的不知道他们要走吗？"邓丽娟从口袋里掏出那个相框——四个女人笑得灿烂，只是此时看上去更像是一种嘲讽。

警察已经查到自己了，证明时间不多了，必须要抓紧时间把该干的事情干完。

邓丽娟终于打开了小木盒，最上层是一张老旧的初代身份证，不是硬卡片的，也没有录入过指纹。证件照里的女人十七八岁的模样，瓜子脸，长睫毛，扎着马尾辫，娇俏动人。

邓丽娟取出身份证，用手细细描摹着女人的脸，眼里满是不舍，几秒后，她拿出打火机，"啪"的一下点燃了证件一角，扔进了桌上的烟灰缸里。接着，她从木盒里取出一部老式手机，拨出一个号码。

盯着烟灰缸里的火苗越来越大，身份证上的姓名渐渐卷成一团，被火苗吞噬成灰烬后，电话那边传来了一个女人的声音："是……小娟？"

第七章 两个嫌疑人

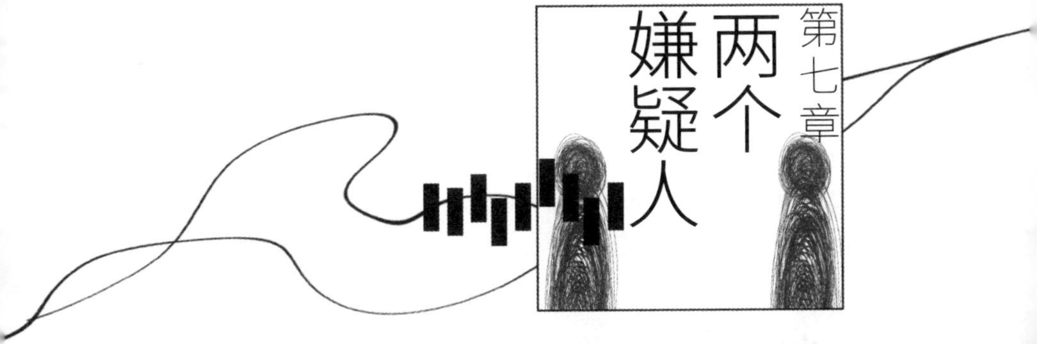

“你真的想清楚了吗？”

“你可能会死的！”

01

张一明查到的嫌疑人，叫陈小娟。

晚上九点，市局会议室里没有开灯，偶有烟头亮起点点光亮。

“啪！”

投影仪被打开，巨大的幕布上出现了一张女人的照片，一共三张入狱照，一张正面两张侧面。看起来年代久远，不过女人的面容还算清晰——年龄二十岁左右，瓜子脸，扎着马尾辫，穿着粉色的短裙，算得上美丽清纯，娇俏动人。只是她手中举着编码牌，以及背后的身高尺，与她的美丽形成不和谐的对比。

照片上方，用马克笔标记出的罪名格外扎眼：非法从事性交易罪——也就是俗称的“卖淫”。

“陈小娟，女，汉族，籍贯湘省湘西市响水县响水村人，1974 年 5 月 20 日生人。”

肖敏才一边把复印好的资料分发到专案组各个成员手中，一边看向坐在角落里的钟宁：“多亏了钟宁提供的新思路，张一明专门去查了彭大毛做的‘好人好事’，还真发现彭大毛曾因为举报他人非法从事性交易得到过警方奖励。”

众人看着各自手中的资料，小声交流起来。

钟宁不禁感叹起张一明的毅力。已经过去二十五年了，资料应该是张一明跑当地派出所档案室，翻了大量原始卷宗才找到的。案情记录只有两页纸，还是当年的值班民警手写的记录，纸张泛黄，很是陈旧。

“一九九一年，时年 22 岁的彭大毛在星港跑摩的。时年六月，在一次送客时，他偶然发现有人在书院路一家旅馆内进行非法性交易，当即报警。警方根据彭大毛提供的地址抓捕了非法从事性交易的陈小娟，将她行政拘留十五日，罚款一千元。”

肖敏才介绍着案情，指了指幻灯片上的女人：“有了这条线索，张一明继续追查，又找了这个……”

张一明立马起身，给在座刑警们分发了第二份资料——是早年的警务内刊上的一篇报道，依旧只有寥寥两页纸。

“六年后，一九九七年七月二十三日下午，露露理发店老板宋铁雄强迫女友陈小娟接客，两人发生口角，后上升为肢体冲突。七月二十四日凌晨一点左右，陈小娟趁宋铁雄醉酒熟睡，将其砍杀在租住房间客厅的沙发上。”

幻灯片更换了一张照片，画面中的场景十分血腥，令一众经验丰富的刑警都感到生理不适——这是从内刊报道上截取的照片，一个高瘦男人瘫在老式皮沙发上，身上到处都是被捅出来的血窟窿。不远处的茶几上和地上满是打翻的火锅红油和数个已经破碎的啤酒瓶，昭示着死者生前正在家中喝酒吃火锅。

“这……这女的真残忍啊！这得捅了多少刀啊？”

一个看上去清纯可人的年轻女孩，一具已经不成人形的尸体。两张照片的反差太大，让会议室一时间充斥着咋舌声。

“死者一共被捅了二十四刀。”肖敏才切换了一张细节图，继续介绍，“而且陈小娟也用了相同的手法处理了尸体。”

照片放大，会议室里顿时一片哗然——细节图显示，宋铁雄的双眼处被蒙上了一根黑布条！

钟宁下意识揉了揉眉心。

“当年这起案子虽然场面骇人，但是凶手系自首，且现场证据确凿，因此并没有上报市局。那个时候案卷都是纸质存档，后续也没有录入电子版，因此没有和秦世聪、段黎明的案子并案……”肖敏才赞许地看了一眼两人，“幸亏钟宁和张一明坚持追查，才没有漏掉这么一个重大线索。如果陈小娟真的是被外界称为‘渣男杀手’的连环杀人犯，那我们一直认为秦世聪为第一个受害人的想法就不成立了。没想到早在十一年前，凶手就已经杀过人了。”

有刑警疑惑道：“陈小娟没被判死刑吗？”

肖敏才点了点手中的资料，道：“陈小娟16岁时，也就是一九九〇年，在老家赶集时认识了宋铁雄，被宋铁雄以谈恋爱、带她挣大钱为幌子骗到星港，后在其控制下被迫卖淫。案发当晚，宋铁雄以暴力逼迫陈小娟接客。法院最终酌情判决陈小娟七年有期徒刑。”

众人一阵唏嘘，原来这是一起无知少女被拐带事件引发的血案。

有刑警分析道：“也就是说，陈小娟于二〇〇四年出狱，四年后杀害了秦世聪，又过了四年，杀害了段黎明，最近又杀了举报她卖淫、害她被抓的彭大毛？”

众人沉默了，钟宁知道大家都在想什么。假设陈小娟真的是凶手，她16岁被宋铁雄拐带，23岁因杀害宋铁雄被捕入狱，这几年间，她不知被迫接待过多少“秦世聪”“段黎明”，那她是以什么标准挑选受害人的？她为什么出狱后隔了这么久才开始动手？又或者说，她犯下的案子不止这几起？疑问太多了，解答不了这些问题，陈小娟的嫌疑就不能被坐实。

“还有更详细的资料吗？”资料实在有限，陈小娟在警方系统里的照片都已经是二十五年前，她第一次被捕的时候拍摄的了，有刑警提问道，“比如，陈小娟的近照？”

“最好还能有指纹、DNA 之类的信息……”又有刑警提出建议。

“照片倒是有一张……”肖敏才操作了一下，把内刊上另外一张陈小娟的照片投影到了幕布上，清晰度还不如刚才那张——因为是出现在警务内刊上的，主要用途是宣传当年破获的案子，所以整篇报道给陈小娟留的位置很小，脸还被打上了厚厚的马赛克。

“时间太久了，而且是已审已判的案子，原始案卷资料和物证早就上报到检察院和法院那边了。所以我们暂时只有了一个指纹，是当年陈小娟第一次被警方拘留时留下的。”

说着，肖敏才再次更换了一张幻灯片，可那张带指纹的照片让一众刑警眉头皱得更深了——由于时间太过久远，红色指纹已经严重褪色，纸张还有些褶皱破损，很难看出原本的纹路。

“技术人员那边已经抓紧恢复了。”张一明补充道。

肖敏才点点头，说道：“我也联系了检察院和女子监狱，打算明天亲自跑一趟，看能不能查到陈小娟的详细原始卷宗，运气好的话，凶器、笔录、DNA 信息都有戏。”

众人听罢都松了一口气，钟宁赞许地看了张一明一眼。虽然他觉得调查过于顺利了，但他想，如果能就此破案，张一明就是立了大功，总算没让他爸张国栋失望。

肖敏才拍了两下手掌，示意众人噤声，看向赵亚楠，说道：“赵队，我掌握的情况基本就这些了，你看还有什么需要补充的？”

“能查到陈小娟出狱后的去向吗？”赵亚楠问。

“暂时还没查到。”肖敏才撇撇嘴，又看了看钟宁，“赵队，我听说今天下午钟宁在花园国际小区找到了嫌疑人？”

赵亚楠起身，看向钟宁：“钟宁，你来和大家说说今天的具体情况。”

众人都看向钟宁，张一明也激动不已，他有一年没听过宁哥分析案情了。

“我……”钟宁沉思了片刻，当下他心中的一切都只是推测，没有实证，于是决定暂时按下不表，“我目前的推测没有任何实证，并没有什么可以跟大家分享的线索。”

众人对钟宁突如其来的变化有点不适应，这小子以前一向自信满满，甚至敢当众批评张副局长说得不对的地方，现在居然学会谦逊了？张一明倒是并不意外，他知道钟宁经过去年那起案子，就不再过度自信，以免错误的思路误导查案，已经不说没有十足把握的话了。

“行了。那先这样。”赵亚楠拍了拍手，安排任务，“我们三管齐下——肖队，你继续带人排查陈小娟的相关资料以及她如今的动向；小刘，你负责采集花园国际小区所有住户的指纹和DNA信息，只要肖队那边有了结果，随时进行比对，重点关注一下一栋三单元301室的住户；老李去催催禁毒大队那边的情况，让他们尽快找到彭大毛贩毒的上线。曙光已经出现，大家熬一熬，胜利就在眼前！”

“是！”众人领命而去，会议室里很快就只剩下了没领到任务的钟宁和张一明。钟宁听到赵亚楠重点提到了邓丽娟，有些诧异。

张一明指了指钟宁，又指了指自己，纳闷道：“赵队，我俩接下来没任务吗？”

“不着急。”赵亚楠冲着张一明夸奖道，“今天你辛苦了，干得不错。”

“都是按照宁哥的指示查的。”张一明嘿嘿一笑，并不贪功。转头见钟宁正盯着一张户籍科调来的身份证照片，说道，“宁哥，这是你在花园国际小区找到的嫌疑人？是不是刚刚赵队提到的一栋三单元301室的住户？”

他说着伸手去拿钟宁手里的照片：“这个人有没有可能就是陈小娟？”

话到一半，他看清楚了身份证上的证件照，闭上了嘴。

02

邓丽娟和陈小娟长得不像。

两人都是瓜子脸，大眼睛，高鼻梁，小嘴巴，如果照片上年纪相差没那么大的话，可以说有那么六七分像。但稍微留心一点，还是能看出来，她们不是同一个人。

“难道是整容了？又或许这个陈小娟年纪大了以后，容貌变了？”张一明挠挠头。

这话说得牵强了一些。赵亚楠苦笑：“这两人差了四岁，陈小娟生于一九七四年，今年42岁，而邓丽娟一九七〇年生，今年46岁。”

“女人差四岁在外形上也看不出来吧……”张一明还不死心。

赵亚楠摇了摇头：“彭大毛一案的案发时间段内，邓丽娟有不在场证明。”她把邓丽娟去跑场的资料递了过去。

张一明接过来看了看，不吭声了，只是看着钟宁。钟宁不知道在想什么，也不说话。

楼下街道上，有工人正在更换公交站牌的宣传广告。赵亚楠坐了下来，问钟宁："刚才你不肯说，现在这里只有我和张一明，你能不能告诉我，你在邓丽娟的房子里发现了什么？"

张一明知道，钟宁刚才不说自有他的道理，不代表他心里没有清晰的破案思路。张一明一向相信宁哥的破案直觉，钟宁有种天赋，是其他人都没有的。

钟宁终于开口道："我觉得邓丽娟有问题。"

赵亚楠眼神一亮："你接着说。"

"首先是她回答问题太快、太清晰、太精准了，好像已经预判了我们会去调查她，从而事先准备好了答案。"钟宁分析道，"我查了她的档案，没结过婚，也没有孩子。如果只是为了安全或者追求面积大，她明明有更多更合适的选择，完全没有必要租一个昂贵的学区房。"

"对，这也是个疑点。"赵亚楠的眼神更亮了，等着钟宁继续补充。

"其次她客厅里的神龛，还有卫生间，都有问题。"钟宁回忆着当时邓丽娟的反应，"我怀疑神龛里藏了东西，卫生间里放着的也绝不只是一袋旧衣服。"说话的过程也是思考的过程，钟宁讲述着自己的发现，更加确信了自己的推测。无论邓丽娟和彭大毛的案子有没有直接联系，她背后都一定藏着不敢让警察发现的秘密。

赵亚楠点头认同，又指了指自己脸上："你有没有发现，她的妆太浓了？"

钟宁有些茫然，这还真是他的知识盲区。

赵亚楠道："当然，也可能她只是单纯喜欢化浓妆。"

"嗯。"钟宁一笑，"但我们说的都是猜测，没有实证，做不得准，也没法在会议上分享。我总不能和大家说，我怀疑邓丽娟是因为直觉吧。”

话虽如此，张一明却知道，钟宁对自己的想法自信着呢，找到证据只是迟早的事。

赵亚楠也对钟宁有足够的信任：“就算邓丽娟提供了不在场证明也可能存在漏洞。”

张一明点头道：“演出间隙去杀个人也不是不可能。”

虽然这话说得有点儿戏，但道理是对的。赵亚楠点头，看向钟宁，认真道：“第一，我们还没有详细排查过，不能确定案发当晚她说的时间段内有没有离开过葬礼现场；第二，我们还没有联系上丽娟艺术团的其他成员，无法证明邓丽娟是不是真的不认识彭大毛。”

钟宁这次真心笑了起来，赵亚楠和张一明把他心里的疑点都给说了出来。那句话怎么说的来着，完美搭档。

赵亚楠道：“我会安排人去黄花镇做详细问询，一旦发现问题，会马上申请搜查令和传唤证。”

到时候再去搜查，只怕是有点晚了。钟宁想，邓丽娟这个女人肯定不简单，是不会坐以待毙的，但也没有更好的办法了。他点点头。

赵亚楠一指投影：“对于陈小娟，你有什么看法？”

钟宁坦率答道：“有问题。”

03

“什么问题？”张一明困惑起来，“不是和我们之前的推断都对上了吗？”

钟宁把刚才心里的疑问说了出来：“为什么秦世聪二〇〇八年才

被杀？”

张一明明白过来：“陈小娟二〇〇四年就出狱了，如果秦世聪和段黎明真的是当初欺辱过自己的嫖客，她为什么隔了这么久才开始杀人，还每隔四年杀一个。”

钟宁继续道：“四起案子，死者死后都被布条蒙眼，但是他们的死法完全不一样，这又是为什么？”

张一明有些意外，难道钟宁这一年不只翻旧卷宗，还系统化学习了犯罪心理学和犯罪行为学，学会了怎么给嫌疑人做心理画像？

“不过，根据具体情况改变作案手法也不是不可能的。”钟宁抬头看向赵亚楠，“我还担心指纹和DNA……”

赵亚楠神色严峻。虽然她刚才安排了肖敏才去追查，但钟宁的担心不无道理，案子久远，已审已判不说，犯人都服完刑出狱十多年了，相关材料很可能早按规定销毁了，能找到多少有用的线索是未知数。

“所以，刚才我查了一下这个……”钟宁把警用PDA推到两人面前——上面是一份二〇〇四年星港人才市场流动人口就业表格，密密麻麻的，有上百页。

张一明一拍脑门，高兴地说道：“对呀！像陈小娟这种刑满释放人员，出狱以后，一般都是在居委会登记，帮助其重返社会，只要找到了工作，居委会都会要求其在人才市场登记。二〇〇四年已经有较为成熟的互联网系统了！宁哥，你真是天才！”

赵亚楠神色一松，问：“有陈小娟的名字吗？”

“有。一共有七个陈小娟。”

“七个？”张一明咧了咧嘴，“除了名字以外，有其他的数据可以做排除吗？比如身份证号、电话号码、年龄之类的？”

“能有名字和工作地点就不错了。那时的身份信息录入并不完备，有很多疏漏，即便填写了身份证号码，也存在一些错误。”赵亚楠看看警用 PDA，又看看钟宁，“实在不行，只能一个个排查。”

“先去查这个明珠打印店。”钟宁指着其中一条名单，说道，“除了这个陈小娟，其余几个，要么是被企事业单位录用，要么就是酒店前台，再不济都是当保姆。一个刑满释放人员，不太可能找到这种工作。”

“神探啊宁哥！”张一明乐了，仔细去看明珠打印店登记的地址，“可是，这地方早就拆迁了啊！”

“我查了这家打印店的老板……”钟宁划到了另外一个页面，“发现了这个情况……”

赵亚楠和张一明同时张了张嘴——资料上显示，明珠打印店的老板袁明珠，曾于一九九八年因故意伤人罪入狱，在星港市女子监狱服刑。

“她们是狱友？”张一明兴奋起来。

此时，窗外更换广告的工人们似乎在搬什么重物，喊起的号子声，打断了他们的交谈。张一明赶紧起身把窗户关上。

赵亚楠看向钟宁：“明天我们去追袁明珠这条线。还有张一明，你的任务是找出最近跟邓丽娟一起跑过场的成员……张一明……张一明……”

喊了两声都没人应，一扭头，见张一明正盯着窗外出神。张一明听到喊声，扭头愣愣地看向钟宁：“宁哥，那个打印店老板叫什么来着？”

“袁明珠。”钟宁回答。

“嘿！”张一明咧嘴乐了，一指公交站牌，“她就在对面。”

“什么？”

两人循声望去——窗外，公交站台的广告牌，换上了企业家峰会论坛的宣传照，照片上是一个穿天蓝色套装的女人，边上是一行硕大的楷体字——“明珠集团董事长袁明珠女士”。

“可以啊，张一明！”赵亚楠眯眼看着广告上的人物简介。那上面写着这位女企业家是从小小的打印店起家的，很可能就是当年陈小娟打工的那个店。

钟宁也看着宣传照出神，喃喃说道：“我知道秦世聪案她没有被监控拍到的原因了！”

“什么？”赵亚楠和张一明同时问道。

“凶手就是陈小娟。”钟宁语气肯定，但紧接着又低声自语道，“但动机好像错了……”

“什么意思？”

钟宁刚要开口，一阵疾风袭来，把刚刚安装好的广告牌吹得噼啪作响。

04

疾风袭来，把厢货车上的“丽娟艺术团”横幅吹得噼啪作响。

“陈小娟，陈小娟……”

夜越来越深，风也越刮越大。邓丽娟反复念叨着被自己烧掉的身份证上的名字，一脚油门踩下去，可惜老旧厢货车的变速箱有些不利索，总是挂不上挡，喷出了两股黑烟，但速度并没有多大变化。

她的眼睛瞟向路边的一个公交站广告牌——照片上那个穿天蓝色套装的女人正冲着自己微笑，就像在看自己的笑话。

“哼！”

一转眼，都过去十多年了。老袁出狱以后，找不到正经工作，后来被逼得没办法了，邓丽娟才出主意，两人合伙开了“明珠打印店”。就开在星港师大附小的边上，拢共不到十平方米，店里只有一台复印机和一台打印机，干的都是给学生复印试卷、习题之类的活儿。靠着这五毛一块的小生意，她们逐渐有了一点积蓄，还添置了两台设备。但毕竟买卖太小，别说老袁想翻身，就连邓丽娟想攒够钱都是不可能的事。

为了拓展业务，两人做起了喷绘招牌的生意。那些日子真是拼了命地工作。有一次，她们为了一个两百块钱的水果店广告牌，在大雪天，两人推着一辆没电的电瓶车，驮着几十公斤的铁架，用了整整四个小时，横跨星港去送货。她们凭着这股子赚钱不要命的精神，小小的打印店慢慢做出了名气。同行们都说，“明珠打印”有两个怪物，一个是比男人还要厉害的男人婆，一个是戴口罩的丑八怪，都是要钱不要命的主，跟她们拼业务，得把命搭上。

又用了两年时间，邓丽娟终于攒够了钱，老袁也转型升级，干起了老本行。

“可惜，秦世聪出现了……”

此时，黑漆漆的天空又开始飘起了雪片，疾风翻卷，从车窗斜刺着杀进来，像是子弹一般，击打在邓丽娟脸上，一阵刺痛。风越来越大，厢货车上挂着的“丽娟艺术团”横幅被吹得更响。邓丽娟有些烦闷地点了根烟，深深地吸了一口，缓缓吐出一口烟，眼前氤氲起一团白雾。

秦世聪被烧死时面目狰狞的模样，她永远忘不了。同样，她也忘不了骗她到星港又逼她卖淫的宋铁雄挨了二十四刀的模样。

邓丽娟自嘲地笑笑，她忍不住抬头看了一眼后视镜——这么多年过去，自己确实老了，浓妆掩盖不住眼角的细纹，鼻梁处也开始出现增生。

此时，车已经拐进了开往明珠国际学校的岔道。

这所学校是老袁生意逐渐做大之后办起来的，虽说不是她的主业，但依靠着明珠集团的财力，如今已经发展成星港最知名的私立中学。继续往里开了两公里，四周的树木越来越茂密，路面变窄，再往前，路灯渐少，唯有路旁印着袁明珠照片的广告牌灯光还在照着前行的路面。

邓丽娟在心里飞快地盘算着："就明天，明天一定要把最重要的事情做完！"

目的地到了。那是一堵高耸的围墙，围墙内是一片仿欧式建筑的校区。此时校门紧闭，教学楼内灯光尽熄。

熄火，灭烟，打开车窗，邓丽娟往外瞄了一眼——这里离校门有点距离，但保安肯定发现不了的。不过，围墙上装了不少监控摄像头。

反正不用下车，她就没管那些摄像头，掏出手机，刚想拨电话出去，一辆停在围墙边的黑色宝马中，走下来一个女人。

来人正是宣传海报上的袁明珠。

05

"小娟……"袁明珠似乎早就来了，低声喊了一声，快步走了过来，拉开车门上了车，"这么晚了，怎么忽然找我？"

"警察查到我了。"

“什么?！”袁明珠惊讶不已。

邓丽娟表情冷漠道：“警察查到我了，不过……他们暂时还没找到证据。”

“他们是怎么……”袁明珠还想说什么，却被邓丽娟开口打断。

“星剧场是不是不打算干了？他们俩是不是要去国外了？”

“什么?！”袁明珠露出一副震惊的表情。

“你不知道？”邓丽娟盯着袁明珠看，意外发现她的表情不像是在演戏。

“我怎么可能知道？”袁明珠反问，继而意识到了邓丽娟的质问意味着什么，问道，“你觉得我瞒着你？”

“你不是要参加什么……”

“你是说企业家峰会？那是明天的事情，我还没见到那位皇家芭蕾舞团的团长呢。”袁明珠眼中的情绪复杂，但她明显有很强的情绪自控力，依旧语气平稳地说道，“你可以不相信我，但我有什么理由瞒着你呢？”

“我……”邓丽娟一时语塞，不知如何作答，心中的愤怒和怀疑在袁明珠平稳温和的语调中平息下来。

袁明珠安抚道：“小娟，我们这么多年的感情，你要相信我。”

邓丽娟心口一堵，无数往事如潮水一般在她眼前涌现。半晌，她惨淡一笑，小声道：“对不起，这件事太大，我一时……”找不到合适的描述，她说了一半就停了下来。

“你一时不知道这些恐慌、失落、茫然、不舍的情绪该怎么办，所以选择用愤怒和怀疑来抵抗。我就成了你的靶子。”袁明珠一点儿也不生气，轻轻拍了拍邓丽娟的肩膀，“你啊，还是老样子，一点儿也没变。”

要不怎么自己混成跑场的，而老袁成了大企业家呢，还是不一样啊。听到老友将自己的心绪分析得头头是道，邓丽娟在心里默默自嘲。

袁明珠问道："他们如果真的要走，你准备怎么办？"

"怎么办？"邓丽娟一脸茫然——自从知道这消息以后，她的心里充斥着复杂的情绪，就像袁明珠刚才说的那样，她处理不了那些情绪，选择了怀疑姐妹，继而就是愤怒，根本没来得及思考自己应该怎么办。

"要不……"袁明珠拉过邓丽娟的手放到自己手心里轻轻拍着，"就让他们走吧。都已经这么多年了，你也应该放下过去，过自己的人生了。"

"自己的人生？"邓丽娟更加茫然了，她从没有思考过放手这个选择，此刻在袁明珠的劝导下，她才意识到，还有这个选项。这么一想，她觉得身体好像卸下了千钧重担一样，松弛，却怅然若失。

这么多年了，经历了这么多事，自己最珍视的感情，要走向这样的结局吗？

邓丽娟缓缓点了点头："我应该让他们走的，对不对？看到那个人站上更加广阔的舞台……"

袁明珠刚要松一口气，邓丽娟又神色凶狠地补充道："不过，在他们走之前，我一定要做一件事，不然这辈子我心里都堵得慌。"

袁明珠一愣："什么事？"

邓丽娟低头看了一眼中控台上那个只剩下一小半液体的玻璃瓶，咬牙切齿道："我得用硫酸泼曾星一次。"

袁明珠毫不意外，轻轻叹了口气，说道："你还是没有放弃啊……"

邓丽娟从口袋里掏出一根烟点上，用力抽了一口："你知道的，从他们谈恋爱开始，我已经忍了很久了，你觉得我现在会放弃吗？”

“唉……”袁明珠了解邓丽娟，也了解她那炽热得仿佛没有底线和退路的感情，知道自己是无法轻易说服对方的，但还是争取道，“我先打听一下消息是否准确再说吧。”

邓丽娟摇头：“警察已经查到我了，我没有多少时间了。”

袁明珠沉默了，寂静的夜里，只有风吹过树叶，吹落积雪的“沙沙”声。良久，她开口问道：“那……你需要我做什么？”

“一瓶硫酸，一些钱。”

袁明珠点头：“硫酸倒是有，但我手头现金不多，明天我去银行……”

“有多少给我拿多少吧。”邓丽娟打断道，“剩下的我去找老蒋凑。”

“行，那你在这等我一下。”袁明珠很快下了车，走了两步又转过身问道，“如果警察找到我了，我应该怎么说？”

邓丽娟轻轻一笑：“那就把我的故事，原原本本地告诉他们。”

“小娟，你真的想清楚了吗？”这是袁明珠今晚第一次表现出明显的情绪波动，“你可能会死的！”

邓丽娟一字一顿道：“这么多年了，我早想清楚了，我什么都不怕，只是还需要一天时间。”

“警察会信吗？”

“你肯定有办法的。”邓丽娟笑了笑，接着一指学校的方向，“你欠我的，我等着你还……别想着背叛我，袁明珠。”

风遽然变大，雪像疯了一样，铺天盖地席卷而来……

第八章 好戏开场

似乎有什么一直藏在迷雾里的东西冒出了一个边角，

犯罪动机呼之欲出。

01

这个冬天的雪，才停了小半天，又铺天盖地下了整整一夜。狂风敲击着张一明那辆比亚迪的前挡风玻璃。

袁明珠，女，汉族，47岁，籍贯星港。一九九一年于星港大学攻读化工系材料学专业研究生，专攻有机颜料的提取与应用技术；一九九四年毕业后，因为成绩突出，留校任教，同年与在前星港化工集团销售部任职的盛宏图相恋，两人于一九九五年初结婚，并于次年生下独子盛展鹏。之后袁明珠从星港大学辞职，夫妻共同创立宏图化工股份有限公司，不到两年的时间便发展为中南地区举足轻重的颜料化工工厂。

事情的转折发生在一九九七年。这一年，袁明珠与盛宏图夫妻关系破裂，因财产分割和独子抚养权等问题，打起了离婚官司；一九九八年，经过一年漫长的诉讼期，其子盛展鹏被判给盛宏图。同年六月十七日，袁明珠潜入盛宏图居住的别墅，用水果刀将其刺伤，造成盛宏图脾脏破裂，被定为七级伤残。袁明珠因故意伤人罪被判刑五年，一九九九年一月于星港市女子监狱服刑，二〇〇四年一月出狱。

合上案卷，钟宁抬头看向眼前的明珠大厦。

雪下了整整一夜，此时，楼顶“明珠大厦”四个字上已经积了厚厚的一层雪，远远看去，像戴了一顶过冬的棉帽。这栋大楼虽然土气，但因其在行业内的顶尖地位，让这一片区域产生了集群效应，周围几条街全是专门经营颜料、涂料、各种打印、转印设备的中小型企业，已经形成了一个相同业态的产业园。

“女强人啊！出狱后还能靠一个小打印店东山再起，短短十二年就做到如今的成绩，真是了不起。”赵亚楠感叹道，她看向钟宁，问道，“昨晚你和张一明已经确定了陈小娟躲过摄像头的方法？”

钟宁点头，点开手机中的一段视频递给了赵亚楠——这是昨晚开会后，他和张一明去岚山巷拍摄的“案件重演”。

画面中，雪正纷纷扬扬地落下，巷子里白茫茫一片，空无一人。狂风吹过，路边“岚山巷”的蓝色路牌被吹得噼啪直响。一个身穿黑色外套的长发“女人”出现在了路牌下。“女人”神情诡异地抬头冲着摄像头瞄了一眼，似乎是在等待着什么。不一会儿，一束强光照射过来，整个画面变得一片煞白，一个眨眼的工夫就恢复如常，然而刚才的“女人”已然消失不见。

“人呢？”赵亚楠瞪大了眼睛看着手机屏幕。

此时，镜头角度偏转，拍到了巷内，刚才的“女人”已经出现在星港大学女生宿舍楼下的底商处，接着把脑袋上的假发一摘，露出了一张黝黑的脸庞。

“张一明？”赵亚楠乐了，“还挺用心，化妆了。他是怎么……”

话音未落，画面里的张一明忽然蹲下身，伸手在马路边摸索了一阵，像是抓到了什么东西，猛地一扯——原本没有任何异样的积满了雪的路面，那一瞬间像是长了四只脚一般，突然腾空悬浮起二三十厘米的高度。

原来如此。赵亚楠不得不感叹钟宁的聪明。这是一张预先铺在马路上的仿真喷绘路面，四边用不锈钢条固定，四角焊接了可以竖立的“腿”，只等强光一照，用线也好，用钢丝也罢，这么一拉，这张“假皮”就四脚立起，支撑起一道二三十厘米的空隙，宛如士兵训练时使用的匍匐铁丝网，容纳一个人通过完全没有问题。

二〇〇八年冬天，星港遭遇了百年一遇的雪灾，恶劣的天气环境让疑犯有了可乘之机来放置这张喷绘路面。案发时间段又是深夜，当时的摄像头清晰度也不高，只要摄像头不变换角度，不但从监控中看不出端倪，哪怕是从现场路过也很难发现，厚厚的积雪下有一段“假路面”。

当年的案子之所以成为悬案，最关键的点便是弄清楚在二十四小时无死角监控的情况下，凶手如何进入岚山巷。有了这个喷绘路面的伪装，就彻底解决了这个问题。那一夜的大雪以及第二天围观路人的脚印，则帮凶手抹平了移除设备之后的痕迹。

赵亚楠思索片刻，认为钟宁推测的作案手法十分接近真相——以他们目前的调查方向，假设陈小娟真的是凶手，她当时在明珠打印店工作，以打印店当时的业务，做一张这样的喷绘路面没有任何问题。其他的一切就顺理成章了。

那么，袁明珠是否参与其中呢？

02

肖敏才那边还没有消息，虽然监狱和公安是兄弟单位，但毕竟不在一个系统，需要协调的事务比较多。去黄花镇调查的侦查人员也没有消息。

这会儿时间还早，赵亚楠和钟宁在车里等着。昨晚钟宁急着去还原案件，对动机一事没有详细解释，此刻正是讨论的好时机，便问道："你昨天说，疑犯的杀人动机，并不是我们之前推测的妓女报复嫖客？"

"是，有两个理由。第一,四个死者的死法各有不同，这不符合连环杀手的作案特点，如果真是为了报复，陈小娟完全可以像杀宋铁雄那样，"他点了点刚才的视频画面，"用如此复杂的手法杀人，除了报复，肯定还有更深层的原因。"

赵亚楠点头同意："第二个呢？"

"第二……"钟宁没有直接回答，而是问道，"我一直在想，陈小娟为什么被骗到星港七年以后才杀了宋铁雄。"

赵亚楠一愣："你觉得不是因为积怨？"

"从受害者心理上看，反抗意识最强的应该是头一两年，一旦过了那个时间段，很可能就接受现实，不但逃跑或反抗意识会越来越低，甚至很多人会慢慢和施暴者同流合污。"钟宁停顿片刻，接着分析，"当时陈小娟已经被宋铁雄强迫卖淫多年，为什么会因为不愿意接客而杀人？"

赵亚楠蹙眉思索着。

"我看了内刊上的那篇报道，七月二十四日凌晨一点左右，也就是在两人发生冲突六个小时后，"钟宁边说边打开手机，调出那篇报道的照片，"你看，'陈小娟趁宋铁雄熟睡，将其砍杀在床。'这说明……"

赵亚楠的双眸猛地一亮："说明陈小娟当晚根本没有出去接客！"

“对。”钟宁点头，“由此推测，陈小娟对宋铁雄起杀心，不是因为宋铁雄让她接客，一定是有别的原因……是我们不知道的原因。”

赵亚楠摸着下巴思考着：“能发生什么事，让陈小娟觉得比强迫她卖淫更加不能忍受，甚至让她愤怒到要捅二十四刀才能够泄愤呢？”

这时，明珠大厦的LED屏亮了起来，画面中是即将开始的企业家峰会现场的直播画面。

“袁明珠到了……”钟宁推开了车门，“她可能知道实情，走，我们去跟她谈谈。”

赵亚楠也不再耽搁，两人快步往“明珠大厦”走去。

03

明珠大厦内部的装潢简约务实，甚至有些质朴，大堂里没有水晶吊灯，只有一个前台，四五张会客沙发。四周墙面上安装着玻璃橱窗，里面摆放着明珠集团研发生产的产品样品，整个大堂看上去更像一个产品展示厅。

企业家峰会即将开始，不少穿着职业套装的工作人员正忙着接待贵宾们，还有不少安保人员在维持秩序。

穿过熙攘的人群，钟宁和赵亚楠借着参加峰会的名义直接上了十六楼。电梯门一开，走廊上一个秘书模样的姑娘迎了上来，脸上露出职业微笑：“两位是来参加会议的吗？会议地点在五楼。”

“警察。”赵亚楠拿出证件，“我们找袁明珠女士。”

秘书愣了愣，赶紧道：“袁总马上就要开会了，现在暂时……”

“谁啊？”还没来得及回绝，办公室的门从内打开，一个女人站在门口。

女人留着一头利落的短发，面色红润皮肤白皙，身量高挑纤瘦，穿着剪裁合身的高级职业套装，浑身散发着一种沉稳干练的气场。

“你好，袁女士。”赵亚楠两步向前，亮出证件，“有件事，需要你协助警方调查。”

袁明珠见惯了风浪，神色没有特别的变化，轻轻摆手示意：“进办公室里说吧。”

秘书要跟上来，袁明珠却摆手让她先去忙会议相关的事情，自己侧身让钟宁和赵亚楠进了办公室。

和大楼的内部装潢一脉相承，袁明珠的办公室简约质朴，接待客户用的一组沙发中间放了一张茶几，茶几上堆放着产品名录。同样，不远处的办公桌上也堆满了五颜六色的样品。桌角摆着几个擦得锃亮的相框，照片中的男孩应该就是其独子盛展鹏。

“我这里有点乱，不好意思了。”袁明珠歉意一笑，走向自己的老板椅，并指了指办公桌对面的两张沙发椅，示意钟宁和赵亚楠坐下。

她一边收拾办公桌上的样品，一边将装有儿子照片的相框收进了抽屉里，嘴上也没停：“不知道两位警官找我是因为什么事？”

赵亚楠从文件夹中抽出了陈小娟第一次被拘留时拍摄的照片：“袁总认识这个人吗？”

袁明珠看到照片，脸上露出了一丝诧异，蹙眉认了好久，才犹豫道：“这是……小娟？”

赵亚楠和钟宁对视一眼，问道：“袁总跟她不熟吗？”

“你们既然都来找我了，肯定调查过我的过去。”袁明珠无奈道，“我的意思是，我认识小娟的时候，她没这么年轻，也没这么漂亮。”

赵亚楠了然。

袁明珠主动回忆道："那会儿我和她住一个监舍，关系还不错。我出来比她早，她出来以后就来投奔我了。"

"那她现在还在你们企业吗？"

"早就不在了啊。"袁明珠一愣，赶紧摆手道，接着又仰头思索片刻，道，"她是……〇七年还是〇八年，对，是〇八年就离职了。"

二〇〇八年十二月，秦世聪被害。

"陈小娟为什么离职？"

袁明珠摇头："这个我就不清楚了，她走得突然，什么都没跟我说。"

"那她之后的去向，袁总知情吗？"

"不知道，她没跟我说过。"袁明珠依旧摇头，"后来我们就没有联系了。"

钟宁眉头一皱。没有获取任何有用的线索，看来是起了个大早，赶了个晚集。

袁明珠有些关切地问："是不是小娟出了什么事情？"

赵亚楠没有答话，又问："在袁总的印象里，陈小娟为人如何？"

袁明珠略一思索，答道："特别能吃苦，对待工作很认真，做事有板有眼。交给她的事情，每一件都办得很出色。说实话，在最难的那几年，要没有她在身边帮忙，我也不会有今天。"

这评价真高。赵亚楠继续问道："工作以外呢？"

"小娟这个人，怎么说呢，对待感情，有些极端。"袁明珠斟酌着用词，"不过这也正常，像我们这种坐过牢的人，性格上或多或少都有些缺陷，谁也不比谁好，谁也没资格鄙视谁。"

明显话里有话，钟宁看似在参观办公室内的陈设，实际上在竖着耳朵认真听，大脑飞速运转着。

赵亚楠继续追问："你说的对待感情极端，有什么具体事例吗？"

袁明珠却不愿再说了，起身道："不好意思，我今天实在有些忙，下面还等着我开会，暂时不陪你们聊了。"她摆出一副送客的姿态。

必须得撬开她的嘴。钟宁回想起刚刚袁明珠收起照片的动作，问道："袁总是为了争夺抚养权才伤了人吧？"

这句话戳到了袁明珠的痛处，她警惕地说道："你这话什么意思？"

"袁总出狱后不久便东山再起，但重新夺回抚养权应该不容易。我是想提醒你，在刑事诉讼中，证人、鉴定人等对案件中有重要关系的情节故意做虚假证明、鉴定、记录，意图陷害他人或者隐匿罪证的，处三年以下有期徒刑或拘役；情节严重的，处三年以上七年以下有期徒刑。"钟宁耸耸肩，笑眯眯地看着袁明珠，"袁总也是懂法的人，肯定不想重蹈覆辙。否则，袁总的宝贝儿子怕是再也没法抬头做人了。"

袁明珠听钟宁提到儿子，立刻收起了刚才的温和克制："这位警官，你是在用我儿子威胁我吗？"

钟宁依旧笑眯眯的，四两拨千斤地说："袁总不要误会，这绝不是威胁，只是一种善意的提醒。"

袁明珠的愤怒显而易见，她下意识后退了一步，就此落了下风："我就知道，以小娟那性格，早晚有一天会出事。"

"袁总这话什么意思？"

"这些事情，我应该烂肚子里的，但是……"袁明珠摇头叹息了一声，她不能用自己的事业来冒险，用儿子的未来冒险。停顿了片刻，她才终于抬起头，"你们知道她当初为什么要杀宋铁雄吗？"

说到重点了！钟宁的眉毛不易察觉地一挑。

赵亚楠会意，说道："根据她的自述，因为宋铁雄常年强迫她卖淫，她被逼无奈……"

"这是借口。"袁明珠苦笑，"为了轻判的借口。"

"那她为什么杀人？"

袁明珠摇了摇头，缓缓开口道："为了一个男人。"

04

"我刚进去的时候和小娟分到了一个监舍。监狱那种地方，难免会有老欺新的情况，我前半辈子都待在象牙塔里，后来创业了接触的也多是化工行业的人，因此在牢里过得很艰难。小娟进去比我早，对我很照顾。渐渐地，我们的关系越来越好，颇有一点相依为命的意思吧。"袁明珠重新坐下来，开始讲述这段遥远的往事。

"但是后来，我慢慢发现她不对劲。"她看了一眼大雪纷飞的窗外，"她是怎么来的星港，你们知道吧？"

赵亚楠点头："在陈小娟的供述中，自己是被宋铁雄诱骗到星港的。"

袁明珠挥了挥手："她跟我说，她是爱过宋铁雄的。宋铁雄在集市上给她买了两条裙子，她就对宋铁雄一见钟情了。她心甘情愿跟着宋铁雄来星港，只是她没想到，是被带来干那个……"

钟宁默默叹气，一个过得太苦的女孩儿，突然有人送了她两条裙子，就愿意倾心相随，可以理解，但还是觉得可悲。可到了星港以后，看清楚了男人的真面目，为什么没跑呢？

袁明珠一阵唏嘘："她以为宋铁雄对她是真爱，一心想着，自己做出了那么大的牺牲，等钱赚够了，宋铁雄就会安心跟她过日子。你们说她傻不傻？”

这话听得两人不知如何作答。

“其实很好理解。”袁明珠闭上眼，平复着悲伤的情绪，“小娟太苦了，出生时差点被亲爹溺死在尿桶里，还好被大伯用两条烟换走了。没承想大伯是个色鬼，偷看她洗澡，她发现之后就反抗啊，结果又被赶了出来。还好遇到个好心的邻居爷爷不嫌弃她，她才没有饿死。苦了一辈子，这时候忽然有个男的，甜言蜜语，还送她东西，她可不就一下子陷进去了？”

“后来呢？”

“后来她倒是想跑，不过却不是因为被逼卖淫，而是因为宋铁雄又找了个女的，对小娟处处嫌弃，还觉得她赚钱太少，小娟这才对他彻底死了心。”

赵亚楠皱了皱眉头：“你刚才不是说，是因为一个男人吗？”

“那是再后来了。”袁明珠摇了摇头，“她每天晚上都会反复念叨一串数字，是一个男人的电话号码。那个男人是她的顾客，甜言蜜语哄着她，说要带她远走高飞，一辈子对她好。小娟哪经得起这个，就信了。”

赵亚楠看向钟宁，钟宁微微摇头，她会意，接着问：“陈小娟就是为了这个男的杀了宋铁雄？”

袁明珠点头：“小娟一开始只是想私奔，没想杀人，可次次都被宋铁雄逮回来，打得皮开肉绽，次数多了，心里的恨意就浓了。小娟之所以下定决心动手，是因为那晚宋铁雄骂那男人是骗子，骂小娟是傻子，小娟一下就火了，要和宋铁雄拼命。这是小娟的软肋，碰都不让碰的。再加上，她清楚在宋铁雄清醒的时候，她毫无胜算，就忍到了晚上，趁人熟睡把人给杀了。”说完，她叹了口气。

这个杀人动机听起来比被逼卖淫要更有说服力，但陈小娟和这男人的故事明显没有结束，赵亚楠追问道："出狱以后，陈小娟没去找那男人吗？"

"找啊，怎么没找？"袁明珠悠悠地叹了口气，"一直在找，有空就找，挣了点钱就去美容，我还笑话她，劝她清醒点。可她听不得别人说那男人坏话，一说就生气，要我看，她活着的全部动力，就是那个男人。我还记得那男的送过她一个礼物，是一只兔子毛绒玩具，她宝贝得不得了。"

钟宁无言以对。如果袁明珠的话属实，陈小娟这是两次踏进了同一条河流啊。

赵亚楠问道："那你见过这个男人吗？他叫什么？"

袁明珠摆手："我没见过，也不知道他叫什么。小娟当宝贝一样收着那张名片，从没给我看过一眼。"

赵亚楠心头一紧："你的意思是，她后来没有找到人？"

袁明珠摇了摇头道："听小娟念叨的是个固定电话，应该早换了，根本打不通。"

钟宁皱起眉。他一边听故事一边在心中推导故事走向，按他的猜测，不应该没有找到人。

袁明珠忽然想起了什么，补充道："不过，有段时间她天天往外头跑，有时候回来傻笑，有时候回来了哭，跟魔障了似的。我问她原因，她也不说。"

钟宁心里一个机灵："大概是什么时候？"

"好像就是〇八年年底那会儿。不久后她忽然辞职了，我还以为她是嫌工资低呢。但今天你们这么一提醒……"说着，袁明珠抬头看向两人，"也有可能是跟那男人走了。"

似乎有什么一直藏在迷雾里的东西冒出了一个边角，犯罪动机呼之欲出。

赵亚楠继续追问道：“关于那个男人，你还有其他信息吗？”

袁明珠思索好久才犹豫道：“她跟我提过一次，那个男人挺年轻的，好像跟她年纪差不多。”

死者秦世聪一九七六年生人，和陈小娟的年纪确实差不多。

“哦，对了……”袁明珠又想起了什么，“小娟提到过，那男人年纪轻轻就在外面包工程，家里还是盖房子的，我想，应该是房地产行业的。”

年龄、职业都匹配上了——看来秦世聪就是陈小娟心心念念的男人。赵亚楠很快在警用PDA中点开了秦世聪的照片，递到袁明珠面前，问道：“这人你见过吗？”

袁明珠瞄了一眼，摇头道：“没见过。”

“你确定吗？”

袁明珠的耐心有些用尽了：“警官，我儿子今年高三，正是最重要的时候，我不会拿我儿子冒险。今天你们的问题，我已经知无不言，尽量配合了。”

这时，秘书敲了敲办公室的门，小声提醒道：“袁总，下面在催了。”

“那我们不打扰你了。”赵亚楠起身，“感谢袁总配合。”

“我还要去开会，就不送你们了。”袁明珠如释重负，和赵亚楠握了握手，接着又把手伸向了钟宁。可钟宁依旧盯着办公桌看得出神。

“钟宁……”赵亚楠碰了碰他，钟宁这才回过神来，和袁明珠握了握手。

走到电梯间，钟宁问道：“袁总不介意我们和你乘同一部电梯下去吧？”

袁明珠先是一愣，很快便反应过来：“当然不介意。”说着三人走进了同一部电梯，袁明珠先是摁下了数字5，那是会场的所在楼层，然后帮钟宁二人摁下了数字1。

在电梯厢下降的过程中，袁明珠又忽然说道：“我还记起来一个事情，有一次，小娟哭着说有人嫌弃她丑。”

“丑？”赵亚楠讶异，以陈小娟的样貌，无论如何都不能用丑来形容，“她有跟你说是谁嫌她丑吗？”

“那没有。”袁明珠脸上露出了尴尬的表情，“不过当时小娟确实不太好看，不然也不用老去做美容嘛。”她指了指赵亚楠手中的文件袋，“你们要找小娟，还是不要用那张照片了，她后来的相貌变化挺大的……”

这时，赵亚楠口袋里的手机嗡地振动了起来，她低头看了一眼消息，一脸震惊地把手机递到了钟宁眼前。钟宁看了一眼，同样一脸愕然。

此时，赵亚楠已经从警用PDA中点开了一张照片：“袁总认识这个人吗？”

“这是……”

袁明珠刚要回话，电梯门缓缓打开，一阵热烈的掌声从不远处的会场传来，似乎已经有人登上了舞台。

05

舞台之下一片黑暗，不见一个人影。

邓丽娟从起手第一个脚光灯处出发，往左踮了二十四步，转身站定。根据刚才的测算，这里刚好是舞台正中央。灯光落在她脚上的红舞鞋上，氤氲起一团亮眼的红雾。她深吸一口气，像个即将接受将军检阅的骄傲士兵，脸涨得通红。

音乐响起！

邓丽娟姿态笨拙地小跳步快速向前，就在她腾空的瞬间，伴奏不知为何戛然而止，她猝不及防地摔在了地上。她支起身子，茫然地环顾四周，只看到周围漆黑一片。

“谁？”

没有人回话，黑漆漆的剧场里只有呼啸而过的风。

“为什么不让我跳舞？”

远处悠悠飘来一辆保时捷跑车，一直飘到舞台下——车门打开，里面坐一个梳着三七分发型的男人，单薄的身体被风吹得东倒西歪，像是一张纸片：“是我呀，小娟，别跳了，跟我走吧，我给你好的生活。”

“你是谁？”邓丽娟害怕地退后了两步。

“不认识我了吗？”男人瞪大眼睛，露出一口白牙，“是我啊！秦世聪啊！跟我走，我给你买别墅，买跑车，给你最好的生活！”

邓丽娟迷迷糊糊地摇了摇头，又期待地问：“你真会对我好吗？”

“我不会骗你的，”秦世聪冲她招手，“你放心，我会保护你的。”

“好，你说话要算数。”邓丽娟终于抬腿跨下了舞台。

就在此时，黑暗中响起一个女人的声音：“不要去！小娟！”

邓丽娟茫然四顾，看不到说话的人。

“你不要去！小娟！”还是那个人的声音。

邓丽娟举目四望，依旧看不到半个人影：“你是谁？”

没有人回话。

“你是……你是袁明珠吗？”

“别听她的，你跟着我才能过好日子。”秦世聪不耐烦地打开了车门，邓丽娟这才看到，车上居然还坐着一个年轻姑娘，正一脸俏皮地看着她，脸上一副无忧无虑的表情，看着有些眼熟。

“你是谁？”邓丽娟瞪大眼睛问。

“你别管她是谁，跟我走！”秦世聪伸手去拉邓丽娟，邓丽娟的全身不由得一抖。直到这时她才反应过来，这辆车是用纸糊的，秦世聪伸出袖管的手臂，竟然是一卷冥币！她惊恐地往后退了两步，再抬头看秦世聪，发现他瞪大的双眼中惨白一片，根本没有瞳孔。

“我不跟你去！你是个骗子！”

听到这句话，秦世聪瞬间变脸，脸慢慢变得扭曲起来：“我要是骗子，你就是丑八怪！”

“我不是丑八怪！我不是丑八怪！”邓丽娟捂着脸，拼命否认着。

“那我就让你变成丑八怪！”

秦世聪面目狰狞，从车里抱出一个红彤彤的汽油桶，猛地往邓丽娟的脸上倒去！

06

“啊！”

一声惨叫，邓丽娟赫然睁开了眼睛。

“那个噩梦……又是那个噩梦……”她翻身起床，心有余悸地大口呼吸着，额头上满是汗水，脑袋阵阵刺痛。

“救我的是你……救我的是你。”邓丽娟记起那张救她的女人的脸，只感觉鼻头一酸，起身去了客厅，在神龛前恭敬地上了六炷香，俯身拜了六拜。

“谢谢你，谢谢你救了我……”

此时，口袋里的手机响起了“小兔子乖乖”的铃声，是小六打来的，语气听起来有些慌乱：“娟姐，你在哪里啊？”

“在家。”邓丽娟皱了皱眉，“怎么了？”

小六紧张道：“是李红兵的事情，我想问问你……”

“你不用操心，我今天会解决的。”邓丽娟很快挂断了电话。

喝口水提了提神，邓丽娟折回卧室，拉开窗帘——经过了昨日的种种刺激，加上已经做了决定，此刻的她很平静。今天已经三十号了，还剩下三件事情要做。

邓丽娟在心里默默盘算着——根据她昨天的观察，曾星他们在国际会展中心彩排完回到星剧场的时间大概在下午两点左右，距离现在还有六个小时，要办完这三件事，时间充足。

“警察已经查到我了，我没有其他办法了。”

邓丽娟痛恨自己此时的优柔寡断，到现在还下不了决心。就像当年出狱以后，每天不停地去找那个人，换来的却是无尽的嫌弃，连多年前的约定都完全忘记了。

“就这样吧。”邓丽娟终于下定了决心，一把撕下今天的日历，打开桌上的纸盒——玻璃瓶里已经重新装满了硫酸，旁边整整齐齐码放着十七沓人民币。这是老袁家里所有的现金，但离自己需要的金额，还差了十几万。

她从神龛中“崔府君”的肚子里掏出小木盒，盒子里面有一部旧手机，在那下面压着一张名片，白底黑字，还描着金边，只是时间太久远，金边有些褪色，黑字也已氧化泛白。

邓丽娟折回卧室，拧开玻璃瓶，倾斜瓶身，倒出了两滴透亮的液体，“吱”的一声，硫酸冒着黑烟，把上面“秦世聪”三个字腐蚀出了一个洞。

邓丽娟从口袋里掏出了那个小小的相框，看向了袁明珠边上的两人。

“明珠已经尽力了，接下来，得靠你们了。”

她从床底抽出黑色垃圾袋。只要把这些东西处理掉，即便警察查到自己头上，她也能拖延足够多的时间。她把旧手机扔进袋中，刚要起身，又看到了那个塞得满满登登的文件夹。

邓丽娟将其抽出，小心翼翼地翻开，看着剪报上的照片，她再次迟疑了——如果老袁骗过了警察，这些东西似乎正好可以用上……退一万步说，没有搜查令，警察不能进卧室。

“那就赌一把！”

她重新把垃圾袋塞回床底，转身去往卫生间——如果是去见那人最后一面，那就更得漂漂亮亮地去，不能又被人嫌弃是丑八怪。

就在这时，“砰砰”两声敲门声响起。

“谁呀？”

“你好，社区的，人口普查。”

邓丽娟哑然失笑，上一次说自己是物业，这一次说是人口普查，看来这些警察确实在怀疑自己啊。

“就来。”

邓丽娟打开水龙头，用手捧了一捧清水往脸上泼去，再次抬起头。

这一次，她终于敢看向自己镜中的脸。

第九章 红颜枯骨

死者穿着一件丝绸面料的睡衣，

脖颈上套着一根拇指粗的绳索，

伸着舌头仰躺在沙发上，

双眼蒙着红色的雪纺布条。

01

眼前是一张无比丑陋的脸。

比亚迪向着洋湖别墅的方向一路飞奔，钟宁靠在副驾驶座椅上，盯着眼前那张丑陋的脸，有些失神——照片是肖敏才从女子监狱发过来的入狱照，照片里的女人脸部肿胀，红色的坑洼布满整张脸，坑洼处还渗出了黄色的脓液。一道猩红的伤疤，如同蚯蚓一般，由额头处开始，经过鼻梁，一直延伸到嘴角，刚好把脸劈成了两半，看上去像极了某个恐怖片中面目狰狞的反派角色，无论如何也无法把她和拘留照上那个清纯可人的女孩联系到一起。

然而，她就是陈小娟。

宋铁雄死亡当晚，也就是一九九七年七月二十四日凌晨，在陈小娟杀害宋铁雄的过程中，宋铁雄一边挣扎一边将加热火锅用的、正在燃烧的固体酒精扔在陈小娟脸上，并用随手抓到的破碎的啤酒瓶划伤了陈小娟，致其面部严重烧伤，还留下一道横跨整张脸的伤痕。

寒风萧索，一路不停地吹打着车窗。隔了好久，钟宁才放下手中的照片，心中翻滚着一片悲凉。

关于陈小娟为何出狱四年以后才动手杀人，已经有了答案——很有可能是因为在这段时间内，她一方面在寻找秦世聪的下落，另一方面在赚钱整容。在她终于找到秦世聪以后，却被他嫌弃相貌丑陋，一怒之下，性格偏激的陈小娟一把火烧死了这个负心汉。

“现在看来，陈小娟并不是邓丽娟。”赵亚楠有些失望。她看到陈小娟毁容的照片，立刻联想到了邓丽娟脸上的浓妆，于是在刚才询问袁明珠时，她拿出了邓丽娟的照片给袁明珠辨认，但袁明珠很肯定地说，不认识邓丽娟。

赵亚楠见钟宁神色有异，问道：“你有什么想法？”

那种感觉又回来了，一团线藏在脑子里，但就是找不到线头在哪儿。钟宁细细回想着从初见袁明珠到分别的每个细节，却始终没有任何头绪，索性点开了一段袁明珠在论坛上发布的演讲视频——

袁明珠踌躇满志，侃侃而谈道：“……我今天看到报纸上的一篇社论，题目是《今年是未来十年最好的一年》。当下，这种悲观的论调很多，但我觉得我们还是要乐观……今年，我们企业进行了产业扩展，当然，我们要感谢市委市政府对于我们工业园区的大力扶持，都说无恒产者无恒心，我也希望市委市政府能把相关政策落实到位……”

“夹枪带棒，绵里藏针，女强人啊。”赵亚楠心生佩服。

钟宁点头同意，问道：“对了，她现在夺回儿子的抚养权了吗？”

“我让他们去查一下。”

“好……”钟宁抬头看了一眼窗外一闪而过的高楼大厦，收回了思绪，“黄花镇那边有消息了吗？”

“还在排查中。”赵亚楠摇摇头，问道，“张一明那边呢？”

钟宁看了看手机，道：“他在工商局那边查到丽娟艺术团有一个小股东叫朱艳艳，不过她手机关机，暂时还没联系上。”

赵亚楠点了点头，这时警用 PDA 振动了两下，有消息发过来。正在开车的赵亚楠示意钟宁先看看，钟宁看完，说道：“队里已经采集完花园国际小区住户的指纹信息……邓丽娟十分配合，甚至还请人进门喝了水。”

“完全没有逃避的意思？”

“完全没有。”

赵亚楠有些意外，问道：“那这么看，她的嫌疑又减轻了？”

钟宁并不这么认为，反而对邓丽娟高看了一眼。他转换了话题：“我总觉得，袁明珠不对劲，不应该顺利的地方很顺利，该顺利的地方又不太顺利。”

赵亚楠思索两秒，问道：“你是觉得，袁明珠对我们所有隐瞒？”

钟宁摇头道：“倒也没有。如果袁明珠真心要隐瞒什么，大可以一口咬定和陈小娟不熟，没必要跟我们透露这么多细节。细节是最难编、也是最容易露馅的。”但还是有什么不对，那个线头到底藏在哪里？

“哪怕是为了儿子，袁明珠也不会隐瞒什么。”赵亚楠捋了一下思路，“我们之前讨论的四个疑点，目前已经解决了三个……第一，杀人动机，如你所说，确实不是单纯的妓女报复嫖客；第二，为什么隔了四年才开始杀人，因为她需要时间整容，并且一直在寻找秦世聪的下落；第三，秦世聪为什么会被烧死，很可能是因为陈小娟自己遭遇了毁容。”

“那么，陈小娟在哪里？”钟宁看向搁在一边的资料，不算厚，也没有陈小娟详细的生物信息，只查找到陈小娟入狱后同监舍狱友的名单。

“凭这个名单，我们就能找到陈小娟吗？”赵亚楠问道。

“也没有更好的办法。”钟宁看看资料，“何况，有的时候，笨办法也是好办法。”

赵亚楠被钟宁的信心感染了，笑了起来：“你不会要一个一个排查吧？”

钟宁摇头：“时间上来不及，何况这么长时间了，也不一定能找全。”

今天已经是三十号了，距离上面要求的破案时间只有一天，陈小娟坐牢七年，与她同住过一个监舍的，除了袁明珠，还有102个人。真要把这些人全部找到，一个一个做问询，肯定是做不到的。所以，刚才从明珠大厦出来以后，他就提议先去段黎明一案的现场看看，说不定能发现点什么线索。

“行，那就按你的想法。”

此时，比亚迪拐入辅道。钟宁的手机中弹出推送的实时新闻——“皇家芭蕾舞剧团团长乔伊先生在企业家峰会论坛上发表讲话”，钟宁点开新闻看了看直播视频，有些奇怪：“张副局长负责这次晚会的安保工作吧，这次企业家峰会张副局长没来吗？昨晚的案情通气会也没见到他。”

赵亚楠回道：“张副局长可能有别的事情吧。”

钟宁没再多想，正准备关掉直播，视频里，一个学生上台献花后，冲着台下敬了一个曲臂礼，小跑着下了台。

钟宁觉得脑子里有根钩子，隐隐帮他勾住了那个线头，就要往外拉了。他闭上眼揉着眉心，说道：“你刚才说，袁明珠不会说谎，是因为她儿子？”

“嗯。”赵亚楠毫不迟疑地点头。

钟宁迅速从PDA中找出袁明珠的资料看了一遍，心里“咯噔”一声——找到了！他刚要开口说什么，赵亚楠缓缓将车停下，抬了抬下巴，指向右前方的小区大门：“到了！”

钟宁赶紧编辑了一条信息，给张一明发了过去，然后推门下车，跟着赵亚楠一起往小区走去。

02

洋湖别墅区。

二〇一二年，时年48岁的烟草公司副总段黎明，被勒死在自家别墅中，死后双眼被蒙上一块红色雪纺布，同时在死者的血液中检测出大量催情药的成分。

四年过去了，物是人非。当年这个高端别墅区，如今已经破败，大门口杂草丛生，保安室里只有一个上了年纪的保安正打着盹。听到有人来，保安也只是瞄了一眼，什么都没问，继续闭眼梦周公去了。

两人脚步不停，很快进了大门。

毕竟是高端别墅区，规划做得不错，清一色的巴洛克风格建筑，彰显着这个小区曾经的风貌，不过小区里的绿化却说明了这里此时的落魄景象。

张一明曾经跟钟宁八卦过这个风光一时的小区。据说，洋湖别墅区修建于千禧年，经济形势最好的那些年，星港那些发了财的老板们有了钱就开始包养“金丝雀”，而且一定养在这样的高档小区才觉得有面子，这个小区渐渐就成了星港市民口中的“二奶村”。

世间万物总是这样，眼见他高楼起，又眼见他楼塌。近几年经济形势不好，受贸易战的影响，很多老板都风光不再，洋湖别墅区也因此破败了，不少房子的大门上都贴上了“法拍房”的通告。

他们很快到了108栋。这栋别墅已经成了凶宅，一看就久未有人住了，铁门锈迹斑斑，院内一个用来养鱼的池塘已完全干涸，如今满是积雪。不过，别墅大门高达四五米，三面同等高度的围墙上甚至还装了防盗铁丝网，看来当年的安保措施相当严密。

“当年这里……这里……全部装了摄像头。”赵亚楠指了指大门和车库上方，“但监控只拍到了疑犯进入别墅时的裙角，没有疑犯离开别墅的影像。”

钟宁来之前就看过监控视频了，别墅入口没有监控死角，而且视频的清晰度很高。钟宁指了指大门道：“进去看看吧。”

赵亚楠打开了铁门——因为是法拍房，她此前就已经通过法院，申请到了入户钥匙。两人推门而入，一楼客厅内大部分家具都被白布包裹，白布泛黄，还有不少被蛇虫鼠蚁啃食的洞，看上去一片萧条。

“段黎明就在那个沙发上被人勒住脖颈窒息而死。”赵亚楠指了指客厅中的一个长条形沙发，在警用PDA上点开了两张案发现场的照片——段黎明穿着一件丝绸面料的睡衣，脖颈上套着一根拇指粗的绳索，伸着舌头仰躺在沙发上，双眼被红色雪纺布条蒙着。

钟宁问道：“这凶器哪儿来的？”

赵亚楠有些尴尬：“死者有一点特殊的性癖好，警方推断，这根绳子应该就是他自己的。”

意料之中，钟宁又问：“那些催情药，也是他自己买的？”

赵亚楠点头：“据调查，他经常在网上购买催情药品。”

钟宁思忖道：“我记得记录中没有出现陈小娟的名字。”

赵亚楠点头：“也没有其他可疑人员。”

钟宁皱了皱眉，没有回话，抬腿上了二楼。可能是因为没人打理，二楼渗水严重，墙壁已经起皮，散发着一股石灰的刺鼻味道。

钟宁指了指头顶，问道："楼上是什么？"

"露台和一个杂物间。"赵亚楠几步跨上楼梯，打开了通往三楼的防盗门——空荡荡的露台上，没有摆放那种别墅常见的遮阳伞之类的设施，边上一个连门都没有安装的杂物间里堆满了铲子、纱布、水泥桶等杂物，甚至还有一个拆掉的脚手架。

钟宁心头一动，问道："有没有可能，疑犯杀人以后，拆了一个脚手架，拼成一个云梯，然后通过围墙逃脱？"

"当年警方也这么怀疑过，做过案件还原。"赵亚楠摇头，"用拼装的云梯翻越围墙是没问题，但……留在围墙内的云梯怎么处理？"

钟宁看向对面那栋别墅，两栋别墅之间间隔大概有十五米左右，结构相似，三楼也是一个露台加上一个杂物间室。钟宁又问："那有没有可能是通过云梯到了对面？"

"隔壁两栋房屋的业主都做了排查和问询。左边这栋的女业主是电视台主持人，案发当天晚上九点多到家，和几个同事在家里办了一个小型生日派对，一直到第二天早上六点才散场，其间没有发现任何异常。右边的业主是个旅游公司的老板，案发当天下午刚出差回来，六点多到家，因为有非常紧急的工作，一直在家里加班到凌晨，没有发现任何异常的动静。"

赵亚楠指了指这一排别墅："当时警方不仅排查了这一排别墅的所有监控，每栋别墅顶楼的防盗门也都做了检查，全部都是上锁的，即便疑犯能通过云梯到达其他别墅，也没办法下楼。"

钟宁陷入思索。当年警方已经做到事无巨细了，那么，突破口在哪里？

赵亚楠补充道："当年这里是星港一等一的高档小区，安保十分严密，任何进入小区的行人和车辆，都被监控拍得清清楚楚，但是除了那半截红裙，警方没有发现任何可疑人员。”

钟宁无言。秦世聪案因为大雪掩护，让疑犯有可乘之机，但这个案子发生在春夏，发生地点的安保也更严密，如果疑犯真的是陈小娟，钟宁对她的判断就需要再度更改了。

他在心里不停地琢磨着“二奶村”三个字——难道，陈小娟烧死秦世聪以后，成了段黎明的“二奶”？这也不太可能，否则警方不会查不到她。

正思忖着，一辆白色宝马开过，在这一排别墅的最后一栋门口停住，从车上下来两女一男，三人正为什么事情吵架，在门口拉拉扯扯了好久，才一起进到别墅中。眼前的场景给了钟宁一个大胆的设想，他看向赵亚楠，问道：“右边业主的旅游公司，地址在哪里？”

“旅游公司地址？”赵亚楠被问得一愣，快速翻看当年的资料后，答道，“天问旅行社，地址在机场路 161 号。”

钟宁眯了眯眼：“他当天出差回来，是坐飞机回来的？”

“对，是坐飞机……”

话到一半，赵亚楠猛然明白过来。接着，她低头看向那叠肖敏才发送过来的陈小娟狱友名单，手上不停地用警用 PDA 排查着上面的名字。两分钟后，她眼睛一亮，抬起头看向钟宁：“查到了。”

03

车停在大快乐洗浴城对面。

此时是上午十一点，邓丽娟就坐在厢货车的驾驶席上，怔怔地望着顶楼那个巨大的招牌。

她离开明珠打印店后，就来这里工作了。不过，那时候的“大快乐”并不在这条车水马龙的车站路，也没有这么大的店面，服务项目也不像如今一样，针灸、桑拿、推拿、SPA 一应俱全。

时间尚早，洗浴城还未开门，邓丽娟抚摸着相框里袁明珠右手边的女人——女人当年也才二十多岁，皮肤黝黑，一脸憨笑，一看就是才从乡下出来讨生活的小村姑。

当初在牢里，这小村姑天天晚上哭，闹得鸡飞狗跳的，还一度想自杀，折腾了好一阵子才消停下来面对现实。邓丽娟离开明珠打印店以后，才知道小村姑出狱了，在“摸摸舞厅”混日子，就是那种五块钱陪人跳一曲，给人吃豆腐的地方。邓丽娟找到她直接甩了她一耳光，把她打醒，然后拿出一点积蓄，两人一起合开了一家小小的理发店，一年不到，又把理发店转让，开起了足浴店。

那时候的足浴店是真小，除了她俩，还有一个兼职的学生，拢共就三个人。小村姑不知什么时候变得八面玲珑起来，一间小小的足浴店被她经营得有声有色，分店一个接着一个地开，场地也越来越大，她还给自己找了个偶像——卖辣椒酱的老干妈。

一转眼，十年过去了，小村姑也有了大出息。

“可惜，后来段黎明出现了……”

邓丽娟苦笑——段黎明被勒死时死不瞑目的模样，还有自己从洋湖别墅逃跑时差点摔死的惊心动魄，她永远也忘不了。

“你出生就是落在这箩筐里，怎么蹦跶都蹦跶不出去……”肖爷爷跟她说过的话又冒了出来，邓丽娟摇了摇头——她的人生总是这样，每次有所好转，总会出现一个人，把她重新打回深渊。

再一抬头，“大快乐洗浴城”的五楼窗口亮起了灯，那是老板的办公室。邓丽娟下了车，快步绕到后门，穿过一条翳翳沉沉的小巷，沿着黑漆漆的楼梯走到了楼上。

办公室在五楼走廊的尽头，此刻，办公室厚重的木门半开着，透过门缝，邓丽娟看到一个染着黄毛的干瘦男人领着一个怯生生的姑娘站在偌大的老板桌前，桌后面，一个留着橘色波波头的女人正一脸不耐烦地看着他们。

姑娘不敢抬头，小声喊了一句："曼妮姐。"

被叫作曼妮姐的女人上下打量了姑娘一阵，问："多大年纪？"

"23。"姑娘身材高挑，只穿着单衣，不知是因为冷还是紧张，双手用力捏着衣角，腿在哆嗦。

"你怕什么？我又不吃人。"曼妮见怪不怪，从抽屉里掏出一张房卡，"规矩都懂吧？"

"欢哥跟我说了。"

"行。"曼妮把房卡甩过去，"阿欢，带上房卡，让她去办手续。"

卡掉在了地上，姑娘不敢去捡，哭丧着脸道："我……我出来得太急，啥也没带。"

"没身份证没事，以后可以补办。房租和吃饭的钱总有吧？"

一旁的黄毛摇了摇头："我问过了，一分钱都没有。"

"我说你们这些人，当我这是慈善机构呢？"曼妮气着了，吐了口烟，一个圆圆的圈从她嘴里冒出来，半天才散开，"个个都跟你一样，我这儿还开不开了？一行有一行的规矩，知道不？"

"我可以先到您这儿做事，赚钱抵房租。"

"行吧，行吧！"曼妮挥了挥手，不满地看向黄毛，"我说阿欢，能不能把你那头黄毛染染，是好看还是时尚？土得掉渣了知道吗？你都是民营企业家了，别一天天跟个流氓一样，行吗？"

黄毛嘿嘿笑着："好的，花姐。"

“什么花姐？叫我曼妮姐！”曼妮瞪大了眼睛，“以后别叫我花姐！”

“知道了！”黄毛连连点头，这才领着姑娘出了门。邓丽娟赶紧躲到一旁的阴影里，一直等着两人下了楼，这才推门走了进去。

曼妮正埋头点着桌上的钞票，动作麻利，心无旁骛。点好的钱一叠一叠码在桌上。

“花儿。”邓丽娟叫了一声。

曼妮刚要发火，一抬头看到是邓丽娟，脸上顿时笑开了花，蹦跶着从椅子上站起来，走过去一下握住了邓丽娟的手：“娟姐！我都好久没见到你了，可把我想死了。”

“你这儿生意还不错嘛。”邓丽娟笑起来，揶揄道，“曼妮姐！”

曼妮反锁上了门，嗔怪道：“娟姐，你别笑话我，不取个洋气的名字，我怎么镇得住手下嘛！哎呀，你怎么自己来了，跟我说一声，我让人把钱给你送上门呀。”

邓丽娟假装生气：“怎么，不欢迎我？”

“哪儿啊！这就是你的场子，我怎么可能不欢迎你？”曼妮连连摆手，又赶紧把桌上的钱放进早备好的牛皮纸袋中，“按照袁姐昨晚告诉我的数目，都准备好了。”

“谢了。”邓丽娟也没清点，直接放进了随身的塑料袋中。

事情办成，邓丽娟准备转身走人，曼妮犹豫了一下，还是问道：“我听袁姐说，星剧场要关了？”

邓丽娟站住，点了点头：“就在元旦后吧。”

曼妮一怔：“娟姐，你真打算用硫酸泼曾星？”

邓丽娟无奈道：“你是不是要跟我说算了？”

“不会，我才不跟袁姐似的。”曼妮赶紧摆手，“我知道，我们娟姐想办的事情，别人劝不了。”

“嗯，知道就好。”邓丽娟又问道，“萍萍呢，怎么没看到人？”

曼妮一脸无可奈何：“读书呢，你说这都多大年纪了，还在读书，读完研究生还想读博士，反正我也不懂。”

“多读点书好，我们就是吃了没文化的亏。”邓丽娟听出曼妮语气中的得意，笑道。看了看时间，马上就要到下午一点了，曾星他们快要回剧场了，她不想再耽搁，起身道，“你忙你的，我先走了。”

曼妮点了点头，帮邓丽娟打开门，脸上换了副忧心忡忡的表情，想说什么，又不敢说。

“怎么了？”邓丽娟皱了皱眉头，“你是不是还听老袁说了什么？”

“那个……”曼妮点了点头，终于问出口，“警察是不是已经查到你了？”

“你放心，他们还什么都不知道。”邓丽娟想了想，交代道，“你们不要再联系我的那个号码了，那个手机已经废了。”

“那……”曼妮难过地看向邓丽娟，犹豫好久，才道，“那以后我们怎么联系？”

“等过了这一阵再说吧。”

邓丽娟出了门，曼妮又跟了上来，问道：“娟姐，要是警察查到了我这里，我……”

“你就和老袁一样，把我的事情告诉他们。”

“什么？”曼妮一怔，呆呆道，“那……那你……你怎么办？”

“不需要你担心。”邓丽娟不打算继续这个话题，此时口袋里的手机响了起来，她接起来听了两句，眉头一皱，很快挂断电话，继续说道，“记住，如果警察真查到你，你就把我的事情一五一十地告诉警察。”

“可是，他们会信吗？”

“你会让他们相信的。”

曼妮依旧愁眉不展：“万一警察不信……”

“没什么万一，我只需要几个小时。”邓丽娟沉声打断，指了指她办公室一角供奉着的关二爷，“你记住，现在是你回报我的时候了，蒋翠花！”

04

蒋翠花，女，湘省湘阴县人。

二〇〇二年一月，时年23岁的蒋翠花离开老家来到星港，进入车站路一家叫“大浪淘沙”的洗浴中心从事足浴按摩工作；同年六月，车站路派出所接到蒋翠花报警，称有客人对其进行猥亵。派出所当即派民警前往调查，“大浪淘沙”老板李明阳称，几日前蒋翠花被人发现在包厢吸食“K粉”，已被洗浴城开除，怀疑其怀恨在心报假警。

民警调查后确认，蒋翠花当晚确实并未在洗浴城上班，后根据李明阳提供的地址，民警在出租房内，找到陷入昏迷的蒋翠花，在对其进行尿检后，发现了大量氯胺酮成分，也就是俗称的“K粉”。因报假警和吸食毒品，蒋翠花被依法强制拘留十五日，并处罚两千元。

同年九月十三日，蒋翠花埋伏在李明阳下班途中，用自行购买的剪刀将其脸部刺成贯穿伤，后主动到派出所自首。同年年底，蒋翠花因故意伤人罪，被依法判处四年有期徒刑，在二〇〇二年底至二〇〇六年底之间，于星港女子监狱服刑，与邓丽娟分配在同一监舍。

天空仿佛是一床被剪出了窟窿的棉被，抖落出来棉絮一样的大雪让警车那瘦弱的雨刷器有些力不从心。时间紧迫，案件的相关资料，钟宁都是在飞奔的车上看的，看到蒋翠花资料的后半部分，他心中不禁赞叹这女人真是厉害——

蒋翠花二〇〇六年出狱以后，从一家小小的理发店起步，一年后转型，开了“大快乐”足浴店，当时的注册资金才十万元，一年后她就开了第二家分店，之后逐渐扩大规模。到今天，她不但在车站路坐拥一家占地上千平方米的“大快乐洗浴城”，旗下分店也开了二十家，遍布星港。

比亚迪很快驶入了五一路，往“大快乐洗浴城”狂奔而去。刚刚通完电话的赵亚楠按了按蓝牙耳机的开关挂了电话，扭头看向钟宁，道：“队里已经派人去天问旅行社了。”

钟宁点点头。这只是一个小小的破绽——天问旅行社的老板说自己当晚有非常紧急的工作，可机场离洋湖别墅有两个半小时车程，而他的公司就在机场路，他为何舍近求远？再者，他的家庭住址也不在洋湖别墅。其中一定有隐情。虽然不一定和这起案件有关，但目前只要有一丝线索，他都不能放过。

看着窗外的漫天大雪，钟宁问道：“黄花镇有消息了吗？”

“刚才侦查汇报，已经问询了刘二妹的两个女儿，她们确定邓丽娟二十七号晚确实进行了表演，但她们没注意具体时间，目前还在调查中。怎么……”她看了钟宁一眼，“你还是怀疑邓丽娟？”

看了看手机，张一明还没有消息，钟宁没有回答赵亚楠的问题，而是问道：“陈小娟再度杀人的理由呢？”

“我怀疑，陈小娟患上了‘钟情妄想症’。”赵亚楠道。

犯罪心理学中有关于这种心理疾病的介绍，它在人群中并不少见，女性的发病率较男性要更高。有这种疾病的患者平时看上去很正常，但他们会有同社会地位较高的人秘密恋爱的错觉，并相信他们的错觉对象在以各种隐秘的方式向他们传达着爱意。有时候，其错觉对象甚至都不一定是真实存在的人。而这种心理疾病患者也很容易做出过激举动。

钟宁想，如果凶手真的是陈小娟，这似乎是一个说得通的理由，但……陈小娟作为一个没有受过良好教育、一直在社会底层摸爬滚打的女性，作案手法之高明，心思之缜密，足以令他刮目相看，他实在无法将其与“钟情妄想症”联系在一起。

钟宁正思考着，赵亚楠接着说道：“另外，技术那边汇报，他们已经把张一明找到的陈小娟的指纹恢复了，应该很快会有比对结果出来。”

“明白。”钟宁眉头一展，不再纠结——无论如何，证据比直觉要更重要。这也是上一个案子教会他的道理。

不久，“大快乐洗浴城”那个巨大的招牌出现在两人眼前。赵亚楠把车停在路边，两人下车往大堂走去。

洗浴城应该刚开门不久，大堂里客人不多。钟宁和赵亚楠穿过大堂来到电梯口，几个穿着制服的工作人员搬运着几个纸箱进了电梯，纸箱上印着“轻拿轻放”的标志。两人随着工作人员一起上了五楼。

这是自去年那起案子以后，钟宁第一次重回“大快乐”，此刻还颇有些感触涌上心头。他轻车熟路地领着赵亚楠来到老板办公室的门口。

和袁明珠那边简朴的装修风格截然不同，从这张油光可鉴的红木门就可以看出来，这个叫蒋翠花的老板很在意形象，甚至还有些迷信，原本按照排序应该是“514”的门牌号，被她换成了“588”。

妓女泄愤杀人案
（结案）

1997.07.24

案发地点：
死者租住的出租屋内

案情报告：
凶手动手前
曾和死者爆发争吵
趁死者熟睡连捅24刀
致其毙命，
死后被布条蒙眼。

陌生

处理结果：
凶手主动投案自首，
判处7年有期徒刑。

秦世聪汽油浇体案

（未结案）

2008.12.7

案情报告：
死者被汽油浇体
活活烧死，
死后尸体被布条蒙眼

案发地点：
凤山巷内

陌生人

案件疑点：
监控未拍摄到除死者外任何人进入巷中

段黎明别墅勒颈案

（未结案）

2012.5.17

案情报告：

死者被勒死后双眼被蒙上一块红色雪纺布，同时死者的血液中检测出催情药成分。

案发地点：

洋湖别墅区
独栋别墅内

陌生人

案件疑点：

疑犯在进入别墅时被监控拍到红裙一角，但并未拍到其离开的画面。

彭大毛被杀案

未结案

2016.12.28

案情报告：
死者被人用重物猛烈敲击右脑颞部位，
导致颅内主动脉出血而亡。
死者死后被布条蒙眼

案发地点：
牌楼坊“圆梦”
旅馆117号房

陌生人

案件疑点：
案发当晚，走廊监控并未拍到任何人出入
死者房间，屋外雪地也并无可疑人员脚印。

李红兵被绑架案
（未结案）
2016.12.30
案情报告：
案发现场凌乱，且屋内有大量血迹，
目前受害人下落不明。
从案发现场血凝情况和失血量来看，
受害人仍有生还几率
渣男该杀
案发地点：
雨花路乐天宾馆
316号房
陌生
案件疑点：
配电箱遭人为破坏，监控设备失效；
房间内留下带有“渣男该杀”
字样的染血床单

小娟：

看到这封信的时候，我已经走了，这是姐最后想跟你说的话，你千万记在心里。

前些天你不是老问，我为什么总是咳嗽、发烧，还吃不下东西吗？是因为姐得了病，很严重的病，治不好的病。

娟，姐不怕死，真的。被宋铁林骗到这里这些年，我早就不想活了，我也不只一次想过自杀，可老天送给了我一个孩子，是她让我放弃了轻生的念头，咬着牙活下来。

还有你这个姐妹。你还记得吗？刚来的那些天，你总是哭，我不停地安慰你，告诉你不要怕，总有一天我们能够逃出去。后来你慢慢不怕了，还说等我们自由了，你可以跑场子唱歌养活我们，这话我一直记得。

谢谢你，小娟，是你和女儿让我觉得生活又有了盼头。可惜，姐要失信了。姐不是怕死，但我怕把肺病传给你和孩子，她才那么一点大，连话都不会说。

不怕你笑话姐，其实我想过传给宋铁林，我想跟他同归于尽。但我太笨了，被他看到了我的病例[病历]，他疯狂打我、骂我，还说要杀了我。我也想过报警，可他说我要是敢报警，他就杀了我女儿。

小娟，姐胆小，你原谅姐。

姐现在要走了，我把孩子托付给你，你一定要好好照顾她，让她健健康康地长大，未来帮她找个好男人，穷点，丑点，也没关系，但一定要对她好。你帮我把把关，不要让她也和我们一样，被人骗了。

小娟，我枕套里缝了2246块钱，是这些年我偷偷存下的，现在都留给你了，你好好藏好，别被家铁林发现。另外，孩子最喜欢《小兔子乖乖和我》那首歌，她要是哭，你就唱歌哄她。

姐还有一个最重要的事情要求你，你千万不要让她知道她妈妈是做什么的，我不想让她以后看不起自己，更不想让她被别人看不起。

小娟，姐会在天上保佑你们的。

邓丽娟 绝笔

1993.5.20

小娟：

看到这封信的时候，我已经走了，这是姐最后想跟你说的话，你千万记在心里。

前些天你不是老问，我为什么总是咳嗽、发烧，还心不在焉吗？是因为姐得了病，很严重的病，治不好的病。

娟，姐不怕死，真的。被宋铁林骗到这里这些年，我早就不想活了，我也不止一次想过自杀，可老天送给了我一个孩子，是她让我放弃了轻生的念头，咬着牙活下来。

还有你这个姐妹。你还记得吗？刚来的那些天，你总是哭，我不停地安慰你，告诉你不要怕，总有一天我们能够逃出去。后来你慢慢不怕了，还说等我们自由了，你可以跑场子唱歌养活我们，这话我一直记得。

谢谢你，小娟，是你和女儿让我觉得生活又有了盼头。可惜，姐要失信了。姐不是怕死，但我怕把自己的病传给你和孩子，她才那么一点大，连话都不会说。

不怕你笑话姐，其实我想过传给宋铁林，我想跟他同归于尽。但我太笨了，被他看到了我的病历，他疯狂打我、骂我，还说要杀了我。我也想过报警，可他说我要是敢报警，他就杀了我女儿。

小娟，姐胆小，你原谅姐。

姐现在要走了，我把孩子托付给你，你一定要好好照顾她，让她健健康康地长大，未来帮她找个好男人，穷点、丑点也没关系，但一定要对她好。你帮我把把关，不要让她也和我们一样，被人骗了。

小娟，我枕套里放了2246块钱，是这些年我偷偷存下的，现在都留给你了，你好好藏好，别被宋铁柱发现。另外，孩子最喜欢《小兔子乖乖》那首歌，她要是哭，你就唱歌哄她。

姐还有一个最重要的事情求你，你千万不要让她知道她妈妈是做什么的，我不想让她以后看不起自己，更不想让她被别人看不起。

小娟，姐会在天上保佑你们的。

邓丽娟 绝笔

1993.5.20

赵亚楠敲了两声门，半晌，里面传来一个女人不耐烦的声音：“谁呀？”

“警察。”

“警察？”又是一阵沉默，女人似乎不大愿意开门，继续问道，“找谁啊？”

“找蒋翠花。”

“哦，等一下。”

两三分钟以后，门终于打开了。

开门的是一个留着橘色波波头的女人，年纪三十七八，浓妆艳抹，一身豹纹皮草搭配黑丝小高跟，指甲上贴着闪亮亮的美甲片，从头到脚都透着一股不服老的劲头。

虽然和入狱照相比变化很大，但赵亚楠一眼就认出了她：“你好，蒋翠花女士，我们是警察。”

“知道你们是警察，刚才说过了。”蒋翠花斜眼看了看两人的证件，“找我啥事儿？”

“有个案子想找你了解一下情况。”赵亚楠问道，“可以进去谈吗？”

蒋翠花犹豫了好久才老大不情愿地点了点头：“行吧。”

05

这间办公室面积足有一百多平方米，宽敞无比，摆设也十分讲究，一看就是有高人指点过，右手边是风水鱼缸，左手边是一棵硕大的发财树，当中靠墙的位置放置着一个神龛，里面请了一尊关公像。

“你们这次又要查什么啊？”蒋翠花请两人坐到了皮质沙发上，

自顾自地从抽屉里掏出好几个本子放到茶几上，“喏，消防、食品安全、卫生许可证，都年检过了，合规的；吸毒卖淫的问题你们也查了不止一次了，我这里绝对合法，不会有这些问题的。”

赵亚楠没有搭理这一茬，从公文包中抽出那张陈小娟早年的照片，单刀直入道：“这个人你认识吗？”

蒋翠花瞄了一眼：“不认识。”

“不认识？”赵亚楠眉头一皱，“你再仔细看看。”

“确实不认识啊，我一个出来混……”话到一半，蒋翠花赶紧改口，“我一个出来做生意的，难道还说瞎话？”

蒋翠花这态度让赵亚楠很是不满，她用手重重地敲了一下照片，语气严肃起来：“你认真看看！”

“凶什么嘛……”蒋翠花嘟囔了一句，这才不情不愿地瞄了第二眼，只是这一次，她立马瞪大了眼睛，“这……这是娟姐?！”

她们果然认识！赵亚楠问道：“全名你还记得吗？”

“陈小娟啊。”蒋翠花脸上露出一丝不解，“不过，我认识她的时候，她脸上……”她伸手在自己脸上比画了一下。

赵亚楠很快打开PDA，找出陈小娟第二次入狱的照片：“是这样吗？”

蒋翠花连连点头：“我遇见她的时候她比这张照片上好一点，但是这道疤准没错，是娟姐。”蒋翠花二〇〇二年年底入狱，彼时距离陈小娟被宋铁雄毁容已经过去五年了，二人相见时陈小娟的脸部状况的确会好于这张照片。

蒋翠花不解道：“我没想到她年轻的时候这么漂亮！不过这都多少年了，怎么忽然来问我娟姐的事情？”

赵亚楠心头一紧：“你的意思是，你和她已经很久没见了？”

"对啊。我想想……娟姐离职以后，我们怕是有四五年没见了吧。"蒋翠花紧张道，"她是不是出啥事了？"

赵亚楠接着问："陈小娟是哪年来你这儿工作的，又是哪一年走的？"

蒋翠花掰着指头算了算，好久才道："〇八、〇九年吧，差不多是那时候来的，二〇一二年左右走的……"

也就是说，陈小娟从袁明珠那儿离开以后，确实是来了蒋翠花这里。赵亚楠赶紧追问道："具体几月份走的，你还记得吗？"

"我想想……"蒋翠花思索着，"好像是三四月的样子，我记得那会儿天还有点冷……"

赵亚楠和钟宁心头同时"咯噔"了一声——段黎明是二〇一二年五月被害的，看来陈小娟是离职以后实施了杀人计划。

赵亚楠问："当时她就在这里上班吗？"

蒋翠花摆手："我那时候还没开这个店呢，是在洋湖路那边。"

"二奶村？"钟宁眼睛一亮。

"对啊，就是二奶村那边。"蒋翠花点头道，"当年我那个店刚开业，娟姐就来找我了，我刚好也缺人，就把她留下了。"

赵亚楠兴奋地看了钟宁一眼，又问："那她后来去了哪里，你知道吗？"

蒋翠花摇头："她当时好像是说乡下老家有点事情要处理，就走了，我也没留她。"

看来线又断了。不过蒋翠花是一个新的线索人物，没准能挖出一些有价值的细节。这么一想，钟宁开口问道："你们当时关系很好吗？"

"当然好啊！"蒋翠花感慨道，"娟姐那人仗义！我当年刚被关进去的时候，天天想死，是娟姐救了我，还开导我，所以她来投奔我的时候，我不可能不管她，对吧？”

赵亚楠点头笑了笑：“她来的时候，有没有表现出什么异常？”

蒋翠花不解道：“异常？什么异常？”

“比如说，心不在焉，或者……”

蒋翠花没听懂：“怎么算是心不在焉啊？”

“就是……就是看着心里装着事情。”

“那谁的心里还不装事儿啊？”蒋翠花苦笑一声，随即想起了什么，悠悠道，“你这一说我倒是想起来了，娟姐那阵子好像一直在为啥事儿伤心呢，我还看她偷偷哭过几次。”

看来有希望挖出新东西。赵亚楠继续问道：“她有跟你说过是什么事情吗？”

“那还能有啥事？猜都猜得出来了，那人不要她了呗。”

“哪个人？”

蒋翠花撇撇嘴：“那个富二代呗，她坐牢的时候就一直留着一张名片，天天背号码，说出狱以后要跟他一辈子在一起。你们没有做调查吗？”

赵亚楠和钟宁对视一眼——看来袁明珠确实没有骗人。

“你知道那个男人的名字吗？”

“名字我不知道，反正是个开跑车的富二代。但我觉得这个事情不靠谱，在里面的时候我还笑她呢，她那个长相，谁还要她呀？所以后来见到娟姐我还挺吃惊的，想不到她居然整容又给整好了。不过……”说着，蒋翠花指了指赵亚楠手里陈小娟的第一张照片，“不过还是没这个漂亮，所以我一开始没认出来。”

看来这个富二代指的就是秦世聪。钟宁问道：“你的意思是，陈小娟整容前后长相差别很大？”

蒋翠花来回看着两张照片：“大倒是不大，但毕竟是毁容了，再加上年纪也大了，总不可能一模一样吧？”

赵亚楠皱眉：“你有她当年在你这儿工作时的照片吗？”

“那没有了，这都多少年了？手机都换多少个了，谁还有照片啊？”蒋翠花一摊手，“她也就伤心了一阵子吧，后来又开朗起来了。”

“后来她没认识其他男人吗？”

蒋翠花满不在乎道：“当然认识了啊，娟姐的脸整好了以后又不丑，再说了，混我们这一行的，这每天遇见的顾客海了去了，总会有一两个看着顺眼的。”

赵亚楠问：“她答应过别人的追求吗？”

“没有。”蒋翠花很肯定地摇头，“我反正是不知道。”

“你确定？”赵亚楠不死心。

蒋翠花翻了个白眼：“哎呀，干我们这个的，和男的打情骂俏啊，被人揩个油啊，那都是常事，也不能算是正儿八经谈恋爱吧？”

赵亚楠拿出一张段黎明的照片：“这个人你有印象吗？”

蒋翠花盯着照片看了半天，摇了摇头：“没印象。”

“不是你们的顾客？”

蒋翠花一副不可思议的表情，看向了赵亚楠：“警察同志，就算是我的顾客，我有那么多店，会员有上万人，怎么会认识所有人？”

钟宁拿出邓丽娟的照片递过去：“那你认识她吗？”

蒋翠花只是瞄了一眼，就摆手道：“不认识，也没见过。这女人和娟姐有什么关系吗？”

已经没什么值得再聊的了，钟宁和赵亚楠刚要起身告辞，办公室的门被人推开，来人一眼就瞄到了赵亚楠手中那张陈小娟第一次入狱的照片，瞬间瞪大眼睛道："这不是娟姐吗？她以前这么好看呀！"

06

来人是个二十三四岁年纪的女孩儿，穿着一件驼色大衣，围着一条格子围巾，脸上戴着一副无框眼镜，看着像个学生。

蒋翠花赶紧起身介绍道："这是我妹妹蒋翠萍，现在在星港大学读研究生。"

钟宁有些意外，想不到一个洗浴城的老板娘，居然有一个读重点大学的妹妹。

蒋翠花又扭头训斥妹妹："两位警察同志在调查案子，你可别在这瞎说！"

"姐，我哪儿瞎说了啊？"蒋翠萍一脸无辜，指着照片道，"这是娟姐啊，我又没说错。"

"是娟姐没错，但是……"

蒋翠花还要说什么，一旁的赵亚楠已经开口追问道："你和陈小娟很熟？"

蒋翠萍点头："熟啊，当年我还跟娟姐住一个宿舍呢。"

"你那时候才多大？你熟什么熟？"蒋翠花板起脸呵斥了两句，又冲钟宁二人讪笑道，"当时她还上高中呢，啥也不知道。"

"我怎么就不懂了？"蒋翠萍倒像是个直脾气，满脸不服气，"那时候我有空就来店里帮你，还和娟姐睡一个宿舍。"说着，她紧张地看向了赵亚楠，"怎么了，娟姐是不是出事了？"

蒋翠花的反应有些过度，仿佛怕妹妹惹上什么麻烦。看来这女孩儿身上能摸出更多的消息来。钟宁看向蒋翠萍："你和陈小娟住一个宿舍的时候，见过她和什么男人来往吗？”

蒋翠萍瞪眼道：“有啊，她还和人谈过恋爱呢！”

话音未落，一旁的蒋翠花再次制止道：“萍，让你别瞎说，又给我惹麻烦。”

“惹什么麻烦啊，现在是法治社会。”蒋翠萍不满意姐姐的态度，大咧咧地坐了下来，“公民有义务配合警察的问询，对吧？再说了，娟姐要真有什么事情，我们还能因为怕惹事就不帮她吗？”

“我不是这意思……”蒋翠花对妹妹既恼火又无可奈何，“我的意思是，你要说自己知道的，不肯定的就不要乱说。”

“我知道的，姐。”蒋翠萍冲钟宁努了努嘴，解释道，“两位警官别往心里去，我姐这人就是……因为当年遇到过一些事情，胆子比较小，有点怕惹事。”

赵亚楠点了点头，宽慰道：“你们不用有那么多顾虑，把知道的都告诉我们，警方才能真正帮到陈小娟。”

“行。”蒋翠萍点了点头，“你们想知道什么？”

赵亚楠再次打开了录音笔：“当年她从这里离职以后，去了哪里，你知道吗？”

“这我不知道。”蒋翠萍摇头道，“她去了哪里，连我姐都没告诉，更加没有告诉我。”

“那你跟我说说，她是什么时候、和谁在谈恋爱？”

“我想想，时间有点久了……”蒋翠萍摘下眼镜，揉了揉太阳穴，这才道，“我记得娟姐刚来那会儿，好像不太开心，经常偷偷哭，我问她是不是失恋了，她说我一个小孩子啥都不懂，不乐意跟我说。

“但是后来两年，有段时间她一下班就出去，经常半夜才回来，一个人躲在被子里笑，有时候能笑半宿。

“再后来，娟姐一下班就在我们屋里那个小厨房里忙活，天天给别人做吃的，做好了就送过去，回来就跟我眉飞色舞地说，今天那人又夸她做得好吃。你们说，这不就是谈恋爱了吗？”

赵亚楠点头同意，很快问到了关键性问题：“你见过那男人吗？”

蒋翠萍点头：“见过一次照片，看上去四十来岁吧，挺着个肚子，肥头大耳的，我都奇怪娟姐怎么会喜欢这样一个人。”

与段黎明的年纪和身材相符，钟宁找出照片递过去：“是这个人吗？”

蒋翠萍盯着看了好久，不敢确定：“好像是，又好像不是。时间实在太久了，长相我真记不清了，不过……娟姐说过，那男的是什么烟草公司的。”

烟草公司四个字如同一道闪电，把钟宁和赵亚楠心中的迷雾劈开了一条缝隙。

“是烟草公司的，我记得挺清楚的。”蒋翠萍再次确认，皱眉回忆道，“是什么烟草公司的来着……”

“星港烟草公司。”一旁的蒋翠花插了一嘴，眼神闪烁，“但是……其实……”

“其实什么？”赵亚楠沉声问道。

“其实……”蒋翠花悠悠地叹了一口气，小声道，“那个男的根本不喜欢娟姐。”

蒋翠花又是长叹一声，一屁股坐回沙发，一脸无奈道：“我刚才不想讲，就是这个原因……毕竟娟姐救过我的命，这也不是啥光彩的事情，我们出来混也得讲义气，对吧？我妹那时候年纪小，不清楚状况，这个事情我其实是知道的。那男的就是来找娟姐洗脚的时候吹了几句牛，大概意思就是让娟姐跟着他住别墅，会对她好，娟姐就信以为真了。但说到底，他们两个没有谈过恋爱。”

蒋翠萍吃了一惊：“没有谈过恋爱吗？”

“就是娟姐单相思！”蒋翠花摊手苦笑，“这种男的我们都见多了，兴头上说造个火箭送给你的都有，但谁当真啊？也就是娟姐愿意相信，还一直放心里当回事，动不动就跑那人单位去。我劝过，但她不听，还跟我辩，说别人送她一双那么贵的鞋子，肯定是真心喜欢她的。唉，那双鞋我看价格都超不过一百块，也就娟姐当个宝！”

第一个男人是两条裙子，第二个男人是一个毛绒玩具，这次是一双鞋，看来陈小娟并没有吸取教训。

“对对对，我也记起来了，娟姐都恨不得抱着那双鞋子睡觉。”蒋翠萍点头道，“娟姐还买了一双很贵的皮手套，自己不舍得戴，说要留着送给人家，也没见她送出去。”

“那其实就是人家躲着。”蒋翠花苦笑，“他怕娟姐缠，后来都不怎么来店里消费了。”

钟宁默默听着。如此看来，难道陈小娟真的有“钟情妄想症”？

赵亚楠继续追问道：“她离职之前，有什么异常表现吗？”

“她跟我说过，她跟那男的分手了。但没有谈过恋爱，其实也算不上分手吧……”蒋翠花叹了口气，“不过我估计，是那男的没有给她介绍工作，她才会彻底失望的。”

“介绍工作？”赵亚楠没听明白。

蒋翠花解释道：“那男的好像是个副总，答应过介绍娟姐去烟草公司上班，还说有正式工作总比在这儿给人洗脚好。”

“正式工作？”这四个字让一旁一直没有说话的钟宁心里一动，再次翻出了邓丽娟的照片，摆在蒋翠萍面前：“你认识她吗？”

蒋翠萍盯着照片看了半天，摇头道：“我不认识。”

钟宁不依不饶道：“你们有没有觉得，这人跟陈小娟长得很像？”

“不像。”蒋翠萍率先否认，“娟姐是整过容，但也不至于差别这么大。”

蒋翠花更急，指了指神龛中的关二爷，道：“我敢当着关二爷的面发誓，这人绝对不是陈小娟！”

钟宁收起照片，不再说话。

蒋翠花已经精疲力尽：“警察同志，该说的我都说了，其余的我就真不知道了。”

赵亚楠站起身：“今天打扰了。”

“没事，都是应该的。”嘴上这么说着，蒋翠花已经迫不及待地起身送客了。

门一打开，走廊外的烈风就钻了进来，“嗖”的一声把神龛吹得晃了一下。钟宁盯着神龛看了看，眉头一皱，心中隐约觉得不对，线团就要被扯开的感觉充斥着大脑。他开口问道：“你信这个吗？”

“当然啊。”蒋翠花点头，“关二爷是武财神，我们做生意的都信。”

“信这个……信这个……信这个！”

钟宁在心中反复念叨了几遍，心里“咯噔”一声，线团彻底被扯开了！他没有猜错！

钟宁掏出了手机，边在搜索框输入着什么，边说道：“你刚才说那男人要给陈小娟介绍正式工作，是去文工团？”这话一出，不光是蒋翠花两姐妹，连一旁的赵亚楠也满脸不解。

“文工团？”蒋翠花连连摆手，“我没说是文工团啊。”

钟宁头也没抬，继续问道：“那陈小娟喜欢跳舞吗？”

蒋翠花一愣，摇头道：“不喜欢吧，我也没见她跳过。”

钟宁没搭理蒋翠花，抬头看了一眼蒋翠萍：“那你呢？”

“我也没见娟姐跳过。”蒋翠萍也否认。

还要再问什么，“嗡”的一声，手机屏幕中搜索出来的信息，让钟宁过电般抖了一个激灵——他是对的！

钟宁把手机放回口袋，冲赵亚楠使了一个眼色，连道别的场面话都懒得说，大踏步走出了办公室。

赵亚楠说着“今天麻烦你们了”，紧跟着追上来，问道：“钟宁，你刚才……”

钟宁转身站定，铁色铁青，咬牙低声耳语道：“邓丽娟就是陈小娟。”

“什么?！”

“邓丽娟就是陈小娟！”钟宁压低声音重复，把手机递了过去。赵亚楠低头看了一眼，不解道：“崔府君有问题？”

“不止如此！”钟宁目光如炬地回头看了一眼已经紧闭的办公室门，“有人在撒谎！”

“你是说她们两姐妹……”赵亚楠跟着扭头看去，话音未落，她腰间的警用 PDA 嗡地振动了两声，她低头一看，“是黄花镇那边发来的消息……”

“说什么？”

“你又对了……”赵亚楠倒吸了一口凉气，“邓丽娟的不在场证明有问题……”

“抓紧！”钟宁转身进了电梯，手上已经青筋暴露，“她可能还会杀人！”

第十章 悬崖勒马

“不行，还不能被抓……”

她向楼下望去，飞快转身，

往走廊另外一头飞奔而去。

01

烈风夹带着雪片，穿过车窗缝隙，拼命扑打在邓丽娟的脸上，让她的脸一阵刺痛。

一脚油门，这辆笨重的厢货车时速终于上了七十公里，一路往星剧场的方位奔去。邓丽娟小心地把手机放到中控台上，忍不住多看了一眼旁边——那双原本被丢弃在垃圾桶中的红色舞鞋，此刻就在副驾驶座位上，外面还套上了一个透明的防尘袋，鞋子看上去崭新如故。

这么一双别人看来不值钱的鞋子，她小心翼翼地保存了这么多年，或许就是因为那个人的承诺吧。她也不是没有想过处理掉，只是，每次想起宋铁雄、秦世聪和段黎明将死时惨白的脸，她就放弃了这个念头。

“人啊，总要留个念想不是？”

破旧的车窗阻挡不了刺骨的寒风，漏网之鱼从车窗缝隙中钻进来，把手机旁那个塑料袋吹得噼啪作响。袋子里躺着她从袁明珠和蒋翠花那儿借来的三十万元，本来按照计划这钱现在应该已经不在自己手中了，不过时间太紧，自己可能没有时间做这件事了。但无论怎样，最重要的事情总算是顺利，接下来只要再去一趟星剧场，自己的整个计划就大功告成了。

红灯，车缓缓停了下来，邓丽娟长舒一口气，安下心来，掏出相框——四个女人笑得灿烂。

“多谢你们了。”邓丽娟也对她们笑笑。车外的雪下得更大了，让她想起了当年和袁明珠一起送招牌的日子，也想起了从“摸摸舞厅”把蒋翠花抓出来的冬夜。这辈子也值了吧，再不堪，再狼狈，再痛苦，至少，四十多年的人生里，她遇见了这几个姐妹。

车开得越来越快，星剧场很快就出现在眼前。

风刮得又急又硬，拳头般敲打着从剧场顶楼垂下的巨型海报，发出噼里啪啦的声响。

邓丽娟远远地瞄了一眼广场，整个剧场空空荡荡，除了两个还在做扫尾工作的保安，已经没有其他人的身影了，也不见搬家公司的车。

她把车开进小巷，找了个角落的位置停好后，看了看时间——刚好一点半，半个小时以后，曾星他们就会从国际会展中心回来。

邓丽娟跳下车，从后门绕进去，快步走到了剧场宿舍楼前。

和上次一样，此时宿舍楼一个人也没有。她踩着积雪，顺利地进入了楼道，一路上到了三楼。刚到三楼楼梯口，邓丽娟停下了脚步——走廊上新安装了一个摄像头，再往前走，会暴露在监控下。

不过还好，她早就熟悉这里的布局，把走廊右上角配电箱里的空气开关砸坏，整个宿舍就会断电，摄像头自然就失去了作用。

邓丽娟爬上围栏，正要打开配电箱的盒子，一楼忽然响起了脚步声。这一分心，她的膝盖磕到了栏杆上，栏杆顿时回弹，发出了一阵

“嗡嗡”的闷响。

“谁啊？”楼下的人听到了声响。

邓丽娟赶紧靠着墙躲了躲。

“谁啊？”楼下又喊了一声，很快，楼道内传来了“哒哒哒”的脚步声。

邓丽娟低头看了一眼，心头不由得一紧——一个保安已经快步到了二楼。

“拍到就拍到吧，总比现在被抓好！”邓丽娟狠狠一咬牙，来不及多想，踮脚猫腰，边走边从口袋里掏出那把昨天得到的钥匙。

“咔嗒”一声，运气不错，锁并没有被更换，302 号房门被顺利打开。邓丽娟闪身进入。

“谁啊？”几乎同时，保安来到了走廊，“有人在吗？”

邓丽娟屏住呼吸等待。

“奇怪，刚刚明明有声音啊。”一连几声询问都没有人回应，保安不肯罢休，“哒哒”的脚步声离 302 越来越近。邓丽娟用后背顶着还没来得及上锁的门，一颗心提到了嗓子眼。

“砰砰砰！”保安轻轻敲了几下门，邓丽娟依旧用后背死死顶着门，双手捂着嘴，不敢动。

“苏老师？曾老师？”保安的声音像是就在她耳边喊着，“两位老师在吗？”

邓丽娟此刻捂着嘴，弓着背，像是一只守在洞穴口，随时准备拼命的水獭。

“苏老师？曾老师？”保安又冲房门喊了两声，邓丽娟被这两声吓得全身止不住地颤抖起来。

“奇怪，难道是我听错了？”保安嘀咕了两句以后，终于放弃了敲门，脚步声渐渐远去，消失在楼道里。

“呼！”邓丽娟终于松开了双手，长吁了一口气，这时她才发现，虎口位置已经被她自己咬的隐隐渗出血迹。顾不上疼痛，她很快打开了床头柜——她记得昨天就是在这里发现了那份合同。

她飞速翻找着里面的东西，但合同已经不见踪影。她扭头看向了靠墙的一张书桌，在抽屉里又是一阵翻找，依旧一无所获。

“东西在哪里？”

时间一分一秒地过去，邓丽娟环顾着四周，没有其他地方能够放合同了。

不行，一定要找到。时间不多了，邓丽娟强迫自己静下心来，细细思索着——这房间只有曾星和苏盼会来，合同也没有理由藏着掖着……

“行李箱！对！行李箱！”邓丽娟灵机一动，俯身在床底抽出了一个银色的行李箱，打开来，里面是叠得整整齐齐的衣服，她伸手在行李箱底层摸到了两叠纸，抽出来一看，果然是那份让她找了很久的合同。她翻到合同最后一页，心头一紧——上面清清楚楚地签着“曾星”两个龙飞凤舞的大字。

“果然已经签约了。”

最后一丝希望被掐灭了，邓丽娟就这么怔怔地看了好一会儿，终于从随身带着的包里掏出了那个装满透明液体的玻璃瓶——既然确定他们已经签订了去英国的演出合同，那么这瓶东西马上就可以派上用场了。

她把合同扔回行李箱，心头一横，冷冷道：“行了，就等你来了……”

02

警车一路鸣笛，从车站路往星剧场的方向狂奔。

雪也跟着凑热闹一般越下越大，犹如成群的白蝴蝶，扑闪着翅膀，奋不顾身地往挡风玻璃上撞，像是在拼命阻挡着两人的去路。钟宁把雨刷器开到了最大挡，车顶的警示灯不断闪现着红蓝色的光，他连闯了几个红灯，脚下的油门已经踩到了底。

“黄花镇的刘二全证实，邓丽娟在二十七号晚十点左右开车离开了黄花镇，他还亲眼见到邓丽娟凌晨三点左右返回葬礼现场。”副驾驶上的赵亚楠听完了侦查员的汇报，脸色严峻地看向了钟宁，“邓丽娟说谎了。”

钟宁点头：“我原本以为是神龛里的雕像后藏了东西，没想到是雕像本身有问题！”

赵亚楠翻看着陈小娟和邓丽娟的档案，摇摇头。邓丽娟，益水人；陈小娟，响水人。这两个地方一个在湘省之南，一个湘省靠北，两地风俗习惯虽然区别不大，但不是没有，难怪她之前没早点发现这个疑点。

她回想起刚才钟宁和蒋翠花姐妹的对话，问道：“你刚才为什么肯定段黎明是要介绍陈小娟进文工团？”

钟宁努努嘴：“你看看段黎明的生平……”

赵亚楠翻开档案，卷宗上写着：段黎明被害后，刑警在调查中发现，其利用职务之便，前后把三名女性介绍进入单位文工团，且全部发展为情人。

“难怪你会问陈小娟喜不喜欢跳舞。”

“她肯定喜欢！”雪越下越大，钟宁的眼神愈发明亮起来，“陈小娟是在乡下赶集的时候遇上宋铁雄的，以她的家庭背景，基本不会是去集市购物，也应该不是去做买卖，而是在农村集市进行表演。”

赵亚楠闻言双眼一亮：“也就是说，陈小娟很有可能打小就是个跑场的？”

“对。”钟宁点了点头，握着方向盘的手依旧很稳，很快一个变道，警车驶入了岳山区。

跑场、响水人、没有不在场证明……赵亚楠心头翻江倒海——多个疑点综合到一起，邓丽娟和陈小娟快要完全重合了：“这样的话，她杀害彭大毛的动机就很清晰了。”

“对。”钟宁点头，“彭大毛多次出现在邓丽娟跑场现场，很可能是利用当年她卖淫的事实对她进行勒索，邓丽娟不堪威胁选择杀害彭大毛。”

此时，车载广播播报起午间新闻：“……本市元旦晚会正在进行如火如荼地排练……据悉，星剧场的两位首席也将参加本次演出，他们已经和英国皇家芭蕾舞剧团签约，这将是首次由中国籍舞者担任国际一线芭蕾舞剧团首席……”

赵亚楠在手机上搜索着什么，钟宁说道：“但有一点我始终想不明白，袁明珠和蒋翠花姐妹到底有没有说谎。如果她们想刻意隐瞒，根本没必要告诉我们这么多细节，让我们从中找到线索；但是她们又都肯定邓丽娟不是陈小娟。”

赵亚楠同样不解，她手上不停，说道：“只能暂且假设她们是真的没认出来了。”

钟宁摇头不语，这依旧不能解答他心中的疑问。更重要的是，邓丽娟如今的身份又是怎么来的？那可不是做一张假身份证那么简单，而是实实在在能从户籍科查到的真实信息。

张一明还没有传来任何消息。赵亚楠宽慰道：“指纹比对结果很快就出来了，到时所有的疑问都会迎刃而解。”

“嗯。”钟宁点头。毕竟，长相可以整容，但指纹是做不了假的。不过他立刻又想到了一个新的问题，“还有一个问题，邓丽娟，或者说陈小娟，是怎么和星剧场产生联系的？她为什么要花高价租住在星剧场对面的花园国际小区？”

“找到了！”话音刚落，赵亚楠就在手机上搜到了她想要的答案，那是一个两分多钟的短视频，她把声音放到最大，兴奋道：“这个视频能解答你刚才的疑问。”

这是省电视台一档综艺节目的片段，曾星、苏盼和一个民间演出队共同表演舞蹈，邓丽娟就在其中。在民间演出队的衬托下，曾星格外帅气高雅。节目播出时间是二〇一三年十一月十三号，录制时间至少要再往前一个月。

“结合袁明珠和蒋翠花等人的证词推测出邓丽娟的性格，她很可能因为和曾星共同录制过一场综艺节目而对其产生好感。如果是这样的话，那么她住在花园国际小区的理由就很充分了。”

赵亚楠不敢怠慢，很快拨通了队里的号码，交代几句，才对钟宁道：“已经让老吴带人赶往彩排现场了，也安排了同事去往花园国际小区。”

“让他们先盯着就行，不要打草惊蛇。”钟宁不敢大意，毕竟之前几次接触下来，他确定邓丽娟是个不太好对付的人，“如果等下需要入户……”

“放心。”话音未落，赵亚楠已经笑道，“我昨天就申请了搜查令，已经批下来了。”

“谢了。”钟宁感激一笑。

话音刚落，赵亚楠的电话再次响起，她接起来听了两句，眉头狠狠一皱：“抓紧！”

“怎么了？”

“老吴说曾星他们的彩排在一个小时前结束了。”看了看表，赵亚楠咬了咬后牙槽，“现在应该快要回到星剧场了。”

03

“来了……”邓丽娟把窗帘拉开了一条小缝，看着那辆被贴得花里胡哨的大巴车出现在剧场路最西侧，接着穿过最后一个红绿灯，缓缓停到了星剧场门前的广场上，接着一群舞者逐个从车上走了下来，广场上顿时响起一阵喧闹声。

邓丽娟仔细盯着每一个下车的身影，很快就在人群中看到了曾星。不过，他似乎并不急着回宿舍，而是站在车门处等什么人。

“等苏盼吗？”邓丽娟笑了笑。如果真是这样，那倒是正和她意。

果然，苏盼很快从车上下来，曾星接过她手中的包，两人这才一起往宿舍的方向走来。

“刚刚好。”邓丽娟合上窗帘，躲到门后——过不了几分钟，等他们进门，泼掉手中这瓶硫酸，计划就完成了。只要计划顺利，就算是当场被抓，她也心满意足了。

“哒哒哒……”

走廊响起了一阵急促的脚步声，邓丽娟屏气凝神，拧开了瓶盖。

“哒哒哒！”

脚步声更加急促了。邓丽娟心头一紧——好像有三个人！

“哒哒哒！”

声音越来越近，她终于清晰地听出来——至少有三个人，还伴随着争吵声。半路杀出个程咬金！不行，得等等，否则很容易功亏一篑。

脚步声到门口了，来不及多想，邓丽娟赶紧俯身钻到床底下。

就这一瞬间，门开了。

“你们别跟着我！我不会去排练了！”“啪”的一声开了灯，苏盼的声音也从门口闯进了屋里。

“苏老师，你先别生气。”一个陌生男人的声音，他来回踱着步子，语气很是焦急，“我们先把元旦晚会搞定行不？不然我真不好交代了。”

“我说了不去就不去！”苏盼不知因为什么事情在怄气，一下坐到了床上，床垫顿时塌下来一块，差点就撞到了邓丽娟的腰。

“苏老师，万事好商量嘛，你也知道元旦晚会是很重要的……”

“我说了不去，你不用再劝我了！”苏盼丝毫没有退让。

“算了，小刘，你先回去，我跟苏老师说两句。”是曾星的声音。

“那行吧……”男人无可奈何地走了出去，反手把门带上了。

人一走，苏盼好像更生气了，愤愤道：“我说了不去，你为什么硬是要我去？英国就那么好？”

邓丽娟呼吸均匀，支棱起耳朵听着。

“原因我跟你说过很多次了，小盼！”曾星气愤中夹着无奈，“你心里也清楚，欧洲无论是技术上的探索还是艺术上的追求，都优于国内……”

苏盼毫不客气地打断了曾星：“毕业的时候，我拒绝了那么多邀请，跟你来了星剧场，结果呢？你答应我以后可以不演《牡丹亭》，你做到了吗？”

“这……这次元旦晚会不就没演了吗？”

“那跟你也没关系！是我自己争取的。”

“哎……”曾星长叹了一口气，跟着坐到了床边。“吱呀”一声，右边的床垫也跟着塌了下来，邓丽娟赶紧往边上一挪。

“小盼。”曾星语气缓和了下来，轻声道，“如果你担心你的父母，我可以把他们一起接过去。”

没有人回话，整个房间一片静寂。曾星又继续循循善诱：“我知道你爸妈对你好，你也舍不得他们，我答应你了呀，等我们在那边站住脚，马上就接二老过去，我跟你保证！”

“我……”苏盼似乎有所动摇。

曾星趁热打铁：“你想想，只要你愿意去，你就能跳首席，他们还答应用最好的资源帮你做《哪吒》，这机会太难得了……”

“在国内我也可以跳《哪吒》！”

“你就不希望你的剧在国际上有影响力吗？”

苏盼似乎是被这句话刺激到了，又来了脾气：“我说了，我在国内一样跳！”

就在两人争吵之时，“嗡”的一声，邓丽娟口袋里的手机忽然振动了一下，她赶紧把手伸进口袋按住了音量键。

“嗯？”曾星察觉到了声音，起身在床上找了找，“你看到我的手机了吗？”

“别扯开话题。”苏盼正在气头上，没注意到异常，“我明确告诉你，除非星剧场没了，否则我是不会去英国的！”

“不是，我刚才真听到了手机振动……”

“说了别扯开话题！”苏盼也跟着起身，不满道，“我觉得你怪怪的，你最近老是骗我，是不是有什么事情瞒着我？”

“我们认识多少年了，我什么时候骗过你？”说着，曾星又缓了缓语气，哄道，“乖，听话，先去彩排，等元旦晚会结束后我们再谈，好不好？”

“我说了，你不把事情说清楚，我是不会去的。”苏盼依旧不为所动。

这一下，曾星没办法了，只能服软道：“行，那我们不去英国了，反正我还没签合同。”

“真的？”

“真没签，你不同意，我怎么敢签？”

苏盼狐疑道：“你没骗我？”

“绝对不骗你！”曾星嘿嘿一笑，忽然单膝下跪，举起了右手，“骗你我就天打雷劈，要不……要不让我死在舞台上也行！”

“呸呸呸！你说啥呢！”苏盼终于笑了，把曾星拉起来，嗔怪道，“那我就信你这一次，你可记住了，除非星剧场没了，不然我绝对不会去英国。”

“行行，听你的，都听你的。”曾星赶紧借坡下驴，拉起苏盼的手，“那我们先去吃饭，下午跟我去彩排，这样总行吧？”

“这还差不多。”

两人重归于好，一起出了门。

听到房门关上的声音，邓丽娟爬出床底，也跟着出了门——刚才那段对话让她百感交集。

曾星和苏盼即将走到走廊正中，两人有说有笑，完全没有注意到身后跟过来的邓丽娟。

邓丽娟回想着刚才他们两人之间的誓言，冷冷一笑，拧开了手中的瓶盖，大踏步向前。

十米……

八米……

五米……

两人已经走到楼梯口了，邓丽娟紧随其后，一手握着已经开盖的玻璃瓶，另外一只手直直伸出，就要往曾星的肩膀拍去……

“曾老师！”楼下响起了一个男人的喊声。

“怎么了？”

“来了好几个警察，说是要找你！”

身后的邓丽娟停下了动作，转头看去——广场上此时停着两辆闪烁着警灯的警车。

曾星脚步没停：“行，我马上来。”牵着苏盼下了楼。

“不行，还不能被抓……”邓丽娟向楼下望去，飞快转身，往走廊另外一头飞奔而去。

与此同时，远处灰蒙蒙的街道上，一阵刺耳的警笛声由远及近，直奔星剧场而来……

04

比亚迪一路鸣着警笛声驶入了剧场路。

远远地，钟宁就看到广场上有两辆闪着警灯的警车，大雪纷飞，三四名刑警已经下车，匆匆往剧场内小跑而去。

“老陈那边已经找到曾星了，很安全。”赵亚楠跟着钟宁的眼神望向窗外，“他们已经拿邓丽娟的照片去做问询了，有线索第一时间汇报。”

“嗯。”钟宁点头，很快在红绿灯前拐弯，不过并没有在星剧场门口停下，“指纹核对还要多久？”

“最多半个小时。”

“行。”不出意外的话，半小时以后，这起持续多年的连环凶杀案的真相就能拨云见月了！钟宁心里一边盘算着一会儿该用什么方式对邓丽娟进行讯问，一边将车驶入了花园国际小区的大门，连续拐了两个弯，他们过了一栋三单元门口。

此时，另一辆警车已经在楼道口停车熄火，两名刑警小跑出来，高个子刑警递过来一份文件：“赵队，搜查令。”

“辛苦了。”赵亚楠接过搜查令，抬头看了一眼三楼的窗口，亮着灯，“邓丽娟在家？”

“在。”个子稍矮的刑警赶紧道，“刚才我还看到她在露台上晒衣服。”

没有再废话，几人快步上了楼，赵亚楠打头，敲响了301的房门。

房门很快打开，开门的正是浓妆艳抹的邓丽娟，此时她手上还拿着几个衣架，看来刚才真是在晾衣服。

看到来人，邓丽娟微微有些错愕：“你们不是昨天来过了吗？怎么今天又来了？”

“你好，邓丽娟女士。“赵亚楠开门见山地把搜查令举到她眼前，“现在怀疑你涉嫌一起连环凶杀案，我们将依法对你的住所进行搜查，请配合我们的工作。”

邓丽娟瞪大了眼睛：“什么案？”

“请配合我们的工作。”赵亚楠身后的两名刑警嘴上客气，脚下已经跨步向前，往屋内闯去。

邓丽娟拦在两人身前：“这是干什么，怎么不把话说清楚就闯进我家？”

“说清楚什么？”一旁的钟宁笑了笑，开口叫道，“陈小娟。”

邓丽娟扭头看向钟宁，一脸迷茫：“你……叫谁？”

“陈小娟。”钟宁一字一顿地重复道。看着邓丽娟装傻充愣的模样，钟宁更加佩服她了。虽然她身处的舞台不大，演技倒是磨炼得可以。

“什么陈小娟？”邓丽娟更加迷茫了，“昨天问我认不认识什么彭大毛，今天又说我是陈小娟。你们怎么老搞错？”

钟宁看向客厅，神龛里的神像还摆放在原位，他伸手指向神像，笑道：“那你解释解释，你为什么会拜‘崔府君’？据我所知，只有湘省北部某些小镇才有人把他视为保护神，你们益水也信这个？”

邓丽娟露出了略微慌乱的表情：“那个是……那个是我朋友信的，我也跟着信了。”

“哪个朋友?！”

“就是……就是……”邓丽娟结巴起来，“就是以前认识的一个朋友。”

“牢里认识的？”

邓丽娟脸色一白，翕动着双唇，随即否认道：“不……不是啊，我又没坐过牢，哪里认识坐牢的朋友？”

“那你以前是干吗的？”

“什么……什么以前？”

钟宁死死地盯着邓丽娟的眼睛：“跑场之前，你在哪里工作？”

邓丽娟根本不敢对视：“我很早就来星港跑场了……好多年了啊。”

赵亚楠已经拿出了袁明珠和蒋翠花的照片，举到她面前：“那你认识她们吗？”

邓丽娟浑身一抖，呆住了。趁着她愣神的工夫，赵亚楠使了一个眼色，两名刑警会意，分别去了卫生间和卧室。

“你们干吗啊！”邓丽娟回过神来想拦，但为时已晚，刑警们已经进入了房门。邓丽娟只能看着赵亚楠和钟宁，嘴里带着哭腔道：“警察同志，你们怎么总是针对我啊。”

赵亚楠反问：“请你解释一下，为什么你说十二月二十七日晚上，你在黄花镇？”

“我本来就在啊。”邓丽娟似是受了莫大的委屈一般，“是不是那个老狗说我不在？我早说了，我得罪了他，他肯定不会说我的好话！肯定是他故意冤枉我！”

“放心，我们绝对不会冤枉好人。但是你要老实告诉我们……”赵亚楠拿出段黎明和秦世聪的照片，“这两人和你是什么关系？”

邓丽娟只瞄了一眼就猛地摇头：“我不认识他们！”

“真不认识？”

邓丽娟压根没敢再往照片上看：“不认识，我一个也不认识！我为什么要认识他们？”

她的慌乱反而让钟宁有些意外。以他对邓丽娟的判断，一个作案手法高明的连环杀手，心理素质应该相当高，不会在面对警察盘问时表现出如此明显的慌张。难道，又是在刻意误导？

钟宁依旧没说话，赵亚楠问道：“请你解释一下，你为什么要住在这个小区？”

“昨天我不就跟你们说过了，这小区环境好，再说我是租的，又不是买的……”

话音未落，钟宁已经两步向前，“唰”一声拉开了窗帘，一指对面：“不是因为对面的人吗？”

邓丽娟顿时退后两步，把头扭到了一边："我没有！我没有喜欢曾星！"

"曾星？"钟宁笑了，"我可没有说曾星。"

"我……"邓丽娟脸色一怔，慌忙改口，"我不是因为对面的人！"

"不是吗？"钟宁看了一眼赵亚楠，"那你看看这个……"

赵亚楠心领神会，点开了刚才在路上查到的那段视频。房间内，传出了芒果台主持人铿锵有力的声音："……好的，欣赏完这段精彩的舞蹈后，我们来问问曾老师……曾老师，你觉得邓女士的舞跳得好不好？"

曾星笑意盈盈："非常好！不比我们专业舞者差！"

这句明显是为了节目效果说的话，让一旁的邓丽娟脸颊通红，手足无措。主持人似乎很满意邓丽娟的反应，趁热打铁地煽动着："如果邓女士想要加入你们舞团，你愿意要吗？"

"当然，邓女士这种人才，是我们急需的！"曾星为了配合节目效果，语气夸张道，"可以这么说，只要我们星剧场在，我随时欢迎邓丽娟女士加入我们。"

台下响起了一阵哄笑声，但舞台上的邓丽娟似乎并没有听出嘲笑之意，头埋得更低了。

主持人更兴奋了，扯着嗓子道："邓女士，您愿意去吗？"

邓丽娟终于鼓起勇气看向了曾星："我……我愿意去。"

"那我们就说定了！让我们见证下一个民间艺术家的诞生！"主持人高举双手，冲着观众席大声道，"掌声在哪里？"

没等现场山呼海啸的欢呼声响起，赵亚楠就关掉了视频，邓丽娟已经脸色煞白。

"陈小娟。"钟宁低头看着她，"你们响水是不是还有另外一种对待死人的风俗？”

“我不是陈小娟，我不是陈小娟……”邓丽娟又退后两步，依旧不承认，“我也没有喜欢曾星……那……那只是为了节目效果。”

钟宁步步紧逼：“当初你苦苦寻找秦世聪，结果他嫌你丑，于是你烧死了他；后来段黎明答应安排你进文工团却失信了，你利用自己在‘大快乐’工作的便利，把他勒死了。那些时候，你也像现在这样理智吗？”

邓丽娟的脸色越来越白，哀号道：“你说的话我一句都听不懂！”

“听不懂，那我就再详细解释一下。”钟宁逐字逐句道，“你在‘大快乐’上班的时候，不只认识了段黎明，还认识了住在段黎明隔壁的‘天问旅行社’的老板。你计划杀死段黎明，于是在同一个晚上错开时间为他们两人提供了‘上门服务’。”

“杀害段黎明后，你利用阁楼的云梯逃到隔壁旅行社老板的家中，接着偷偷潜入到一楼敲门，伪装成自己刚到。和他共度一晚后，你再坐他的车离开，你坐在后排，刻意躲避的话，监控就拍不到你。”

邓丽娟不可置信地看着钟宁：“要是我真的杀了人，难道那个老板不会报警吗？”

“这不正是你的高明之处吗？”钟宁反问，“他要是报警，不光一点好处都没有，还会让所有人都知道他嫖娼了，事业和家庭都会受到影响。”

“你在血口喷人！”邓丽娟捂着耳朵，脸色煞白，“你说的人我一个都不认识！”

“我们已经派人去找旅行社老板了，你们很快就能见面。”钟宁步步紧逼，“在此之前，我希望你亲口告诉我，当年你是在哪里认识宋铁雄的？”

“我……”邓丽娟哑口无言。

此时，高个子刑警从卧室走了出来，手中提着一个黑色垃圾袋：“赵队，在卧室床底下找到了这个。”

赵亚楠低头看了一眼，盯向邓丽娟：“摊开给她看看。”

“哗”的一声，伴随着袋里物品倒出来的声音，邓丽娟双腿一抖，差点瘫软在地。

05

垃圾袋里倒出来的，全是曾星的新闻剪报和演出剧照，大大小小至少上百张。

钟宁蹲下身来，一张一张细细看去，因此没有发现邓丽娟脸上一闪而过的错愕。

钟宁此时脑袋里头一阵翻江倒海——照片中，原本不少应该是群舞和男女双人舞的场面，却被剪去了多余的人物，只留下了曾星一人，这让整个画面看上去突兀又诡异。而且不少剪报已经泛黄。由此判断，邓丽娟迷恋上曾星有一段不短的日子了。

赵亚楠摇头苦笑，一时间不知道应该感到气愤还是悲凉。她问：“你还有什么话说吗？”

“我……”邓丽娟怔怔地看着这一地狼藉，终于放弃了抵抗，点头承认道，“我是喜欢曾星。”

边上的刑警很快从腰间摸出了手铐：“请你去局里配合我们调查。”

就在此时，对面的剧场外传来一阵欢呼声，似乎是昨天那群女粉丝又聚集到了广场上。邓丽娟顿时像被刺激到了一般，神情激动地指着窗外，脸涨得通红：“喜欢曾星违法吗？有那么多粉丝都喜欢他，难道你们都要抓起来？”

赵亚楠叹了口气：“你因为同一个原因，杀了三个人，难道还想继续吗？”

“我没有杀过人！”邓丽娟愤愤道，“你们别冤枉我！”

“需要我现在把袁明珠和蒋翠花叫来跟你对质吗？”赵亚楠提高了声调，“人的相貌可以通过整容来改变，但还是有很多方式能确认身份的。更何况，你真以为我们查不到你的整容记录吗？陈小娟！”

“我不是陈小娟！我也不认识你说的这些人！”邓丽娟咬牙不认。

另一个刑警从卫生间走了出来，道：“赵队，又有发现。”他手中是几个透明的物证袋，其中两个里面分别装着一双皮质手套和一只兔子毛绒玩具，虽然保存得当，但从款式和氧化程度上来看，都已经是多年前的东西了。

正是袁明珠和蒋翠花提到过的东西。钟宁正看着，赵亚楠又递过来另外一个物证袋，袋里是一个绿色的小瓶，看上去像是化妆品，又像是小药膏。

钟宁仔细看了一眼，立刻认了出来：“硅酮凝胶？”这东西正是术后预防和治疗疤痕增生的药物。

证据来得如此顺利，令钟宁心中涌起一股异样的感觉。刚要说什么，赵亚楠已经两步向前，举起了手中的东西：“你还说你没有整过容？”

“我没有！”邓丽娟嘴角已经开始哆嗦，“那个凝胶是因为我上次脸上受伤了才涂的，你们不要冤枉我！”

“冤枉你？那么彭大毛是‘冤枉’了你，还是跟我们一样，认出了你？”赵亚楠呵斥道。

如今看来，杀害彭大毛的动机呼之欲出，很有可能是他认出了邓丽娟的真正身份，对其敲诈勒索，邓丽娟才对他痛下杀手。

“我根本不认识彭大毛！”邓丽娟的声音越来越低。

“赵队，还有这个……”高个刑警再次从卫生间折回，递给赵亚楠一个原本用来装老干妈的瓶子，不过，里面装的是透明的液体。

赵亚楠接过玻璃瓶看了看，猜测这是一瓶硫酸，难道邓丽娟是想把硫酸用在曾星身上？

不对，有什么不对！异样的感觉越来越强烈。钟宁心中突然涌起一股异样，太顺利了，仿佛有人把证据一样一样送到了面前！一个心思缜密的连环杀手不可能犯这么低级的错误。何况此前警方已经两度上门，她应该早有察觉！

赵亚楠怒道：“你是打算将曾星毁容？”

“我没有！我没有！”

“那你准备这个干什么？从哪里弄来的？”

“里面就是水！”邓丽娟愈发惶恐，“是我水龙头关不严，我怕浪费，用来接水的！”

赵亚楠不想再费口舌：“跟我们去局里说吧。”一个眼神，边上的刑警迅速上前，就要把手铐往邓丽娟手上拷去。

就这一瞬，邓丽娟猛地一退，猛力推开了窗户，风瞬间灌了进来，把她的一头长发吹得四散开来，她一脚跨上窗台，威胁道：“你们别靠近我！不然我就往下跳了！”

刑警没想到她会来这么一招，只能停下脚步。

“你跳！”赵亚楠丝毫不退让，一指窗外，“这只有三楼，楼下有灌木丛，今天还下了大雪，摔下去也不会有什么，还是你觉得你跳下去就能逃脱法律的制裁？”

“我……”邓丽娟看向对面的剧场，脸上露出了迟疑的表情，“我没有杀人，我也不是陈小娟！你不能因为我喜欢曾星就冤枉我！”

软硬兼施，赵亚楠这时换成了安抚的口吻：“行，如果你真的不是陈小娟，也没有杀过人，那你就跟我们到局里说清楚。你现在真要跳下去，不是畏罪自杀也算畏罪潜逃。”

邓丽娟犹豫良久，终于放下了跨在窗台上的腿，不过依旧不让几人靠近，不断警告着：“你们……你们不能冤枉我，不然我就死给你们看！”

“放心，你先下来，警察是绝对不会冤枉你的。”赵亚楠嘴上安慰邓丽娟，背在后面的手示意刑警做好扑过去的准备。

就在此时，“呼”的一声，烈风吹过，把邓丽娟的头发吹起遮住了双眼，刑警眼疾手快，正要扑过去，一直没再说话的钟宁却忽然一把扯住了刑警：“等等！”

赵亚楠扭头，发现钟宁正盯着地上那堆剪报，片刻后，茫然摇头，喃喃道：“她可能真的不是陈小娟……”

“什么?！”这一下，所有人的目光同时看向了钟宁。

钟宁捡起几张泛黄的剪报递给赵亚楠：“看看日期……”

“这……”赵亚楠细看了日期，顿时一脸惊诧。

就在此时，刑警口袋里的手机振动了起来，他接听后，看向了两人：“指纹比对结果出来了……”

“说结果！”

“不一致……”

“什么?！”

“指纹比对结果不一致。”刑警神情复杂地看了邓丽娟一眼，“另外……半小时前又发生了一起案子，这次……拍到了嫌疑人。”

第十一章 群居动物

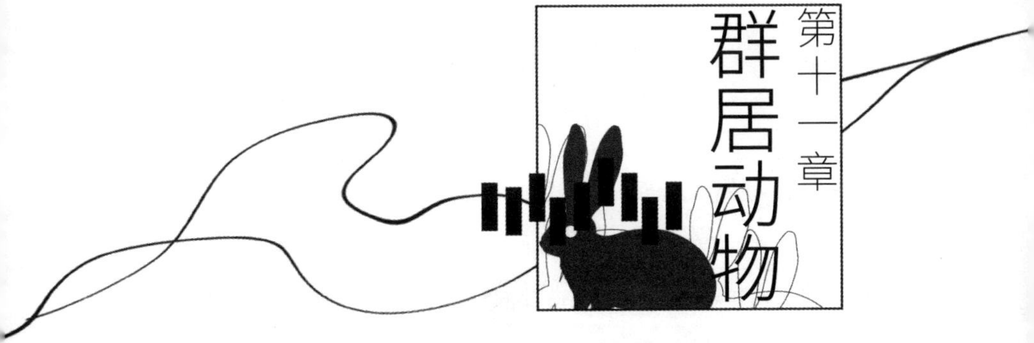

法医返身从操作台上取下一条床单摊开来，

床单上是四个写得龙飞凤舞的红色大字——渣男该杀。

01

乐天宾馆，位于距离星剧场一个小时车程的雨花路。

下午四点半，这栋六层楼高的宾馆已经被七八辆警车团团围住。好几个服务员正在一旁接受警察问询。警戒线外，兴致高昂的围观群众里三层外三层地围在警车包围圈之外。

雪还在下，天色也暗得比昨天早，似乎预示着更加极端的天气即将到来。赵亚楠才将将把车停稳，钟宁就立刻推门下了车。

“让让！都让让！有什么好看的！”维持秩序的片警费了老大劲才隔开一条通道。

宾馆三楼的住户已全部清空，法医、侦查等部门正在各司其职地忙碌着。分局支队长吴斌看到钟宁和赵亚楠，快步迎了上来，不等赵亚楠开口，直接介绍起情况：“出事房间的客人在前台登记的姓名是李红兵，而后我们通过户籍信息与监控视频对比，确定受害人正是此人，户籍信息显示他今年 31 岁，湘省桃山人，已经在宾馆住了一个星期。”

吴斌一边领着两人往走廊尽头走，一边介绍：“大概一个半小时前，宾馆忽然停电，服务员查看配电箱后发现，空气开关被人为损坏，于是让电工重新更换配电箱，清扫阿姨在清理房间时发现了不对劲……”说着，他一手推开了 316 的房门。

门一开，钟宁就忍不住眉头一皱——鲜红的血迹从白色的被套一直延伸到木质地板上。

“受害人呢？”赵亚楠环顾四周，蹙眉问道。

吴斌神色尴尬道：“我们到现场的时候就已经这样了。”

“失踪了?！”

赵亚楠伸手要了双手套戴上，伸出两根手指抹了抹床单上的血迹，眯眼细看：“从血凝情况和失血量来看，人还没死？”

吴斌点头：“法医也是这么判断的。”

“那怎么能肯定是那个连环杀手？”赵亚楠扭头问道。

“看看这个……”吴斌返身从操作台上取下一条床单摊开来——床单上是四个写得龙飞凤舞的红色大字——渣男该杀。

两人倒吸了一口凉气。

吴斌道：“法医判断，是疑犯用受害者的血液写下的。”

赵亚楠狠狠握了握拳，问道：“监控拍下了什么？”

“虽然疑犯破坏了宾馆电路，但隔壁超市门头的摄像头拍下了这个……”吴斌示意边上一个技术员打开电脑，点开了当中一个视频——

画面中，一个身穿黑色羽绒服、戴着口罩、手中推着一个行李箱的长发女人来来回回地在隔壁超市门口踱步，还不时往乐天宾馆的方向瞄上两眼。大约五分钟后，女人转进旁边一条小巷，从画面中消失了。又过了十来分钟，女人再次出现，手中的行李箱明显重了许多，女人拖着行李箱消失在监控画面外。

视频没有拍清女人的样貌，但从她的身形和头发长度来看，与邓丽娟的外形明显不符。当然，从时间上也可以判断，邓丽娟当时还在花园国际小区的家中，根本没有作案时间。

“还有其他角度的监控吗？”因为没有拍到脸，赵亚楠来回拖动着视频进度条，双眉紧锁地问道。

“已经去调取沿路监控了。”吴斌看了一眼手中的资料，继续道，“另外，根据服务员反应，这几天有几个男的来找过李红兵，从他们的交谈中推测，李红兵好像是专门来星港要账的。”

“要账的？具体问谁要账？”

“这个还在调查中……”

赵亚楠不敢耽搁：“行，赶紧排查沿路监控和李红兵的人际关系，务必尽快把人找到！”

“是！”吴斌小跑而去。

房间内，警员们都在有条不紊地忙碌着，钟宁感觉胸口像被压了一块巨石般透不过气来，转身下了楼。

下午五点的天已经完全暗了，路灯亮起，在街道两旁霓虹灯的映照下，一片片雪花五光十色，光怪陆离。

钟宁挤出看热闹的人群回到警车上。赵亚楠也跟着下了楼，从窗口递过去一瓶水，挤出一丝笑意：“要不要先回去休息一下，今天你也累了一天了。”

“不用。”钟宁摇头。

在邓丽娟家搜查时，他心里那种奇怪的异样感此刻也找到了答案——如果邓丽娟真是陈小娟，那些“证据”绝不会在警察两次登门后，依旧原原本本地留在家里，等着警方查上门。

尤其是那些关于曾星的剪报，最早可以追溯到二〇〇八年，而那时候陈小娟应该还在寻找秦世聪才对，根本不可能对曾星产生兴趣。

可是，还是有问题……

赵亚楠看出了钟宁的不甘心，她也不打算就此放弃：“‘崔府君’和她卫生间里搜出来的东西依旧说不通，而且星剧场和天问旅行社的相关问询我们也还没有收到消息。”

这话给了钟宁一些信心，他从低落中迅速调整过来：“是，还没有查透。”

张一明还是没消息，钟宁发了消息过去，忽然想起张国栋。他环顾四周，纳闷道：“这两天张副局长一直没有来过现场吗？”赵亚楠虽然是专案组组长，但张国栋作为市局主管刑侦的副局长，不应该一直不出现。

赵亚楠微微一顿：“因为元旦晚会的事情，张副局长比较忙。”

钟宁点了点头，又想起明珠大厦的企业家峰会现场也没有见到张副局长，刚打算再问一句，一辆警车风急火燎地驶了过来，看牌照，正是张副局长的车。

然而，车上下来的人，并不是张国栋。

02

车上下来的是肖敏才，身后还跟着刚才在花园国际和钟宁一起执行任务的刑警小刘。看情形，两人应该是从星剧场那边赶过来的。

肖敏才来不及客套，径直走向两人道：“下午我去了检察院和法院档案科，因为时间太久，只有案发现场的照片存档，凶器物证都已经按照相关条例销毁了，所以，无法提取DNA信息。”

虽然昨晚就料到了这个结果，但这消息还是让钟宁和赵亚楠有些失望。

赵亚楠蹙了蹙眉：“星剧场那边的情况呢？”

小刘依旧摇头：“所有工作人员都对邓丽娟没有任何印象。”

赵亚楠眉头皱得更深：“曾星本人呢？”

“他也不认识邓丽娟。”小刘苦闷道，“而且，他百分之百肯定没有被邓丽娟骚扰过。”

钟宁默默思考，难道邓丽娟只是曾星的狂热粉丝，还没有达到产生心理问题的程度？

“还有……”小刘继续说道，“黄花镇那边的同事刚才传来最新消息，他们找了几个家属做了交叉问询，前两天，那个叫刘二全，就是外号老狗的那个人，确实和邓丽娟发生了冲突。另外一个家属刘顺利证明，二十七号当晚邓丽娟确实在演出现场，没有离开过。”

赵亚楠的眉头皱得更深了：“那手套和玩偶……”

“手套我们也做了检查……”小刘转身从车内取出一张照片，“这双手套是……”

“是女款？”没等小刘说完，赵亚楠就发现了问题——刚才在邓丽娟家中，因为被那一堆证据模糊了焦点，没有仔细查看这双手套，但现在从照片上标注的尺寸来看，这确实是一副女款手套。

“硫酸呢？”钟宁问道。

“不是硫酸……”小刘摇了摇头，“是水……”

这个答案令赵亚楠猝不及防。她确实先入为主了，甚至没有打开瓶盖闻一闻确认那里面装的到底是不是硫酸。如此看来，袁明珠和蒋翠花姐妹可能真的不认识邓丽娟。

坏消息一个接着一个，小刘抬眼看了看两人，小声道：“我们查到，天问旅行社的老板三年前就举家移民加拿大了……”

风吹得更大了，像是极细的钢刺一般，往钟宁的皮肤里钻。都错了吗？他有些恍惚，脑海中似乎像是结了一团新的乱麻。

赵亚楠和肖敏才同样愁眉紧锁。一时间，三人谁也没有说话，一阵静谧中，隔壁超市的壁挂电视里传来有关企业家峰会的新闻播报声，袁明珠正在慷慨激昂地说着什么，听得钟宁一阵心烦。

大脑里一团乱，钟宁犹豫了一下，还是问道：“肖队，你刚才和张副局长在一起吗？”

“没有啊。”肖敏才摇了摇头，看了一眼警车，解释道，“哦，我的车坏了，张副局长就让我开他的。怎么，找他有事？”

“没事。”钟宁挤出一丝笑意，“就是想……找他聊聊。”

肖敏才下意识看了赵亚楠一眼，支支吾吾道：“他……工作忙，我也不知道他在哪里。”

钟宁点了点头，不好再说什么。寒风凛冽，从远处席卷而来，从张副局长那辆车的车窗钻了进去，把中控台上的奥美拉唑药瓶和边上几张白色卡片吹得乱飞。

钟宁的视线被吸引过去，这一瞥，正好看到了卡片上的字，他一脸错愕——那是一张停车卡，上面盖着时间戳，是今天凌晨。钟宁打开车门探身进去捡卡片，细细看了一眼，扭头看向肖敏才：“肖队，你在骗我？”

“什么？”肖敏才尴尬万分地看着钟宁手里的停车卡，“哦，那个……是……是……”

肖敏才这慌乱的模样，让钟宁心头一颤，没等肖敏才把话说完，他举起了卡片，看向赵亚楠：“赵队？”

赵亚楠神情复杂：“张副局长不让我告诉你们……”

话音未落，钟宁已经飞快转身上车，不等赵亚楠说话，“砰”的一声关上车门，一脚油门飞驰而去。

03

“砰”的一声，客厅的大门被重重关上，两名警察消失在眼前。邓丽娟再也支撑不住，一屁股瘫坐在地上。窗户还没关，一阵一阵的寒风把窗帘吹得张牙舞爪，地上那堆剪报四处奔逃。

邓丽娟没力气再管剪报，低头看着还在发抖的双手。她大口喘着气，只感觉心脏快要破腔而出——那个女警察拿出搜查令的时候，她已经做好了鱼死网破的准备。但什么都没发现，居然就这么走了，这让邓丽娟产生了一种强烈的不真实感。

“为什么会这样？”邓丽娟茫然地盯着双手，剪报、硫酸……那些能够坐实她嫌疑的“证据”，为什么反过来洗脱了自己的嫌疑呢？是谁在这中间动了“手脚”？

邓丽娟从口袋里摸出那张已经褶成一团的照片——她分明交代过袁明珠和蒋翠花，告诉警方实情，难道她们没有听话吗？她摩挲着照片上的人脸，手指指向了最后一个女人，心里一颤——只有她还没被警察查到了。

“不可能是你。”邓丽娟抬起手掌看了看——无论是谁，无论有多大本事，都不可能在指纹上作假。

“短信！”她想起刚才在星剧场收到的短信，扶着椅子站起身，从口袋里掏出手机，哆嗦着打开来——陌生的号码，十七条信息，同样的内容……

信息的内容到底是真是假？

正思索着，“嗡”的一声，手机再次振动起来，还是那个陌生的号码发来的短信，这次只有两个字：楼下。

邓丽娟猛地起身走到窗边往下看——就在自己那辆厢货车的侧后方，停着一辆掉了漆的面包车，驾驶座上有个人一直在观察着楼上，看到她的瞬间，面包车打了两下双闪。

答案就在眼前。邓丽娟赶紧关上窗户，打开家门四下看了看，抬腿往楼下走去。

雪还在下，邓丽娟不敢直接去停车位，而是绕着居民楼走了个圈，确定没有人盯梢后，这才快步往面包车的方向走去。

面包车驾驶座上是个女人，从窗口伸出一只手来冲她摆了摆。她戴着一顶硕大的鸭舌帽，挡住了大半张脸，可邓丽娟依旧一眼就认出来，来人正是照片上最后那个女人！面包车的车顶有厚厚一层积雪，看来女人在这里等了不短的时间。

“回你车上！”见邓丽娟还在失神，女人压低嗓音道，“这里不安全！”

邓丽娟反应过来，刚要转身，身后传来一个声音：“哟，这不是娟姐吗？”

刚彩排完回来的物业大姐，棉袄内还罩着一身红彤彤的绸缎衣服，见邓丽娟转身看过来，脸上扬起笑意：“还真是娟姐，这么晚还出去呢？”

邓丽娟挤出笑脸：“对，有点事情。”

“正好我有个东西要给你！”物业大姐喜上眉梢，“本来要去你家找你呢。”

邓丽娟此时哪里有心思搭理她，随口敷衍道：“什么东西呀。”

物业大姐从包里掏出了一个证件递给邓丽娟：“上次跟你说的我

们的节目入选了元旦晚会，我给你弄了一个通行证，请你去现场指导指导我们！”

“行。”邓丽娟接过来，“那我先去忙了。”

“明天我们五六点就过去了，你也记得早点去啊。”叮嘱了一会儿，物业大姐就离开了。

眼看着物业大姐消失在转角，邓丽娟瞟了一眼面包车，里面的女人指了指手中的电话。邓丽娟明白过来，折回自己车内，一拧钥匙，后方的面包车已经率先发动，往花园国际小区的后门开去，与此同时，邓丽娟的手机收到了一条信息。

她低头看了一眼短信里的四个字，一脚油门，厢货车剧烈抖动两下，迎着风雪往正门开去。

04

比亚迪迎着风雪一路狂飙，最后停在了湘雅医院的门口。手中的停车单上，印着“湘雅医院”四个字，像是一块烧红的烙铁，把钟宁的胸口烫得痛不欲生。

难怪张副局长最近频繁缺席重要会议，难怪肖队开上了张副局长的车，难怪会空降一个赵亚楠来当接班人！

可是，那是张国栋啊，一个铁打的硬汉，他的身体怎么会出问题呢！

天空暗得仿佛有一口铁锅压在头顶，风刮得更厉害了，不时有行色匆匆的病人和家属缩着脖子走过，钟宁终于还是推门下车。

这场铺天盖地的大雪真是下得蛮不讲理。钟宁低着头从急诊大楼穿行而过，绕到住院部，再沿着楼梯一路步行上了六楼——电梯太快，他需要时间消化内心那既暴躁又焦急的情绪。

推开楼梯间安全通道的门，消化科的病房就在眼前，看着不远处护士站内忙碌的医护人员，钟宁感觉喉咙一阵发紧。看来张一明也不知道这个消息，张副局长为什么要瞒着呢？怕影响他们的破案状态？还是仅仅怕儿子担心？

正犹豫着怎么开口问张国栋的病房，身后响起了一个女人的声音："钟娃儿？"

钟宁转身见到张一明的母亲，怔了怔，很快挤出笑意："柳姨……"

柳姨左手提着开水瓶，右手拿着一叠检查单，冲钟宁笑了笑："来看你张叔？"

钟宁点了点头："嗯。"

柳姨左右看了看，小声道："一明他……"

钟宁摇头："他还不知道。"

柳姨如释重负，摆了摆手道："跟我来吧。"

钟宁接过柳姨手中的开水瓶，跟在她身后。两人一路无言，来到走廊尽头的病房。张国栋睡着了，那张刀刻一般的脸在睡梦中依旧严肃，只是此刻看上去有些虚弱。

"你坐，我给你倒杯水。"柳姨从床下抽出凳子，把检查单据都放到床头柜上，这才小声抱怨道，"我老早就让他检查，他老说没空没空，这下好了，拖到胃出血了才来检查，老张这脾气啊……"

"说我呢？"张国栋不知是没睡着还是醒了过来，开口打断了他们的对话，转头看到钟宁，一愣，"你小子怎么来了？"

"张叔，我……"钟宁不知此刻该说什么。

"我就知道你小子聪明，瞒不住你！"张国栋撑起身体坐起来，"早期的，切了就没事了，别哭丧个脸！"

“还早呢，命都差点丢了！”柳姨呛声了一句，把水杯递给钟宁，又给张国栋掖了掖被子，“你们聊。”说着转身走了出去。

门一关，张国栋笑道：“怎么，你这是跑到医院跟我汇报案情来了？”

钟宁尴尬一笑，不知道该接什么话。

张国栋看向窗外的大雪：“今年这雪还真是大，我上次见这么大的雪，还穿着开裆裤呢！你呢，以前见过这么大的雪没？”

“我……”钟宁迟疑了一下，他隐约记得姐姐遇害的那年冬天也是这种天气，但他还是摇了摇头，“我没见过这么大的雪。”

张国栋感慨道：“那时候，我爸我叔老在这种天气带我上山打兔子，这一晃都三四十年了！现在老了，去年回老家祭祖，那个山爬得我腰都快断了。”

“张副局长，您还没老……”

“呵，你小子还学会安慰人了？”张国栋摆了摆手开，“行了，跟我说说案子的情况。听说你们找到了一个嫌疑人，叫陈小娟？”

钟宁点头。看来哪怕身在病房，张国栋依然在关注案件的进展。

“小肖今早来提了一句。有什么新发现吗？”

“找到了陈小娟的几个狱友，但她们都不知道陈小娟的下落。”

张国栋长长地“哦”了一声，目光再次转向窗外，突然扯开话题：“我可不是跟你吹牛，我在你这个年纪的时候，是我们村里打兔子的能手。只要我出马，就没有空手而归的时候。你知道为什么吗？”

钟宁一愣：“为什么？”

“因为我发现，兔子虽然跑得快，但是笨，出窝觅食都是从一条路出发，回来也准是同一条路，从来不会拐弯，我只要循着线路找过去，一下就能把兔子窝找到，一打打一窝。不过，我跟你说个秘密……”张国栋狡黠一笑，压低了声音，故作神秘，“有一次我也是循着路线一直找，结果没有找到兔窝，还差点摔下山，你猜为什么？”

钟宁又是一愣：“狡兔三窟？”

“不是！哪有这么简单?！”张国栋连连摇头，“发散思维想想。”

钟宁尴尬一笑：“我想不到。”

“有你小子想不到的东西？”张国栋更得意了，他刚打算揭秘，护士推门而入：“打扰一下，抽个血。”

张国栋撸起袖子，露出静脉上的留置针，护士麻利地接上针管，很快，鲜红的血液便从张国栋的体内流进了采血管，房间内也出现了短暂的安静。

趁着护士忙活的工夫，张国栋扯开了话题，问道：“张一明最近表现怎么样？”

钟宁笑道：“很好，陈小娟就是他查到的。”

“哦？”张国栋吃了一惊，随即唏嘘道，“可能是这些年给他的压力太大了，让他一直畏首畏尾的，有时候我也反思，是不是不应该对他要求那么高。这次生病，我倒是想清楚了一件事。”

说着，他认真地看了一眼钟宁：“他可能不像你，是一个那么有天赋的警察，但他绝对是我的好儿子，也是一个你值得交往的好兄弟。我希望你们能当一辈子相互照顾的好兄弟。”

钟宁重重地点了点头：“我明白。”

护士采集完毕退出了病房，张国栋再次开口道：“我为什么没抓到兔子的问题，你还没想出来？”

钟宁摇了摇头。

“你不是破案天才吗？”张国栋笑得开心，“逮兔子，你得知道兔子的习性吧？你得知道它是胎生还是卵生，是群居还是独来独往吧？你什么都不知道，怎么能知道答案呢？”

“我……”

“有时候，光凭天赋是没用的。抓犯人和逮兔子是一个道理。很多东西你得上山去，你得感受，甚至得把自己想成那只兔子，才能找到正确答案。”他收起笑脸，眼神变得凌厉起来，“更重要的是，不能轻易放弃，不能因为一次没有逮到，就怀疑自己的能力，更不能因为有过失败，就缩手缩脚！”

钟宁明白了张国栋的良苦用心，心里涌起一股说不出来的力量。

张国栋甩了甩手，不再矫情：“行了，忙去吧。”

钟宁起身，一个庄重地敬礼：“张副局长放心，我一定尽快破案！”这时，他口袋里的手机响了起来，是张一明打来的。

“张副局长，是一明……”

张国栋指了指自己静脉上的留置针：“别让一明知道了，我怕他也来烦我，等我做完手术后再告诉他。”

钟宁点头，退出病房接起了电话，张一明焦急道：“宁哥，你让我查袁明珠，我有大发现！”

钟宁眉头一皱：“什么发现？”

张一明迫不及待：“电话里说不清，你在哪儿？我现在去找你！”

“我在……”钟宁回头看了一眼病房，转身向电梯走去，“我在圆梦旅馆。”

05

厢货车一路跟着面包车，最后一起停在了牌楼坊片区——距离圆梦旅馆一公里远的垃圾掩埋场。这是星港为数不多的没有监控的区域。

天色太暗，不远处那一片低矮破旧的房屋在夜幕中若隐若现，远远看去，像是一座座隆起的坟包，偶有几家窗口亮起的灯光，像极了坟堆中的鬼火。

借着这星星点点的“鬼火”，三五个身材佝偻的老头老太太背着硕大的编织袋在垃圾堆中翻捡着，邓丽娟耐着性子等着他们走远，这才推门下车，往身后的面包车走去。

车里的女人取下帽子，打开车门，亲昵地喊道：“娟娃。”

“姐……”邓丽娟坐上副驾驶，看着身旁的女人，喉咙一堵——她们有好些年没见了。女人的长发已经几乎全白了，与那张合照上的人相比，苍老了十岁都不止。

女人不以为意地给邓丽娟递过一支烟，自己也点上一根，道：“没什么要问我的？”

“我……”

邓丽娟内心确实有无数个疑问，但多年不见的人出现在自己眼前，那些问题的答案就已经昭然若揭了。

“剪报和硫酸都是我换的。”见邓丽娟不开口，女人咧嘴笑了笑，拍了拍上衣口袋，里面传来一阵金属碰撞声，“几年前你租那套房子的时候，给过我一把备用钥匙。”

“我记得。”邓丽娟苦笑，“我准备好的东西，都被你调包了。”

“算不上调包吧，只是处理了一下。”女人转身从后座取过一个帆布小包，“知道你舍不得，剩下的都还给你。”

邓丽娟接过来看了看，高倍望远镜、零碎的剪报，甚至那瓶硫酸都在里面。她问：“是老袁和老蒋告诉你的？”

女人没有隐瞒："明珠要开会，翠花怕警察盯得太紧，只能拜托我了。"

邓丽娟张了张嘴，心里说不上来是感激还是愤怒。她原本全都计划好了，想不到这几个女人自作主张，把自己的计划搅和了。

"她们没有按照我交代的那样跟警方说吗？"

"我不清楚，我也没问她们接下来打算怎么办……"女人深深吸了一口烟，"但我觉得，你应该相信她们。"

邓丽娟苦涩一笑，又问："可是指纹呢？警察明明提取了我的指纹……"

女人摇了摇头："我可没这本事。"

"那是谁？"

"不着急，你很快就知道了。"女人把目光看向了远处。

此时，掩埋场里高耸的垃圾山被覆盖成了一片白色，谁能看得出来，这银装素裹之下是一堆堆恶臭的垃圾。

女人若有所思，扭头问道："娟娃，你还记得我们出来以后，是在哪里遇到的吗？"

"记得。"邓丽娟想都没想便道，"新民路小学……"

"是啊，就在新民路小学对面，都十多年了吧？"女人笑了笑，"那你还记得当年我们是怎么认识的吗？"

"当然记得。"邓丽娟颔首。她们之间的恩情，她怎么会忘记呢？隔了好久，她终于低声道，"我这次逃不了了。"

"为什么不能？"女人狠狠咬了咬牙，"烧死秦世聪可以躲过去，杀了段黎明也能躲过去，这次为什么不能？"

邓丽娟犹豫着，没敢说下去。彭大毛才死，她一开始是抱着侥幸心理的，但后来那一男一女两个警察抓着她不放，她才有了逃不过去的预感，也才下定决心放手一搏，哪怕被抓，也要泼掉那瓶硫酸，她万万没想到事情会变成如今这个局面。

“李红兵的事，我们已经帮你搞定了，这种事你为什么不早点告诉我们呢？娟娃，不要什么都自己扛下来。”女人扭头问道。

“你知道？”邓丽娟一愣。这事情除了艳艳和小六，任何人都不应该知道。

“你没看新闻吗？”

女人拧开收音机，“吱吱”几声以后，传出来整点新闻播报：“今天下午三点左右，乐天宾馆内发生一起绑架案，疑犯为身高一米六左右的女性，穿一身黑色羽绒服，手提一只银色行李箱，欢迎广大市民提供线索……”

“三点……身高一米六……黑色羽绒服……行李箱？”邓丽娟瞪大了眼睛，扭头看向女人，“姐，是你？”

“不是我。”女人摇头，“我如今这身体，彭大毛还行，李红兵可真是抬不动。”

邓丽娟心里一惊。难道是艳艳？如果真是艳艳，警察不费吹灰之力就能查到她。

“放心，也不是艳艳。”女人忽然有些生气了，“娟娃，你真觉得我们这些人会眼睁睁看你进监狱吗？”

“可是……”

“没什么可是的。”

此时，远处一束强光照射过来，垃圾场侧方的一条窄道上，一辆白色轿车飞驰而来。

“人来了，我也得走了。”看到来车，女人拧了拧车钥匙，发动了面包车，“你的疑问，车里的人会告诉你答案的。”

“是……是谁？”邓丽娟愈发茫然。

女人仰头看了看漫天飞雪，忽然伸出手来，拍了拍邓丽娟的肩膀：“欠你的人。”

邓丽娟一怔，瞬间明白过来。

06

“全是欠她的人，而且欠得还不少！”

老天像是中了诅咒一般，穷凶极恶地往人间倾洒着飞雪，分秒不懈。饶是比亚迪一路狂奔，挡风玻璃上，雨刷器触及不到的地方，依旧落上了厚厚一层雪。

晚上六点整，张一明乘坐的出租车停在了牌楼坊公交站，他一把拉开车门走向钟宁的副驾驶，短短几步就已经被风雪“白了头”，但此时的他，顾不上一脑袋的雪花，从公文包中掏出一叠资料，兴奋地冲着坐在驾驶位置的钟宁道：“宁哥，得亏你让我去查了一下，这才发现这些人都欠了陈小娟的！”

“先擦擦。”钟宁递给张一明两张纸巾。

“一点小风雪，难不倒我！”张一明正因为找到了新线索而一脸兴奋，毫不介意自己一身雪水。

钟宁为了在路上看资料，下车坐上副驾驶座，张一明坐到驾驶位，抽出一份资料，“这是袁明珠的，你先看看。”

钟宁接过资料翻了翻，都是一些袁明珠的创业史，比如哪一年开打印店，哪一年发明了低温萃取技术之类的。

“继续翻！”张一明一脚油门，警车再次启动，驶入了牌楼坊那一片窄巷之中，他脸上的兴奋程度不减，“看看她儿子那一页……

再往下翻了一页，钟宁眼睑一眯 —— 是一张袁明珠的独子盛展鹏的学籍卡，上面清楚地显示，盛展鹏今年高三，即将参加高考。

“是不对……”钟宁心里动了一下，赶紧问道，“你去医院了吗？”

“当然啊！”张一明咧嘴一乐，跟钟宁谈起了条件，“不过你得先告诉我，你为什么会让我去医院查她儿子？”

钟宁快速浏览着资料，嘴上道：“因为只有这个缘由……”

张一明不满道：“详细点说说……”

“是袁明珠自己提醒了我。”钟宁解释道，“她几乎是下意识强调她儿子今年上高三，不会拿儿子开玩笑。”

正是因为这句话，让钟宁意识到了不对劲 —— 按照时间推算，袁明珠的独子盛展鹏今年应该 20 岁了，即便读书较晚，到今年也应该上大学了。这说明盛展鹏极有可能中途休学过，但他们家的家庭条件很好，不会是经济问题，那就只能是……

张一明听罢，咧嘴一乐，赶紧点了点最下面一本病历本的复印件：“我查了当年的资料，盛展鹏在初二时因病休学两年，后来我在他的就医记录里查到了这个……”

看上面几个龙飞凤舞的字，钟宁眉头一皱。急性肝衰竭，做过肝脏移植手术，捐赠人落款签名上“陈小娟”三个字，让钟宁心里“咯噔”一声。

“奇怪吧？这个捐赠人并不是他爸，也不是他妈，而是陈小娟！”张一明咋舌道，“陈小娟起码捐了自己三分之一的肝脏给盛展鹏。”

翻到最后一页，钟宁脑中又是“轰”的一声 —— 不光是名字有问题，连日期也对不上。盛展鹏接受手术的日期是二〇〇九年八月，按照袁明珠的说法，当时陈小娟已经辞职，两人也早没了联系！

“宁哥，这漏洞都被你抓到了，你也是厉害！”张一明一脸崇拜。

“不是我厉害，是袁明珠聪明过头了。”

其实，今早刚进入袁明珠的办公室，钟宁就发现了不对劲——那个放着儿子照片的相框一看就是崭新的，和周围的环境格格不入。当注意到钟宁在看照片时，她下意识把相框收进了抽屉，这让钟宁更觉怪异。如今看来，袁明珠早就知道钟宁二人的来意，她是故意收起相框，提醒着钟宁这是自己的弱点，目的就是将计就计，让警方相信她所说的话！

“这心机也够深的！”张一明瞪眼张嘴，“主动暴露自己的弱点麻痹对方来达到目的，这是猎手假装成猎物啊！也就是说，陈小娟和袁明珠一直有联系，并且很有可能提前通知了袁明珠。”

“对！”钟宁狠狠一拧拳。

“你再看看那个！”张一明朝后座努努嘴，“那里还有一份。”

钟宁赶紧拿过资料——是一张学籍卡，上面的名字让他的眼睛一眯：“蒋翠萍？”

张一明解释道：“我查完袁明珠的问题后，顺便又去教育局查了一下蒋翠花姐妹，结果发现蒋翠萍居然是星港大学的研究生，这我就不理解了，一个开洗浴城的姐姐，居然培养出来了一个重点大学的研究生，还是法律专业……”

“法律专业？”钟宁一惊，难道……

“是法律专业。不过这不是重点……”张一明指了指学籍卡右下方，夸张道，“重点是，蒋翠花〇二年入狱，〇四年的时候，蒋翠萍居然上了星港市第三实验初中，你说奇怪不奇怪？”

钟宁心里又是一动——星港市第三实验初中是星港最好的初中之一，外地学生哪怕成绩达标，也得交不菲的择校费才有机会入学，当时还在坐牢的蒋翠花显然不可能有这个条件，至于她的家庭就更加不可能了，不然也不会让蒋翠花十几岁就辍学出来打工。

“蒋翠萍并没有因为蒋翠花入狱而失学，我去查了一下是谁资助她的。”张一明这次不打算卖关子，直接扯出最下面一张单据，“这是学校财务科保留的当年的收款单据。”

“又是她？”钟宁愕然——上面汇款人的名字，清楚地印着“陈小娟”三个字。

“对，还是这个陈小娟！我查了，二〇〇四年正好是陈小娟出狱的那一年。”

“袁明珠……蒋翠花……蒋翠萍……盛展鹏……”钟宁一个一个念着这些关联人的名字，从案件开始就萦绕在心头的那股浓得化不开的迷雾，仿佛终于被阳光刺开——如今看来，不只是袁明珠在说谎，蒋翠花也没有说真话，就连蒋翠萍的“碰巧”出现都有可能是刻意安排。

“可以啊，一明，你小子越来越上道了！”钟宁由衷地夸赞道。他还真没想到，张一明居然会举一反三地把蒋翠萍的资料也查了。张一明说得不错，这几个极有心机的女人，把自己伪装成了猎物，但其实都是猎手。

“宁哥……”说者无意，听着有心。张一明的黑脸一红，不好意思道，“你叫我啥？”

钟宁一愣：“张……张一明啊。”

“哦……是我听错了……”张一明尴尬一笑，刚要说什么，钟宁忽然抬头问道：“你是‘大快乐’的VIP吗？”

“对啊。”张一明赶紧点了点头，“我热爱洗脚不是众所周知的事情吗？”

“它是正规的吗？”

“正规啊。”张一明还没明白钟宁的意思，嘿嘿笑道，“你得相信我的人品。”

“当然信。”钟宁认真地看了一眼张一明，“那就对了！”

“什么对了？”

“正规就对了！”

钟宁心里一片敞亮——今天白天，他拿到蒋翠花的简历，看到这女人两年开了十多家店的扩张速度，也怀疑过她没用什么正经手段，甚至有可能是一个“屠龙少女变恶龙”的故事。但当他对蒋翠花进行问询的时候，否定了这个猜想——如果蒋翠花真的私下干一些违法勾当，她不可能让自己的亲妹妹暑假去帮工。

“宁哥，你的意思是……”张一明也明白了过来，试探着道，“可能还是这个陈小娟在帮她？”

“不是。”钟宁摇头否认。如果说捐肝或是交上一份择校费都在陈小娟的能力范围以内，但两年内快速扩张需要的庞大资金，显然不是陈小娟能够负担的。

张一明纳闷道：“你是觉得……”

“袁明珠！”钟宁牙齿咬得咯咯作响。

张一明愕然道：“你的意思是，袁明珠和蒋翠花早就认识了？她们关系这么好的话，不可能不知道陈小娟如今的下落！”

“对。”钟宁再次点头，心中的浓雾已经被扫除一大片。

张一明瞪大了眼睛：“这四人从头到尾都是一根绳上的蚂蚱，陈小娟杀人，她们不可能不知道？”

“对！”钟宁又一握拳，答案显而易见——这几个人，本就是过命的交情，很可能不只是知情不报这么简单。

“那要怎么办？对这几个人突击审讯？”张一明问道。

此时，车已经快要到达圆梦旅馆了。沉默许久，钟宁苦笑道：“没用。”这几个女人怕是早就打定了主意，不会透露陈小娟的下落，甚至早就做好了被警方盘问的准备，现在找过去，根本算不上“突击”。更主要的是，他们如今没有切实的证据。当然，最为关键的问题是，那个邓丽娟，到底是不是陈小娟，他们还无法确认。

肯定还有什么地方不对……问题出在哪里呢？钟宁烦闷地把车窗打开一道口，让刺骨的寒风灌了进来，为自己快要爆炸的脑袋降降温。

“宁哥，别着急，反正我相信你。上次嫌疑人故意在现场留下线索，不也被你破解了吗？”张一明永远相信钟宁。

此时，圆梦旅馆到了。

钟宁抬头看去，旅馆漆黑一片，只有那几个破破烂烂的红灯笼透出瘆人的红光，更显得周遭一片萧条。上了年纪的老板依旧坚守在岗位上，这会儿正仰躺在接待处的椅子上打盹。

不知为何，钟宁忽然想到了张一明刚才的那句“嫌疑人故意在案发现场留下线索。”

他看着铁门上晃荡着的招牌——招牌应该挂了好些年了，锈迹斑斑的，上面歪七扭八地写着“五元住宿，短租月租”的字样。

张一明不解：“怎么了，宁哥？”

钟宁回过神来，眼神明亮地看向张一明：“李红兵案的不在场证明解决了！”

张一明咧嘴一乐：“我说啥来着？我就知道你厉害！”

“不过……”钟宁不再迟疑，推门下了车，“还得深入‘兔窝’验证一下。”

张一明赶紧跟了下来，一脸纳闷道：“什么兔窝？”

“知道为什么逮不着兔子吗？”钟宁答非所问，脚下不停，手已经推开了旅馆的大门，吊着的招牌“咚”一声砸在铁门上，“因为她们是群居动物！”

第十二章 披着羊皮的兔子

雪被风卷起，扑打在她们身上，
但谁也没有缩脖子，
所有人都看着她，
脸上还带着浅浅的笑意。

01

来的是四个人。

袁明珠、蒋翠花、蒋翠萍，甚至连朱艳艳都跟来了。

四个人从车内猫腰走出，像是一窝野兔般，出现在这个垃圾场中。

雪被风卷起，扑打在她们身上，但谁也没有缩脖子，所有人都看着邓丽娟，脸上还带着浅浅的笑意。

“你们……你们怎么都来了？”邓丽娟怔怔看着她们，她浑身剧烈哆嗦着，仿佛比她当年第一次杀人还要紧张。她们都来了，那就意味着自己所做的努力都白费了，要是被警察发现，所有人会被一锅端掉！

“小娟，都上你的车吧。”袁明珠环顾四周，指了指邓丽娟的厢货车，“到车上再说。”

邓丽娟木然地打开了厢货车的后门，众人鱼贯而入，坐定后，蒋翠萍关上门，宽慰邓丽娟道：“放心吧，娟姐，这地方不会被人发现的，而且没有摄像头。”

邓丽娟没有说话。

“艳艳告诉我，你那天动了李红兵，再加上你管我和翠花借钱，我就通知大家了。不能什么事都是你一个人背，不然要我们这些姐妹有什么用？”袁明珠率先开口道，“不过放心，我没有用电话，警察查不到。”

“小六呢？”邓丽娟看向了朱艳艳。

“几个姐姐已经把他安顿好了，他不会有事的。”朱艳艳眼里闪动着泪花，“娟姐，我什么都知道了……你不应该一个人……”

“你知道什么了，别瞎说！”邓丽娟打断朱艳艳的话，面向众人，冷声道，“你们告诉她什么了？”

没有人回话，只有朱艳艳的眼泪夺眶而出：“娟姐，我……我知道你要拿硫酸泼曾星，也知道你为什么……”

“别跟我说这些！”邓丽娟再次打断她，看向袁明珠，“李红兵的事，是不是你做了什么？”

“是我的主意。”袁明珠坦然点头道，“这样你就有不在场证明了。”

“你让谁去的？”

坐在最外侧的蒋翠萍把车门打开一条缝。邓丽娟扭头看去，这才发现，垃圾场入口处还停着一辆车，里面的人正在帮她们盯梢。

“是小姚。”袁明珠主动坦白，“她主动要去的。”

邓丽娟气得浑身发抖：“这不是白白拖一个人下水吗？你们为什么不按我说的，把那些事情都推到我的头上？现在弄成这个局面，怎么收场！”

蒋翠萍和袁明珠没想到邓丽娟的情绪会这么激动，还想宽慰她，邓丽娟却像被抽干了气力一般：“你们这群傻子，按我的意思去做，你们什么事都没有，为什么非要跟警察说假话，惹祸上身，搞得大家一起完蛋！”

“娟，我们没有说假话。”袁明珠一把拉住邓丽娟的手，紧紧握住，“我们只是承认了我们不认识邓丽娟。”

“这不就是假话吗？”邓丽娟痛心道，“你们这是自己往火坑里跳！”

“这不是假话。”蒋翠花轻拍邓丽娟的后背，冷静地说道，“我们本来就不认识邓丽娟，不是吗？”

邓丽娟一愣，听出了这话里有话。

“对啊，娟姐。”蒋翠萍接话道，“警察没有理由怀疑我们，也没有理由怀疑你。”

邓丽娟隐约明白了，可心里依旧没底：“你们把问题想得太简单了。”

袁明珠打开了邓丽娟的手掌：“那你说说，为什么检查过你的指纹，警察也没有抓你？”

“你动了手脚？”邓丽娟问道。

“你想多了，娟。”袁明珠摇头否认，“我可没那个本事。”

邓丽娟茫然地问：“翠花，是你？”

“姐，我看到警察跟老鼠见猫一样，怎么可能？”

“那是谁？”邓丽娟看向朱艳艳——这妮子就更加不可能了。

“是你自己。”一旁的蒋翠萍开口道，“娟姐，是你自己帮了你自己。”

邓丽娟不解。袁明珠掏出手机放到邓丽娟眼前：“这是警察去找我时，给我看的照片。你说，是不是你自己帮了自己。”那是一张来自袁明珠办公室的高清监控摄像头所拍摄的视频截图。

邓丽娟低头看了一眼，张了张嘴，一句话也没有说出来——那是一张入狱照，年代久远，照片里的女人二十岁左右，瓜子脸，扎着马尾辫，穿着粉色的短裙。

袁明珠笑道：“就是因为这张照片，所以我们没有完全按照你的意思跟警察说，也是我通知夏姨帮你清理了房间。”

“娟姐，我们都没有说谎。”蒋翠萍嘿嘿一笑，指了指姐姐，“我姐甚至还当着关二爷的面，跟警察发誓了。”

邓丽娟盯着那张照片，心中电闪雷鸣——这么说来，是“崔府君”帮了她。

“呼”的一声，寒风从门缝中钻了进来，在车厢内盘旋着，又骤然平息。邓丽娟终于回过神：“可我当年杀过人，即便指纹不对，警察也有我的DNA信息……”

蒋翠萍早想到了这一点，分析道：“姐，我是学法律的，这个你得相信我。刑事案件中的证物，保存十五年后可批准销毁，当年你是自首的，案子很快就判下来了，警方没有必要一直留存你的DNA信息。”

邓丽娟哑然失笑，指了指自己的脸：“警察是可以查到整容记录的。”

袁明珠摇头道：“查不到。”

“为……为什么？”

“娟姐……”蒋翠萍小声道，“你不记得……你整容之前发生了什么吗？”

邓丽娟愣住了，一言不发。

“这些情况，袁姐和花姐已经都考虑进去了，所以她们才故意透露了那么多细节，误导警察追着那个女人去查……”朱艳艳安慰着邓丽娟，“我们肯定能像前两次一样，平安度过这个劫。”

邓丽娟依旧摇头：“不行，我不能让你们冒险，你们告诉我，李红兵现在在哪里？”

“娟……”

“告诉我，明珠。”邓丽娟盯着袁明珠，“你现在必须告诉我，李红兵被你们弄去了哪里？”

“娟姐……”

“赶紧告诉我！”

“行吧……”袁明珠无可奈何地摇了摇头，正欲开口，口袋里的手机忽然振动了一下，她低头看了一眼，扭头看向邓丽娟，又指了指远处的星星点点，脸色严肃道，“警察又查到了圆梦旅馆。”

02

旅馆还是照片中那个旅馆。房间也依旧是那个房间。

只是此时，尸体已经被运走，房间内只剩下尸体痕迹固定线和物证标记牌，以及弥漫在每一个角落里的恶臭。地上的水渍已经干了，留下了偌大的印记。

夜色更深了，没有了探照灯的强光，屋内昏暗一片，那只昏黄的灯泡照射出来的光，甚至没有屋檐上挂的那几个灯笼明亮。

“你们怎么又来了啊？”穿着一套花花绿绿睡衣的老太太佝偻着身体，心情不是太好，杵在门口发着牢骚，“这大晚上的，能看到啥？”

“不好意思，打扰您休息了。”钟宁歉意一笑。

这旅馆老板叫夏新梅，一头枯草般的白发，脸上沟壑纵横，布满了皱纹。

“生意本来就不好，现在还死了个人，这都成凶宅了，以后谁还敢来住。”老太太揉着眼角，看起来像是刚睡醒，“没生意也就算了，还不让人睡觉，你让我这个老太婆怎么活？”

“您先歇着去，我们很快就弄完。”张一明无可奈何地把老太太拦在警戒线外，“等案子查完了，我叫同事来帮衬您的生意。”

“这才像句人话。”老太太咧嘴一笑，露出几颗稀松的牙齿，“那你们抓紧啊，我还得关外面的大门呢。”

“行，没问题。”张一明拍着胸脯打了包票，好不容易打发走了老太太，一脸佩服地对钟宁说道，“这老太太胆子还挺大的，一个人守着这么一栋鬼楼，居然能睡得着。”

“活到这个年纪，可能什么都不怕了吧。”钟宁环顾四周，眼睛盯向走廊上的摄像头——以它的位置，只要有人进出房间，不可能不被拍下来。

“宁哥，这确实有点意思啊。”张一明走到窗户旁伸手推开，看看不锈钢防护栏，又看了看院子，“摄像头没有拍到，防护栏没有被人动过，院子的雪地上也没有脚印，这人难道会隐身术或者水上漂？”

钟宁没有回话，只是看着窗户上的贴纸，陷入思考。

“宁哥，你一开始怀疑彭大毛是认出了邓丽娟是陈小娟才被灭口的？”张一明翻看着钟宁的问询笔录本，“这理由说得通啊。”

钟宁点头道：“你再看看彭大毛最近半年的犯罪记录。”

张一明赶紧点开了案卷，眼神一亮：“四个月前他还因偷盗电动车被拘留十五天，最近三个月居然没有任何犯罪记录，看来这三个月彭大毛确实变阔绰了。”

钟宁看向被砸烂的门锁，摇头不解道：“可为什么监控没有拍到可疑人员进出？”

张一明咧嘴道："你刚才不是说了，因为是群居动物？"

钟宁苦笑道："你懂群居动物的意思了？"

"没明白。"张一明一脸迷茫，"不过你说的逮兔子，我倒是听我爸说过，他老吹牛说他小时候逮兔子厉害。对了，我爸今天去现场了吗？"

钟宁支支吾吾："哦……他……那个……"

"是不是又发脾气了？"张一明误会了钟宁的意思，咧嘴一乐，"宁哥，你也别生气，我爸就那样，自己工作起来不要命，以为别人都不要命。"

钟宁一时不知该如何接话，还好张一明很快又把心思放在了案子上："宁哥，你说，如果防盗栏没有被动过手脚，案发时为什么会开着窗户？"说着，"吱呀"一声，窗户被他推开，寒风顿时卷着雪片吹进屋内落在地上。

钟宁被冻得缩了缩脖子。

"不可能是彭大毛自己打开的吧，天气这么冷，这不是要冻死自己吗？"张一明的脸被冻得通红，他搓搓手，哈了一口气，又把窗户推开了一些，"如果是疑犯的话，干吗非得打开窗户呢，人又不能随风潜入……"

雪飘得更大了，落在屋内的积水处，瞬间不见了踪影。

钟宁往后退了一步，俯身看了看——不断有雪花飘落到那摊积水里，消失不见，积水的面积渐渐变大。钟宁伸手触摸了一下积水的边缘，抬头道："疑犯开窗户不是为了进屋作案。"

"那是为了什么？"

钟宁想起岚山巷的凶杀现场："是为了天气。"

"天气？"张一明丈二和尚摸不着头脑。

钟宁盯着地面，没再接着解释，而是问道："详细的验尸报告出来了吗？"

"昨天晚上就出来了。"

张一明很快打开了PDA中彭大毛的尸检报告，递给了钟宁——照片中，死者彭大毛赤身裸体地躺在解剖台上，胳膊上遍布针孔，瘦得像一根被白蚁啃食过又被烤干的木棍。

再翻开一页，钟宁放大了照片，彭大毛脚上挂着的身份牌清晰可见。钟宁看着照片抬了抬眉毛，抬头看了看走廊上的摄像头，又看了一眼打开的窗户，脑中灵光一闪："多一只兔子就没问题了！"

"怎么又扯到兔子了？"张一明更加迷糊了。

钟宁指指照片中彭大毛的脚："看看这个。"

张一明看了一眼，不懂："什么意思？"

"这窗户，可能就是为了掩盖另外那只兔子……"钟宁梳理着自己的思路，没有理会张一明的一头雾水，交代道，"你把老板叫来。"

张一明习惯了钟宁的办案风格，也知道时机到了他自然会解释，不急于一时。正点头要去喊老板，门口就响起了老太太的声音："你们还没看完吗？我还等着锁门去打麻将呢。"

抬眼看去，老太太已经换了一身外出穿的衣服，一脸不耐烦地看着二人。

"马上。"钟宁笑了笑，很快收好了所有资料，转身道，"有一个问题想问问您。"

"啥呀？"

"这个彭大毛欠过您房租吗？"

"欠过啊。"老太太点头，不满道，"经常要拖上个把月呢，次次都不愿意按时给！"

钟宁笑了笑：“那您知道他吸毒吗？”

“不知道，不过……”老太太指了指窗户，“一天到晚把窗户关得严严实实，还给玻璃贴了纸，猜都能猜出来不是在干什么好事。”

“那您怎么不报警？”钟宁摊手，“您要是报了警，这事情不就不会摊到您头上了？”

“我怕啊！”老太太一副心有余悸的模样，“我这么一大把年纪了，他要是来报复我，我可咋办？”

“行，今天麻烦了。”有了答案，钟宁不再耽搁，很快走出了房间。

张一明跟了过来，一头雾水道：“宁哥，怎么就走了？”

钟宁拉开了车门：“已经找到最后一只兔子了！”

“什么？”

“我们现在赶去局里。”钟宁上车，“你帮我查个东西！”

张一明赶紧坐上副驾驶位：“查什么？”

“一份资料。”钟宁言简意赅。

刚要发动汽车，赵亚楠打来电话，语气急切道：“有重大发现，赶紧来局里。”

此时，圆梦旅馆的灯全都熄灭了，就连屋檐上的红灯笼也隐入黑暗。

“知道逮野兔的时候最怕遇到什么吗？”钟宁一脚油门，牙齿咬得咯咯作响，自问自答，“你以为你发现了一窝兔子，可掀开兔皮却发现下面全是狼！”

03

五个人，五双眼，全都透着恨意，就这么盯着厢货车里的绿色编织袋——里面装的正是李红兵。此时，男人被绑得严严实实，脑袋从洞口处露了出来，嘴里还塞着一块黑漆漆的破布，双眼紧闭，生死未知。

朱艳艳咬牙切齿地猛踢一脚，李红兵纹丝不动。

“你们把他怎么了？”邓丽娟俯身探了探鼻息，确定还有呼吸，这才安下心来。她不是不想李红兵死，但不能现在就死。

“下了一些镇静剂，他现在雷打不动。”袁明珠沉声道，“伤口翠花帮着处理了一下，暂时止住了血。”

邓丽娟担忧道：“他没看到你们的脸？”

蒋翠花摇头：“没有，小六在他背后敲的头，之后他一直是昏迷的状态。”

邓丽娟笑笑摇头，她抬头看向众人：“都交给我吧，你们可以走了。”

没有一个人出声，也没有一个人离开。

“听不到吗？”邓丽娟压低了声音，“都走啊！”

还是没有人移动半步。

邓丽娟盯着几人：“你们是想在这儿给我‘陪葬’吗？”

大家似乎打定了主意，依旧没动。

邓丽娟焦急万分，看向袁明珠：“明珠，你是大姐，你跟她们……”

“娟。”袁明珠打断了邓丽娟的话。

“我亲口问过芭蕾舞团的团长，苏盼已经对媒体说他们不会去英国了。”说着袁明珠拿出手机翻找新闻，邓丽娟摇摇头，她已经当面听到了二人的对话，知道这件事情。

“你不需要急在一时。我们齐心协力把当前的难关扛过去，再想办法好不好？”袁明珠说。

邓丽娟执着道：“我知道你是好意，但你这么做，不光会害了我，还会害了大家！”

蒋翠花和朱艳艳还在一旁劝，邓丽娟却坚定摇头：“你们的好意我心领了，但你们得顾着自己的生命。”

“狗屁的顾着自己的生命。”袁明珠有些生气了，盯着邓丽娟道，“你给我儿子捐肝的时候，你要命了吗？”

蒋翠花也看向邓丽娟：“你和袁姐去乡下接翠萍，他们一村人堵着你们不让出去，你拿着两把菜刀护着我妹妹逃跑的时候，你要命了吗？”

“还有我！”车外传来一个女人的声音，“你为了能让湘雅医院最好的医生帮我做手术，四处求人借钱，那时候你又要命了吗？”

“吱呀”一声，车门打开，一个佝偻的身影出现在众人眼前。几人齐齐喊道：“夏姐……”

夏新梅点了点头，抬腿上车，坐到邓丽娟边上，指了指远处一个仿古的牌楼：“警察走了，我看见他们过了牌楼坊那个岔道才过来的。”

“问你什么了吗？”袁明珠赶紧道。

“就问了我，彭大毛欠过房租没有。放心吧，应该没什么发现。”夏新梅点上一根烟，环顾众人，“还没说动你们娟姐呢？”

“她这臭脾气，你又不是不知道。”袁明珠无奈一笑。

“娟。”夏新梅叹了一口气，“你不信明珠，还不信我？”

“我……”邓丽娟低下了头，没有回话。

袁明珠摊手道：“你已经过了十几年东躲西藏的日子了，难道你还想这样下去吗？那人有自己的人生，你却把你的人生都搭进去了，值得吗？”

邓丽娟像是被这句话刺激到了，一个一个指向眼前的女人：“袁明珠，你想杀死盛宏图的时候，你有问过自己值得吗？蒋翠花，你当年要杀死李明阳的时候，你有问过自己值得吗？夏姐，你说，你当初想杀死那个富二代的时候，有问过自己值得吗？”

众人哑口无言。这是一个根本无须回答的问题，有什么不值得的呢？每个人都在守护自己心中的那点东西罢了。

邓丽娟的咆哮在风雪中渐渐变成了呜咽：“总之，这一次，谁也不要劝我。”

袁明珠道：“我们不拦着你去做自己想做的事情。但是让我们帮帮你，这一次，我们也能处理得干干净净。”

蒋翠花也道：“你也应该相信我们能帮你。”

邓丽娟回过神来，看着眼前一张张熟悉的脸，一阵暖意涌上心头。或许她们是对的，这一次，她们也可以逃过一劫？不，姐妹们还是算漏了一件事。邓丽娟苦笑着扯起了自己的上衣——就在她的后腰部位，一条醒目的疤痕，像蜈蚣一般，盘踞其上。她看向袁明珠，苦笑道：“就算指纹出了问题，整容记录也查不出来，明珠，这个难道也查不出来吗？”

袁明珠脸色一僵，但她很快保证道：“肝有再生功能，这么多年过去了，你当初切掉的部分已经长出来了。只要你死不承认，一个刀口而已，他们还能通过这个就断定你给我儿子捐了肝？”

“你们也想跟我一样，一辈子不能光明正大地活着吗？”邓丽娟摇头。

此时，一阵风袭来，将车门吹开一条缝。远处的牌楼坊年久失修，“楼”字的灯管大部分都坏了，只剩夹在当中的“女”字依旧倔强地亮着。

怔怔看了好一会儿，邓丽娟终于开口道：“你们知道这里为什么叫牌楼坊吗？”

夏新梅点了点头道：“我知道，星港有过这么一出地方戏。”

“对。”邓丽娟看向袁明珠，“明珠，你呢？”

袁明珠也懂了，难过地点了点头：“我也听说过。”

“既然都知道，就不用再劝我了。”邓丽娟笑笑，“我不想一辈子都这样活，我更不想你们一辈子都这么活。”

蒋翠萍不解，刚想问，夜空中忽然发出“砰”的一声炸裂声，因为连日暴雪，“牌楼坊”中的“牌”字在一阵“噼里啪啦”之后，冒出一阵浓烟，接着寂灭无光。

“行了，我们不劝了。”夏新梅扭头问道：“娟娃，说说你打算怎么办。”

邓丽娟的脸上显不出任何波澜，淡淡道：“我要把星剧场，炸了。”

一阵寂静，没有一个人提出反对意见，车厢内一阵静默。良久，袁明珠抬起了头：“那你还需要我们做什么？”

“两个事情。”邓丽娟指了指地上的编织袋，“把李红兵交给我，让我收尾，不要让艳艳和小姚再掺和进来。”

袁明珠点头同意。

邓丽娟看着眼前的五个女人：“第二件事，卖了我，还你们所有人清白。”

“砰”的一声，随着一阵黑烟，远处“牌楼坊”最后一个完整的字也消失在了黑夜中。

04

“这个人就是朱艳艳……”

晚上九点半，市局依旧灯火通明，专案组三十来号人把刑侦队会议室坐得满满当当。赵亚楠打开手中的激光笔，指向了墙上投影出的朱艳艳的照片："朱艳艳，26 岁，籍贯星港横山，毕业于星港艺校声乐专业，现为丽娟艺术团员工，也是最新一案中受害人李红兵的前妻。大家看看对比照片……"

"啪"的一声，幻灯片中更换了一组照片，会议室里顿时一阵喧哗。

"像，太像了！"

"何止是像，从身形上看，几乎就是一个人啊。"

"想不到，凶手是个跑场的！"

照片是"乐天宾馆"隔壁超市的监控拍下的嫌疑人影像，虽然戴了口罩，但和朱艳艳的照片放在一起对比，无论是身高、体型还是发型，甚至连刘海的长度都十分相像。

"先静一静！"赵亚楠拍了拍手，继续介绍道，"根据调查，朱艳艳与李红兵两年前离婚，但李红兵就彩礼退还问题与朱艳艳多次发生纠纷甚至肢体冲突，朱艳艳有过三次报警记录。"

赵亚楠再次更换了资料："李红兵是一周前从老家来到星港，找朱艳艳讨要彩礼，乐天宾馆的服务员还听李红兵抱怨过，说是朱艳艳出轨在先。"

话音一落，底下又是一阵议论。

"所以朱艳艳不堪其扰，索性把李红兵给绑了？"

"那留下的血字怎么解释？"

"除此之外，缉毒大队那边的同事已经抓获了彭大毛的上线。"赵亚楠沉声打断了大家的讨论，她扭头看向肖敏才，"肖队……"

肖敏才点头，把视频投放到了屏幕上。

一个一脸痞相，骨瘦如柴的男人歪头坐在讯问椅上，咧着一口黄牙，接受缉毒大队的讯问："……彭大毛？认识啊，他是我客户……最近那小子不是发财了吗？啥？死了？不可能吧？怎么就死了？难道是被那婆娘杀了？……异常？有啊，我不才说了他发财了吗？……怎么发财的？他说他被一个俏婆娘包养了，据说还是个搞艺术的富婆！……多大？我想想啊，彭大毛说二十多岁吧。……这我骗你们干啥子？要吹牛也是他在吹牛，不过看他大手大脚那样，确实不像在吹牛……"

视频到此戛然而止，一众刑警面露异色，又讨论起来。

"二十多岁，搞艺术的，是朱艳艳没跑了。"

"这么好看的姑娘，怎么会看上这么个毒鬼？"

"连环凶杀案的凶手要真是这个朱艳艳，那她不得 18 岁就开始杀人了？"

"还有一点更重要的证据！"赵亚楠脸色更暗，再次更换了幻灯片——是朱艳艳二〇一二年报名参加星港烟草公司举办的"第五届芙蓉杯舞蹈大赛"的准考证。据调查，朱艳艳在该大赛中获得三等奖，而当时负责选拔的正是段黎明！

赵亚楠环顾四周，神色严峻："根据以上信息，再结合彭大毛案发地窗户上的贴纸，很显然他多次尾随丽娟艺术团，我们有理由怀疑，朱艳艳正是这起连环杀人案的重大嫌疑人！"

"赵队，我申请带队实施抓捕！"吴斌站了起来。最后一起案子就发生在他的辖区，他心里也是憋了一口气。

"已经派人搜查过朱艳艳的住处，没找到人。"赵亚楠挥手让吴斌先坐下，"从今天早上开始，朱艳艳的手机就已经关机联系不上了，技术部门也追踪不到信号，怀疑朱艳艳拆了手机卡，防止我们追踪。"

众人脸色一凛，看来朱艳艳对警方的抓捕行动早有准备，同时更加坐实了她的嫌疑。

“不过肖队查到了朱艳艳的开房记录，发现她最近和‘乐尔乐’超市的老板马建湘在恋爱。”赵亚楠再次看向吴斌，“吴队，请你带上一组同事马上去‘乐尔乐’超市……”

“不是朱艳艳！”

一个声音打断了赵亚楠的话，钟宁撞开会议室的门冲了进来，身后还跟着张一明，两人一脸兴奋，额头满是汗珠，头上还冒着热气，显然是从停车场一路狂奔而来。

钟宁两步跨了进来，边走边道：“凶手不是朱艳艳，而且李红兵这起案子是她们故意犯下转移视线的！”

在场的刑警中有不少亲眼见识过钟宁这种没头没尾叙述风格的人，都很淡定，坐等他的解释。

赵亚楠思考片刻，会意道：“你的意思是，有人在干扰我们调查？”

“对！”钟宁点头，“李红兵为什么不是惨死当场而是被绑架，嫌疑人还生怕警方不知道是谁干的，故意在现场留下挑衅的话？这起案子的目的就是邓丽娟……不，是陈小娟为了制造不在场证明，故意犯下的。”

“不是早就证实了邓丽娟不是陈小娟吗？”吴斌起身反问道，“而且，邓丽娟也没有作案时间。”

“疑犯不止一个人，是她们在帮陈小娟。”钟宁把文件袋递给赵亚楠，“这是张一明今天查到的。这份是袁明珠的儿子盛展鹏的病例记录，他曾做过肝移植手术，捐赠人正是陈小娟。”

赵亚楠心中一惊。

“还有这个，这是蒋翠花的妹妹蒋翠萍的受资助记录。”张一明已经迫不及待地再翻一页，“出钱让蒋翠萍读书的人也是陈小娟！”

赵亚楠拿过材料看了看，很快递给了肖敏才：“肖队，看看这个。”

一旁的肖敏才接过看了良久，又传给吴斌，微微摇头道：“但这些都不是直接证据，最多只能说明她们有替陈小娟隐瞒实情的动机。”

“不光是隐瞒。”钟宁摇头，“这一系列案子，她们全是帮凶！”

“什么?！”这下除了张一明，在座所有刑警都吃了一惊。

钟宁顾不上众人的诧异，问道：“有彭大毛的尸检照片吗？”

“有。”肖敏才赶紧找到照片投影出来。

钟宁把尸体上手和脚的位置放到了最大：“大家看看，有什么发现？”

众人纳闷地看着照片里彭大毛的手脚，一脸疑惑，都是十根指头，并没有什么异常啊。

“你是说，他的手脚太干净了？”赵亚楠看出端倪。

这一提醒，众刑警瞬间明白过来——一个住廉价旅馆的贩毒人员，不会如此注重个人卫生。彭大毛的双手双脚太干净了，指甲修剪得平平整整，指甲缝中也没有一丝污垢。

肖敏才眼神一亮：“你的意思是，彭大毛很可能死前去过大快乐洗浴城?”

“对。彭大毛不但去花园国际找过陈小娟，还去过‘大快乐’找蒋翠花姐妹。”钟宁肯定地说。

一众警察传阅着钟宁调取来的资料，吴斌问道：“你的意思是，袁明珠、蒋翠花姐妹、朱艳艳、陈小娟，是一伙的？”

张一明激动道：“不止她们，还有一个！”

“还有?！”赵亚楠一挑眉。

“对，”钟宁使了个眼色，张一明便把幻灯片的照片更换成了彭大毛案的案发现场照，“我们不是一直觉得奇怪，为什么监控没有拍到一个嫌疑人进出，院子的雪地里也没有脚印，原因就是……”

“那个姓夏的老板在帮她？”赵亚楠反应过来。

钟宁点头：“凶手在夏新梅的帮助下，在二十七号下午提前进入旅馆，杀人后，又穿着夏新梅的鞋子离开，所以我们才没有提取到旅馆老板以外的嫌疑人的脚印。”

“那监控视频的内容，也被夏新梅做了手脚？”

“对，旅馆的监控设备比较落后，我们只能从保存下来的文件名称来判断日期。她从这方面着手误导了我们的调查方向，这根本不是什么密室杀人！”

钟宁环顾众人，继续说道：“夏新梅故意打开窗户，理由和李红兵案现场的血字一样，是为了干扰我们调查，从而洗脱陈小娟的嫌疑。”

吴斌依旧不解道：“一个老太太，她有什么必要……”

“一开始我也没怀疑到她。”钟宁答道，“我问她为什么不举报彭大毛吸毒，她说因为害怕。”

“那天我也这么问过，老太太也是这么答的，这不是挺正常吗？”一个侦查员回忆道，“一个老人，胆子小怕人报复，说得通啊。”

钟宁笑起来：“但刚才夏新梅穿着睡衣，一个人在楼上睡觉，我们去时见她一副扰人清梦的模样。一个胆小怕事的老人，在一个刚刚发生过凶杀案的地方睡得很香，这是不是有些矛盾？”

众人脸色一凛。是不太正常，别说是一个老太太，就算是青壮年，也不是谁都敢待在刚刚发生过凶杀案的旅馆里睡觉的。

“而且……”钟宁再次指向投影，“根据我们现在掌握的线索，彭大毛最近明显不缺钱。他都知道要给窗户贴上纸，以防自己吸毒被举报，怎么可能拖欠五块钱一天的房租，去得罪老板为自己徒增风险呢？由此可见，夏新梅说彭大毛拖欠房租，也是在说谎。”

“有道理。”一众警察频频点头。要知道，星港市明文规定，凡举报吸毒者，都有奖金。

肖敏才分析道：“钟宁，你的意思是，这个夏新梅也欠过陈小娟的人情？”

赵亚楠也想到了这个，不过随即摇头道：“但肖队从女子监狱查到的资料里，并没有这个名字。”

一旁的张一明再次把幻灯片更换成了刚才来的路上查到的资料：“你们看看这个……”

05

夏新梅，女，汉族，66岁，籍贯星港，原星港市第四小学生物老师。

一九九七年四月，夏新梅就读于星港财经大学的独女夏苗苗，因原定的保研名额被取消而情绪崩溃，就医后被查出双相情感障碍并伴有暴力倾向。一个月后，夏苗苗在病发时用小刀刺伤了三名同学，被学校勒令退学。夏新梅将其送至星港市第二精神病院，也就是如今的星港市妇女保健院进行治疗。但夏苗苗的病情一直不见好转，于九月跳楼自杀。

一九九七年十一月十二日，也就是夏苗苗死后两个月，夏新梅藏匿在财经大学图书馆，持刀刺伤了那三名同学，后被警方制服。被捕后，夏新梅被关押至星港市女子看守所，因故意伤人且造成较为恶劣的社会影响，被判处有期徒刑七年，于隔壁市怀山女子监狱服刑。

二○○四年，在刑满释放前夕，因患乳腺癌保外就医。

赵亚楠翻看着陈小娟的入狱记录，很快找出了两人的交集：“也就是说，夏新梅是在女子看守所认识了陈小娟？”

“对。”钟宁示意张一明把一张画了红圈的资料投放到幻灯片上——一九九七年十一月，陈小娟被羁押在星港市女子看守所。

“夏新梅被检查出癌症时已经是晚期，以她当时的经济状况，应该没钱治疗，更别说第二年就开了一家旅馆。”钟宁再次点了点下方一行小字——那是在网上就能查到的工商信息，夏新梅于二○○五年开了圆梦旅馆，地址就在她以前上班的星港市第四小学附近。

两份资料一出，众人一个个摇头感叹。不是大家没见识，但绵延十年、团伙作案的连环凶杀案，别说是见，就算听也都没有听过。

肖敏才问道：“秦世聪案和段黎明案，也是陈小娟杀人，其他人帮忙掩盖，或者干脆就是几个人一起杀的？”

“目前来看，只有这个可能。这也能说明，为什么一个没多少文化的底层女性，在杀了这么多人以后，还能一次次躲过警方的调查。”钟宁笃定，“不是警方不作为，是疑犯太狡猾。从来不是一个‘她’，而是‘她们’……”

“时间过去这么久，关键证据我们不一定能找到啊。”吴斌有些发愁。

“证据可以慢慢找，但是不能再死人了！”钟宁转身冲赵亚楠敬了礼，说道，“赵队，我请求先将邓丽娟、袁明珠、蒋翠花、夏新梅，这四人传唤到局里！我相信真相很快就能水落石出！”

赵亚楠还没有表态，肖敏才先摇了摇头道：“我们查过指纹，邓丽娟不是陈小娟，而且——彭大毛的上线说，彭大毛是被一个二十多岁的女人包养，邓丽娟完全不符合。你为什么对邓丽娟如此执着。”

钟宁摇摇头："彭大毛说的这种话不足信，很可能是在吹嘘，满足他的虚荣心！"

众人纷纷点头赞同。

"那朱艳艳的准考证呢？"又有人不解道，"段黎明是当时的负责人，这可没半点假。"

"这就更好解释了。"钟宁继续分析道，"学艺术的，出路就那么几条，最优选是进演艺圈或者去学校当老师，但朱艳艳这类艺校毕业生，明显不够格，机会也不大；第二条路就是考进大单位的文工团，也算端个铁饭碗。星港市烟草局的福利相对不错，每年星港都有不少艺术类应届毕业生会去试试，段黎明担任副总近二十年，面试过的考生数不胜数。如果这也算是疑点，那星港八成以上的艺术类学生都有嫌疑。何况当初调查段黎明的亲密关系时没有出现过朱艳艳的名字，所以这并不能算什么证据。"

"是这么个道理。"众人再次被钟宁说服。

吴斌又问道："彭大毛案发时，邓丽娟在黄花镇跑场，没有作案时间啊。"

钟宁目光迥然："我怀疑那天晚上有人冒充她演出，要不然不会刘二全说亲眼看她开车离开，刘顺利又说看见她在现场表演。"

"你是说，刘二全说的是真话，刘顺利是认错人了？"

"这只是一种推断，但并非不可能。"钟宁点头，"天色已暗，况且跑场演员浓妆艳抹，要刻意冒充也并不费劲。"

肖敏才摸着下巴："照这个方向推断，邓丽娟这个身份，也可能是在她们几人的帮助下篡改的，只是我们暂时还没有找到关键信息核实。"

赵亚楠思忖两秒，接话道："她们故意吐露的细节，有可能是陈小娟身上真正发生过的，只是如今陈小娟变成了邓丽娟，所以她们不怕我们知道这些细节。”

“对。”钟宁点头同意，“撒谎的最高境界，就是虚实结合。”

张一明在一边插嘴道：“那么新的问题来了，我们怎么才能证明邓丽娟就是陈小娟？”

钟宁胸有成竹地点了点盛展鹏的病例道：“除了指纹，我们还有一个能准确验证邓丽娟就是陈小娟的方法。”

“捐肝手术！”赵亚楠眼神一亮，正要说下去，手机响了起来。她拿起手机一看，脸色突变，示意众人安静，接起电话，“许厅，我是赵亚楠。”

许厅？钟宁心中一惊。

06

来电的正是省公安厅许厅长，赵亚楠低声对着电话嗯嗯嗯了几次，又简略交代了目前的案情状况，示意张一明将相关资料通过警用PDA传到许厅那边。

钟宁看着赵亚楠的神情逐渐严肃，心里一个咯噔。谁有足够的能量惊动许厅，越过生病住院的张副局长，直接找赵亚楠？

是袁明珠！

袁明珠是星港著名企业家，纳税大户，即便是蒋翠花，那也解决了几千人的就业问题。没有实证，仅凭钟宁的推测，上头肯定还是要以稳定为主、大局为重。

挂断电话，赵亚楠沉默良久，平复着情绪。众人也不敢说话，大家都能猜到这是上头施压了，至于是勒令专案组赶快破案，还是警告大家不要没有证据就胡来，就不得而知了。或许两者兼而有之。

因为人多，钟宁也没问什么，倒是一旁的张一明陷入了沉思。此时一个侦察员跑进来，冲赵亚楠敬了一个礼："赵队，朱艳艳的手机开机了，我们查到了她的位置。"

赵亚楠不敢耽搁，赶紧安排道："吴斌，你马上带人去把朱艳艳带回局里；小赵，你那边做好准备，人带到就开始讯问；小李，你继续去查乐天宾馆周边的监控，务必找到疑犯面部照片！"

"是！"众人领命而出。办公室内很快就只剩下四个人了。

风刮得更大了，狠狠抽打着办公室的窗户，发出一阵阵哀号。张一明停止了沉思，问道："我爸怎么没来？许厅即便要施压，也应该是找我爸呀。"

肖敏才瞟了钟宁和赵亚楠一眼，赶紧接话道："你爸在负责元旦晚会的安保问题。"

"看来那边确实挺忙的。"张一明没发觉异样，低头接着看资料。

钟宁低声问赵亚楠："施压了？"

赵亚楠耸耸肩，道："咱们该怎么办还怎么办，袁明珠和蒋翠花的投诉更加印证了你的推测。"

张一明连连点头："我觉得宁哥刚才分析得有道理，就是一群女人帮着一个有心理问题的疯子杀人。"

肖敏才也点头同意。

可张一明的那句话，却再一次让钟宁脑子一炸。他重新理清了思路，说道："虽然不知道指纹为什么不匹配，但我可以确定，邓丽娟就是陈小娟，这一点不会有错。但我也没有全对……"他摇摇头。

几人疑惑不解，钟宁接着说："如果袁明珠、蒋翠花几人都是帮凶，那么她们此前的证词就做不得数。如果陈小娟的钟情妄想症根本不存在，那么她的杀人动机也就不成立了，我根据错误的线索，推断出了错误的作案动机。”钟宁叹了口气。

张一明接口道：“但她们确实隐瞒了实情。”

赵亚楠看了看时间，道：“或许找到了朱艳艳，我们就会有新的线索。”

“虽然钟情妄想可能是假的，但我还是担心邓丽娟会对曾星动手。”钟宁也看了看时间，“如果我们不赶紧破案，在曾星出国前，我担心会再出事端。”

“这个暂时不用担心。”赵亚楠点开手机中一个链接，“这是今天的新闻，曾星和他的搭档拒绝了英国皇家芭蕾舞团的邀约，他们暂时不会出国了。”

“那我们可以喘口气了？”张一明咧嘴一乐，“今天可把我给忙死了。”

“喘不了气。”赵亚楠摇头，“李红兵仍然杳无音信，钟宁的所有推测现在都没有证据支撑，上面施压，我们也不能再贸然上门，那样只会打草惊蛇。”

张一明一脸无奈，一边翻资料一边感叹道：“还真别说，陈小娟对待朋友真好，袁明珠和盛宏图都没给自己儿子捐肝，怎么就轮到她了，她这是在演郭德纲的《托妻献子》呢？哦……袁明珠配型没配上啊，那盛宏图呢……”

“好了，别扯这些了。”赵亚楠起身道，“我先安排一下任务。”

“好。”张一明把手中的资料重重一拍，“我们把这个‘捐肝侠’给揪出来！”

“你刚才说什么？”张一明这句无心之言，让钟宁又是一震。

“捐肝侠啊……”张一明一愣，“陈小娟不是捐肝了吗？”

“上一句！”

“托妻献子，郭德纲的相声……”张一明诧异，“这里不是写着嘛，袁明珠配型没配上，盛宏图……”

钟宁脸色一喜，跳起来重重拍了拍张一明的肩膀，说道：“张一明，你做我的搭档可真是太合适了！”

张一明的肩膀被拍得生疼，更蒙了：“你在说什么啊？”

钟宁再次答非所问：“你还记得我整天抱着的那堆旧卷宗吗？”

“记得啊。”张一明点头。

“有个头孢就酒自杀的案子，你还记得吗？”钟宁猛地一握拳，“我知道她们真正的动机了！”

“什么?！”三人齐齐惊声。

没时间详细解释，钟宁冲张一明道：“你去所里把那叠旧案卷宗拿过来，我们就有足够理由强制传唤这几个人了！”

张一明又是一愣，此时，吴斌推门而入：“不用了，袁明珠自己跑局里来了。她点名要见你们两个。”他指了指赵亚楠和钟宁。

第十三章 陌生人

“你们的意思是，你们三个是陌生人？”

“对，陌生人，我们是陌生人。”

三人几乎同时点头。

01

以邓丽娟对袁明珠的了解，她要洗脱嫌疑的第一步，应该是先去找那两个警察说明情况。

已是晚上十点半，几个女人和邓丽娟分开后，在黑夜的掩护下，各自奔向该去的地方，只剩下满天飞雪涌向人间，陪伴着邓丽娟和这辆破面包车赶路。

对了，还有李红兵。

邓丽娟从后视镜中瞄了一眼后备厢的方向，冷笑一声。她原本是不打算开这辆破面包车的，但袁明珠说自己那辆厢货车太显眼，很容易被警察盯上，所以帮她弄来了这辆破面包车。

邓丽娟点上分别时夏新梅扔给她的烟，深吸了一口，感觉到脸上一阵阵刺痛。她其实有些后悔向李红兵泼硫酸了，现在连累了这么大一群人。

“人啊，都有一条命管着。命就是一个箩筐，你出生就是落在这箩筐里，怎么蹦跶都蹦跶不出去！”她再次想起了肖爷爷的话，心中涌出阵阵哀伤。

在风雪夜中赶路，她的心被一种莫名的情绪萦绕，哼唱起了她自己都不记得什么时候学会的戏曲《牌楼坊》中的唱段：“早年间我的亲娘，命苦无依，妯娌排挤，好生悲惨……”

面包车已经开到了剧场路最后一个红绿灯前，不远处的星剧场三个字在雪夜中熠熠生辉。

“……她且不知，这一世，扬名立万呀……”

唱完最后一句，邓丽娟的面包车如海面上摇曳的扁舟一般，驶到了星剧场门口。

风把剧场门口挂的巨幅海报吹得噼啪作响，海报是新换上的，是女首席苏盼的单人剧照，芭蕾舞服和风火轮的搭配有一种文化碰撞的奇异美感。

邓丽娟抬腿下车，走进剧场。在这样的风雪夜里，在经历了这几天的起起落落后，她真想最后一次，光明正大地在这里看一场演出。

然而夜太深了，今天的演出早已结束，大堂里只有几个清洁工在做最后的收尾工作。这空空荡荡的剧院令她心里空落落的，想走又不甘心，想留又没意义。正踟蹰间，吸烟室传出几个人的争吵声。她循声望去，吸烟室的门半掩着，里面站着四个人，当中就有曾星和苏盼，两人都还没有卸妆，苏盼的手里夹着半支香烟，另外两人看起来是一对老年夫妻。

邓丽娟垫起脚往那边轻声走了两步，就听曾星抱怨道：“这真的是一次可以改变命运的机会，苏老师，易老师，我只能请你们来劝劝小盼了。”

“还是为去英国的事情吗？”邓丽娟眉头一皱，躲到墙边，细细听着。

“我说了不去。”苏盼掐掉烟，皱眉说，“爸，妈，你们不要再劝我了。”

“你这脾气怎么这么倔呢？这机会一辈子也难有一次啊！”老头又看看桌上的啤酒，不满道，“让你戒烟戒酒，就是不听。对身体不好。”

老太太也跟着附和道：“对呀，小盼，听话。”

“小盼，我答应你，等我们安顿好了，就接二老过去。”

“说了不去就是不去……”苏盼态度坚决，“这里有什么不好的？我就是要在这里干出一番事业来，让抛弃我的人看到！”

“你对我好，我一辈子记得，你对我不好，我也一辈子记得！曾星，你别把我的家人扯进来好吗？”她扭头看向那对老夫妻，“爸妈，你们不要劝我了，你们知道我的脾气，我是不会改主意的。”

“唉……”老头无可奈何，不再说话。

老太太也只能叹气道：“小曾，要不你一个人去吧，我们也不想你被我家小盼拖累，浪费了这么好的机会。”

苏盼说道：“你想去就自己去呗，我又没拦着你。我告诉你，除非星剧场没了，不然我是不会跟你去英国的。”

曾星脸上顿时窘得通红，结结巴巴道：“你……你这话说的，我……我是那种人吗……”

听到这里，邓丽娟冷笑了一声，没有兴趣接着往下听，转身走出剧场，回到了面包车上。

“曾星，不管你是不是这种人，明天过后，你都不用再为难了。你不选，我来帮你选！”

她最后看了一眼那扇自己从来没有光明正大走进去过的大门，终于一脚油门疾驰而去。

面包车兜兜转转边开边找，最终在一家正准备关门的超市旁停了下来。

下了车，邓丽娟拦住了正准备拉铁闸门的老板，开口问道："有煤气罐吗？"

"有啊。"老板揉着眼点了点头，"这大雪天的，在家煮个火锅，多带劲。"

"行。"邓丽娟没有废话，"我要十二个……"

02

袁明珠是一个人来的，没有带秘书，也没有带律师。赵亚楠把她安排在了总队的接待室里。

两人推门进去，这个白天还十分强势的女人立刻露出一脸笑意，主动伸手道："不好意思，钟警官，赵警官，这么晚了还打扰你们。"

赵亚楠抬手请袁明珠坐下："袁总这么晚来找我们，是为了……"

"哦，主要是想反映一个情况。"袁明珠坐了下来，"实在不好意思，早上太忙，有件事我给忘了。"

"什么事情？"钟宁眯了眯眼。

袁明珠歉意一笑："是关于陈小娟的。早上我记错了，我以为我是从二〇〇八年起就没见过陈小娟了，开完会以后我又仔细想了想，其实我们二〇〇九年还见过面。"

赵亚楠看了钟宁一眼。

钟宁的感受和赵亚楠一样。袁明珠早上盛气凌人的态度，下午又向许厅施压，此时却自己找上门来，精明如她，葫芦里卖的是什么药？

钟宁问道："那二〇〇九年，陈小娟也在你店里打工吗？"

“不是，不是。”袁明珠连连摆手，从随身的包包中取出一个小本子，放到两人面前的桌子上，“是我儿子的事情。”

“你儿子的事情？”钟宁眉头一皱，看了一眼小本子，心头咯噔一声——居然是盛展鹏的病历本。

袁明珠点了点头，叹气道：“我儿子那年急性肝衰竭，刚好小娟配型给配上了，她就帮了我一个忙……”

“哦？”赵亚楠翻开病历本，跟张一明从医院复印过来的一模一样，袁明珠并没有作假。

赵亚楠刚想说话，钟宁已经笑道：“这么重要的事情，袁总居然忘了，看来记性很不好啊。”

“哎呀，老了，老了。”袁明珠摊手，“当初我还给了她五十万感谢费呢！你说说，连这我都给忘了。”

“五十万？”钟宁嘴里回了一句，心中已经肯定了袁明珠此行的目的——故意向警方透露新的线索。

袁明珠点头：“这五十万是感谢也是补偿吧，毕竟她伤了身体。当年的五十万可不是小数目，也算公平合理，互不相欠。”

钟宁问道：“邓丽娟拿了这五十万干吗去了，袁总知道吗？”

“不知道。”袁明珠摇了摇头，又忽然想起什么来，赶紧道，“我听她提过一句，好像是和朋友合伙做什么生意吧。”

赵亚楠听出端倪，继续追问道：“开足疗店？”

“具体我真不知道了。”袁明珠又在包里翻出一张照片，“我下午翻箱倒柜地找，居然还真找出来一张照片。”她把那张有些破旧的照片放在了桌上。

钟宁看着照片，神色一冷——照片里是两个穿着工服的女人站在半人多高的写真喷绘机前工作，边上的机器还在运转，左边的女人是袁明珠，那右边……

袁明珠指了指右边的女人道：“这个就是小娟整容以后的样子。”

照片右边的女人，和邓丽娟并不相像。

袁明珠接着讲述起来：“当时她刚整好不久，心情还挺不错的，专门和我拍了照片。你们看，这边脸还有一点点肿胀。”

两人定睛看了看——女人的右脸确实有点肿，笑得也不太自然。

沉默了两秒，钟宁继续追问：“你知道她在哪家医院做的整容手术吗？”

“我想想啊。”袁明珠回想片刻后说道，“华雅吧？好像是星港的华雅整形，你们可以去查查。”

“行，我们马上去查。”钟宁给了赵亚楠一个眼色。

袁明珠话已说尽，起身道：“该补充的我也补充了，也尽到了守法公民的义务，你们没什么其他的问题，我就告辞了。这张照片就留给你们查案用吧，我不需要了。”

“袁总别着急。”赵亚楠指了指钟宁，“钟警官还有一件事想跟你打听一下。”

“什么？”袁明珠一愣。

钟宁抬手示意袁明珠重新坐下，问道：“袁总听说过‘渣男杀手’吗？”

“什么杀手？”袁明珠摇头道，“我没听说过。”

“渣男杀手。”钟宁笑了笑，“最近各大报纸头版头条都在报道。”

袁明珠仍旧摇头道：“我不怎么看报纸。”

钟宁掏出手机，随手找出上午看的袁明珠的视频点开，她铿锵有力的声音传了出来：“……我今天看到报纸上的一篇社论，题目是《今年是未来十年最好的一年》。当下，这种悲观的论调很多，但我觉得我们还是要乐观……”

“袁总真的不看报纸吗？”钟宁反问。

袁明珠沉着笑道：“我通常只看财经类新闻，不怎么关注其他内容。”

“这篇名为《今年是未来十年最好的一年》的社论，袁总是在晨报上看的吧？”钟宁把办公报架上的《星港晨报》放到桌上——头版头条正是标题为《今年是未来十年最好的一年》的社论。

袁明珠一顿，不过很快点头道：“是……是晨报。”

“看来袁总不光记忆力不行，视力也不太好啊！”钟宁摊开折住报纸的另一半——就在社论的侧方，有一个醒目的红色标题：《“渣男杀手”重现江湖》，边上还配了一张打着马赛克的男人脸庞，十分醒目。

钟宁站起身来，狠狠盯住袁明珠：“这么显眼，袁总没看见？”

“我……”袁明珠一时语塞，但很快反应过来，“好吧，我承认，演讲稿是我的秘书写的。”

圆得合情合理，但钟宁注意到，袁明珠一直平静的眼神里，出现了一丝裂缝。

03

一个谎言往往需要无数个谎言来掩盖。

袁明珠能成就这么大的商业帝国，心理素质强大是毋庸置疑的，钟宁一直想找到突破她心理防线的方式。如他所料，袁明珠不承认自己知道“渣男杀手”。

钟宁没有揪着这个问题不放，而是问道：“那么，袁总还记得盛宏图吗？”

这话一出，赵亚楠瞬间明白了他的意图。

果然，袁明珠的嘴唇轻轻一抖：“钟警官何必明知故问？”

钟宁继续进攻：“我想问问袁总是如何夺回儿子抚养权的？毕竟，你有案底不是吗？”

儿子是袁明珠的死穴，钟宁就是故意戳她这个死穴。袁明珠有了明显的不悦，她压抑着情绪，低声道：“他破产了，法院就把孩子判给了我。”

“盛宏图是哪一年破产的，袁总知道吗？”

袁明珠神色冷淡：“不清楚。”

钟宁笑道：“我来告诉你，他是六年前破产的。”

袁明珠看了钟宁一眼：“钟警官，这跟我没有关系，和陈小娟的案子也没有关系吧。”

“可这和你儿子的抚养权有关系。”钟宁盯着袁明珠，“你四年前才拿回抚养权。这中间为什么有两年时间，你没有去争取抚养权？”

袁明珠的脸色苍白，但依旧冷静：“法院是二〇一二年才判的。”

“你恨他吗？”钟宁试图挑动对方的情绪，“你本来在学校有大好前途，却为了盛宏图辞职创业，吃尽苦头，发财后他却要跟你离婚，还抢你儿子，更是让你进了监狱……你恨他吗？”

“我……”

“你恨他吗？”

袁明珠怒极反笑：“钟警官，我不是圣人。”

钟宁步步紧逼：“袁总，我十分好奇，当年你只是和他打离婚官司争夺财产和抚养权，为什么会铤而走险伤人入狱？”

袁明珠的眼底浮上一层痛意，她淡淡一笑：“相信钟警官看过我的资料，就不用我再复述一遍了吧。”果然是个情绪自控力极强的人。

“袁总不介意的话，可否亲口复述一遍呢？”但钟宁还不肯放过她，他又强调，“这可能对陈小娟的案子有帮助。”

袁明珠没有中计，微微耸肩：“不过是一个可以共苦不能同甘的故事，相信钟警官每天都能看到不少相似的案例吧。也怪我那时年轻不经事，丈夫出轨就算了，还转移财产抢夺孩子，我没沉住气做出了蠢事。”

“真是遗憾。”钟宁笑笑。

“是很遗憾，但已经过去了。”很难想象袁明珠有过这样不堪的过往，强大如她，也难怪能够重建辉煌的事业。

钟宁又问道：“袁总出狱以后，有没有想过再去报复他？比如，杀了他？”

袁明珠一挑眉：“钟警官，请你注意分寸，你这话里有话，是在指控我杀人吗？希望你清楚，我有权投诉，也可以要求有律师在场。”

钟宁却对袁明珠身上的强大压迫感丝毫不怵：“那他怎么死了？”

袁明珠一愣：“你说什么？”

“我是问你……”钟宁改口道，“你为什么要杀了他？”

“钟警官！”袁明珠一脸的不可置信，愤怒道，“你这是诬告！”

“钟宁，你……”一旁的赵亚楠刚想出言阻止钟宁，张一明便推门而入，顾不得一脑袋的雪，把一叠厚厚的卷宗递给了钟宁，喘着粗气道：“宁哥，东西带来了。”

钟宁把卷宗扔到桌上：“袁总，麻烦你解释解释，你的前夫盛宏图是怎么死的？”

04

张一明带来的资料，正是前段时间钟宁在派出所看过的那个案子：死者盛宏图，几年前因为公司破产，在家中用烈酒就头孢，自杀身亡。

钟宁最初对这个案子感兴趣，是奇怪这人早就破产了，为什么过了两年才自杀，但一直没怎么注意过死者的名字，直到张一明提起陈小娟捐肝的事，他才想起，这人就是袁明珠的前夫。

此时，钟宁几人到了隔壁的会议室，把袁明珠一个人晾在接待室里。张一明把资料一张一张在办公桌上摊开，问道："宁哥，你觉得是袁明珠杀了盛宏图吗？可案发时她在德国参加订货会，没有作案时间啊。"

"她去哪里了不重要。"钟宁看了一眼门口，赵亚楠正在门外打电话。

张一明没搞明白，但他了解钟宁，便没有纠结在这个问题上，又问道："那她主动来说陈小娟捐肝的事，是什么企图？知道事情有漏洞，先甩锅？"

"对。"钟宁点头。

张一明唏嘘道："也是，夫妻大难临头还各自飞呢，别说这种姐妹关系了。那我们直接问邓丽娟是不是陈小娟，再把人一抓，不就完事了？"

钟宁摇头："袁明珠主动拿出了陈小娟的照片，说明事情没有那么简单。"说罢，他把照片递给张一明。

张一明接过一看，说道："还真和邓丽娟长得不一样啊。"

钟宁刚要答话，忽然看到张一明手里的一本杂志，问道："这是什么？”

张一明咧嘴一笑：“这是苏盼裸背上封面的那期《男人装》，我刚去派出所给你找资料，就一起带过来了。”

杂志封面正是星剧场的女首席苏盼的裸背艺术照，主题是宣扬女性独立、反对家暴。

说话间，一个年轻的警察小跑进门，为难道：“这袁明珠咋处理啊？她说不让她走就投诉我们。”

钟宁皱了皱眉，刚要说话，就被赵亚楠的声音打断了：“别放人！”

赵亚楠已经打完了电话，一脸兴奋地走进来，说道：“钟宁，许厅同意我们对袁明珠、蒋翠花、夏新梅、邓丽娟等人下达传唤令了。另外，我已经让肖队赶去华雅整形医院了，也给院方打过电话，让他们配合调查，相信很快就能查到陈小娟的整容记录。”

钟宁点点头。有了传唤令，就能拘留他们二十四个小时，他们要在此期间找出证据。

“那我负责传唤蒋翠花和夏新梅。”赵亚楠安排道，“你们去花园国际找邓丽娟。”

“是！”钟宁和张一明领命，刚推开门，就和吴斌撞了个满怀。钟宁纳闷道：“吴队，你不是去找朱艳艳了吗？”

吴斌一脸哭笑不得：“又有人点名要见你和赵队。”

“谁？”几人同时一愣。

“蒋翠花。”

“蒋翠花？”钟宁眉头一皱。

吴斌苦笑：“朱艳艳的具体位置已经确定了，我现在就出发。你们且忙着吧。”说完掉头就走了。

“这敢情好，大半夜的不睡觉，一个个都来投案自首了。”张一明一乐。

正要去会会蒋翠花，钟宁突然摇头，心中涌出一种怪异的感觉。她们的战线已经被瓦解了吗？还是说，这是什么新的战略？他看了看时间——现在已经凌晨一点半了。他的眉头皱得更紧了：“不对！不应该这么快来……”

这一提醒，赵亚楠瞬间惊觉，冲张一明道：“你赶紧去花园国际！”

与此同时，花园国际一栋三单元301号房间内。

邓丽娟终于放下了手中的望远镜。夜太深了，窗外一片漆黑，什么也看不分明。

“可惜了，这么好的剧场，再过几个小时就不存在了。”邓丽娟难过地摇了摇头，“唉，希望她们都能顺利洗脱嫌疑吧。”

邓丽娟看了看那瓶硫酸，把夏新梅还给她的余下的东西全都收进了黑色垃圾袋中，然后走到客厅，冲着神龛里的“崔府君”神像恭敬地拜了六拜，接着伸出双手，“咔嚓”一声，扣合在墙壁卡扣上的神龛被整个端了起来。

“保佑了我这么多年，今天终于可以休息了，现在给你换个地方安顿。”

邓丽娟小心翼翼地把神像肚子里的盒子和硫酸也放进垃圾袋中，再抱上神龛，依依不舍地回头看了一眼这个屋子，终于关上了门。

05

凌晨一点五十分。

“砰”的一声推门声，把接待室中正看着挂钟发呆的蒋翠花吓了一跳。

“哎呀，警察同志，你们终于来了！”看见钟宁和赵亚楠快步走进来，蒋翠花迫不及待地拍着自己的脑袋道，“真的不好意思，有个事情，我忘记跟你们说了。”

果然又是这一套。钟宁已经没什么耐心了，冷冷道：“是关于陈小娟的吗？”

蒋翠花一愣，瞪眼看着钟宁：“警察同志，你咋知道的？”

“直接说吧。”赵亚楠看了看时间。

蒋翠花道：“当年我坐牢的时候，娟姐给我妹妹出过学费。原本我觉得这个事情不重要，就没跟你们说了，但是吧，你们也知道，做我这种生意的，就怕惹上麻烦，所以我思前想后，还是决定说一下。”

“就这？”这可不够洗脱掉蒋翠花的嫌疑，钟宁问道，“还有什么要补充的，最好一次说完。”

蒋翠花想了想，又说：“我跟娟姐借过五十万开店。”

“五十万？”钟宁沉声问道，“那你知道她的钱是哪里来的吗？”

蒋翠花摇头：“这个我就没问了，是她自己主动提出来的，我也不好意思问。”

钟宁和赵亚楠对视一眼——几个人互相认识的事情，看来她们是打算一瞒到底了。钟宁指了指自己的脸，问道：“那你知道陈小娟整过容吗？”

“说到这个……”蒋翠花忽然神秘兮兮道，“我还有个事情，不知道你们有没有兴趣听。”

钟宁不动声色：“你说。”

蒋翠花压低了声音：“几年前有一天，娟姐忽然给我打电话问我要钱，而且一下连本带利全部要了回去，我还奇怪呢，在电话里问她怎么忽然要这么多钱。”

“电话里？”

“对啊，电话里，我们没有见面嘛。”蒋翠花声音更小了，像是怕有人偷听一般，“她让我把钱汇过去，说她那脸要弄一下。”

所以陈小娟的脸动了不止一次，才成变成如今的邓丽娟。钟宁问道：“那是什么时候的事情？”

蒋翠花想了想，道：“三年前。”

赵亚楠沉凝道：“也就是说，她再次整容以后，你就没见过她了？”

“没有，没有。”蒋翠花赶紧摆手道，“我估计呀，娟姐是去外国整容了！”

“外国？”赵亚楠看向钟宁——如果真是这样，那根本查无可查。

蒋翠花点头：“对啊。她以前不是整过吗？这次应该是修复吧，要那么多钱，肯定是去国外了，不是日本就是韩国。”

钟宁点头笑笑：“有可能。”

话说完了，蒋翠花如释重负道：“该补充的我都说完了，这么晚了，我就先走了。”

“不着急。”钟宁指了指门外，随口道，“你妹妹呢，没跟你一起来？”

“这大半夜的，不耽误她休息。”蒋翠花摊手道，“再说了，这事情跟她没啥关系，她没有必要跟我一起来吧？”

钟宁笑笑：“你是不是为了你妹妹才来星港打工的？”

蒋翠花一愣，随即点头承认：“不怕你笑话，当年我们那地方穷啊，一般人家里的孩子也就读到初中，更加不要说是两个女孩子了。但是我妹成绩好，年年考第一，家里没钱供，那我这个当姐姐的总得出点力。”

一旁的赵亚楠接话道：“你爸妈不管？”

“他们管啥呀，他们还老惦记着把我妹送人呢！”蒋翠花呵呵一笑。

钟宁夸赞道：“你是个好姐姐。”

“都是应该的。”蒋翠花满足一笑，“还好她争气。”

“星港大学的研究生，是挺不错的。”钟宁话锋突然一转道，“你恨当年猥亵你的那个人吗？”

蒋翠花脸上的笑容骤失，挥手道：“这都多少年了，不提这事了。”说着起身就准备离开。

钟宁高声道：“当年你根本没有吸毒，对吗？”

蒋翠花猛然站住，回头看向钟宁，神色复杂。

钟宁盯着蒋翠花的双眼：“你确实是被人猥亵了，但你的老板李明阳怕得罪客人，就让你背锅了，对吧？毕竟欺负你一个农村出来的小姑娘容易得多。所以，你才要去找李明阳报仇，对吗？”

蒋翠花没有说话，也没有动。

钟宁又说了一遍：“是他们给你下套，冤枉你吸毒的，对吗？”

蒋翠花浑身颤抖着，沉默良久，终于还是说道：“是不是被冤枉，已经不重要了。”

钟宁问：“你找你的老板报仇，也给自己带来了牢狱之灾。可你怎么就轻易放过了那个猥亵你的人呢？”

“我没有看清楚他的长相。”蒋翠花沉默半晌才说道，她的情绪有些绷不住了，眼眶微微湿润，“我只记得那天灯光很暗，那男的是个一身酒味的胖子。”

钟宁忽然扔出一张段黎明的照片来：“是他吗？”

蒋翠花浑身一怔，猛地清醒过来，意识到自己被钟宁牵着走了，赶紧摇头道："不……不是。"

"他也是个胖子，还喜欢光顾洗浴城。"钟宁掌控着对话的节奏，"你不是说你没看清吗？这么确定不是他？"

蒋翠花摇头，不自觉提高了声调："我确实没看清！"

钟宁再次扔出一份资料："二〇一二年五月初，你在洋湖别墅附近开了一家新店，这个人在不久后就死在了洋湖别墅。你能不能告诉我，这是不是巧合？"

"我，我都不认识他，他死在哪里跟我有什么关系……"蒋翠花有些结巴起来，"我开了洋湖别墅的新店后不久就去了贵州，不在星港。"

"贵州？"

蒋翠花解释道："对，我去了老干妈的企业参观活动，是省妇联组织的，你们可以查到。"

"我们已经查了，你确实是在贵州。"钟宁淡淡回道，"但人依旧是你杀的。"

"你血口喷人！"蒋翠花激动地站了起来，脸上涨得通红，"你们冤枉好人！"

钟宁暗叹，蒋翠花到底不是袁明珠，没有那么沉得住气。他说："先别急着喊冤，我还没说完……"

话还没说完，就被电话铃声打断，见是张一明打来的，钟宁也不回避蒋翠花，立刻接通了电话："说！"

"片区刑警说邓丽娟不见了，屋内没有灯光，敲门也没有人应。"张一明焦急道，"我现在还在路上，还要十分钟左右才能到花园国际。宁哥，现在咋办？"

赵亚楠也听到了电话里传来的声音，猛地一捶桌子，对电话那头喊道："破门！"

她第一次把愤怒写在了脸上，像一只凶狠的老虎一般，俯过身去，盯住蒋翠花的眼睛："告诉我，邓丽娟去了哪里？"

06

那辆小小的破面包车此刻来到了黄花镇。

已是凌晨两点半，前方漆黑一片，雪花在近光灯的照射下精灵一般跳跃舞动着。十二个小型煤气罐堆放在面包车后，把车里塞得满满当当。

面包车再往前开，就是刘二妹老人的家了。邓丽娟把车停在路边，旁边是一栋两层小楼，门牌上挂着一个"副食烟酒鞭炮批发"的招牌。

煤气罐已经买了，她怕威力不够，还得准备点土炸药。她的老家本就是全国有名的鞭炮之乡，镇上到处都是鞭炮小作坊，她打小跟着肖爷爷跑场唱戏，很多贫苦人家葬礼上的鞭炮都是手工做的，她也因此小小年纪就学会了制作爆竹，再大一点，甚至都能帮村里那些调皮的男孩做炸鱼用的土炸药。邓丽娟想，土炸药配上煤气罐，这威力总够了吧。

虽然现在是凌晨两点半的寒冬雪夜，但她这也算大生意了，相信不会被已经关门睡觉的老板拒绝。邓丽娟推门下车，此时后备厢中传来一阵声响，看来是李红兵醒了。

邓丽娟打开了后备厢。

"呜呜……"编织袋里的李红兵已经清醒过来，正手脚并用地挣扎着，见到邓丽娟，惊恐地瞪着她。

邓丽娟拿起工具箱中的扳手，一手扯开李红兵嘴里的破毛巾，重新拢了拢，刚要往回塞，李红兵挣扎得更激烈了："你是泼硫酸的那个疯女人！你和朱艳艳是一伙的！"

"对，我是疯子。"邓丽娟打断了李红兵的话，"记住我这个疯子的脸，别死了变鬼都不知道该找谁报仇。"

"你要干吗？"李红兵害怕起来。

"砰"的一声闷响，邓丽娟用扳手敲在了李红兵的后脑勺处，男人歪下头晕了过去。

邓丽娟重新给他的嘴里塞好毛巾，系上袋子，合上后备厢的门，然后走到小楼前，敲了两下卷闸门。

隔了好久，里面终于亮起了灯，一个穿着棉睡衣的女人打开了边上的小门，看到邓丽娟，揉着眼睛道："是娟姐哦，我以为谁呢。"

"辛苦了，这么晚还打扰你。"

"别客气，娟姐，你是贵宾嘛。"女人把邓丽娟请进房内，"红喜事白喜事？要些啥货？"

"桶炮有吗？"邓丽娟环顾四周，"我要挺多的……另外，我还要个电子秤。"

"都有都有。"老板娘见真是来了大生意，高兴得合不拢嘴，"你要多少，报个数，我去仓库拿，只要五分钟！"

凌晨两点五十五分。

钟宁抬眼看着墙上的挂钟，"嘀嗒"的声音让他一阵心烦意乱——接待室里的蒋翠花没有说陈小娟去了哪里，更没有承认自己杀了段黎明。她拒绝回答任何问题，只是捂着脸呜呜哭，像是遭受了巨大的委屈。

钟宁转头看着窗外的大雪，陷入思考——袁明珠出现的时候，他以为是她们的同盟瓦解了。但蒋翠花的到来告诉他，她们有其他的目的。她们算计好了时间差，一前一后来到警局，点名要见钟宁和赵亚楠，明显是为了帮邓丽娟拖延时间。直到张一明传来邓丽娟失踪的消息，钟宁确信了自己的推断。

还是小瞧了这群女人。

如果邓丽娟只是单纯逃匿，找到她或许只是时间问题，可她手里还有一个李红兵，甚至，钟宁始终觉得曾星会有危险。

此时，一个小警察推开门，一脸沮丧道："宁哥，蒋翠花还是强调自己几年没有见过陈小娟了。"

"袁明珠呢？"

小警察尴尬一笑："不但没说，还一直威胁要投诉我们。"

钟宁道："现在有了传唤令，把她们都带到讯问室，让她们见个面。"

"是！"小警察小跑而出，赵亚楠推门进来了。

"追踪到手机信号了吗？"钟宁赶紧问。

"没有，我怀疑邓丽娟已经处理了手机。"赵亚楠神色严峻地打开了警用 PDA，"肖队那边查到了陈小娟的整容信息……"

照片点开的瞬间，钟宁苦笑一声——确实和现在的邓丽娟不怎么相像，但和袁明珠提供的那张照片里的女人一模一样。

"袁明珠确实没有说谎，这是陈小娟。"赵亚楠点开了另外一张照片。

钟宁眯起了眼睛——这是陈小娟整容之前的照片，是被泼酒精后烧毁的脸，从额头到人中的一条疤痕也十分醒目。

"二〇〇七年三月？"钟宁皱眉算了算。出狱三年，整容成功。

“如果邓丽娟真的是陈小娟，那她至少做了两次全脸整容。”赵亚楠愁眉紧锁，她再次点开另一份资料，“我刚才排查了出入境资料，没有符合陈小娟相关讯息的人的出国记录。”

“邓丽娟呢？”

赵亚楠指了指屏幕道：“相同名字的倒是有三个，但年龄都不符合。如果她真的有第二次整容，应该也是在国内，我已经让肖队先去排查星港的整形医院了。”

“邓丽娟这身份到底是哪里来的？”钟宁的牙齿咬得咯咯作响。陈小娟可不是弄了一张假身份证那么简单，她是整个档案生平记录全部变成了邓丽娟，甚至连指纹都不同。这一点钟宁无论如何也想不通。

“嗡”的一声，手机振动，张一明发来了邓丽娟家里的现场照片。

把图片放大，钟宁狠狠握了握拳——除了早就被发现的曾星剪报以外，黑色垃圾袋里还多了一个望远镜，这也就意味着，上一次邓丽娟确实是提前知晓了警方的调查，并且做了应对措施！

卧室的桌子上有一张名片大小的纸片，名字位置有个黑色的破洞，上面依稀可见一个“聪”字，让赵亚楠浑身一震：“秦世聪！”

“看来邓丽娟打算鱼死网破了！”钟宁猛捶了一下桌面。

这群女人先引导警察调查关于陈小娟的过往，再来洗脱各自的嫌疑，最后还帮邓丽娟拖延时间！一箭三雕，真是厉害。

钟宁还在飞快思考着，张一明打来电话，焦急问道：“宁哥，照片看到了吗？名片上的味道很刺鼻，像是被硫酸腐蚀过！”

钟宁瞬间想到了曾星：“曾星和星剧场怎么样了？”

隔了两秒，张一明回道：“这么晚了，已经熄灯了。”

“带人全面排查星剧场，保护好曾星。”钟宁交代。

“是！”张一明应声，挂断了电话。

“我立刻派人去支援。”赵亚楠不敢怠慢，赶紧出门安排人手。

屋内只剩下钟宁沉浸在寂静中，他此刻需要的，是灵光乍现。就在脑中不断分析着各种可能时，他看到了那本张一明带过来的《男人装》，随手翻开来，内文第一页不是苏盼，而是曾星的艺术照，赤裸上身，桀骜不驯，标题甚是夸张：《浴火中走出的舞者——星剧场的生与死》。

扫了一遍内文，钟宁有些失望——内容平平无奇，无非就是讲曾星的创业史，最艰难的经历是星剧场开张不到一年的时候，因为前身花鼓剧院线路老化，引发了一场火灾，人没事，但剧场被烧了一大半，最后在某位慈善家的资助下，修葺一新，重新开张。

再翻一页，就是张一明心心念念的苏盼的那张裸背照片，海报上女舞者看起来十分孤傲，后背上有一只小鹿图案的文身。标题依旧耸动：《“东方小鹿”的崛起与倔强——要给所有看不起自己的人一记响亮的耳光》。

内容仍然平平无奇，主要介绍了“东方小鹿”这个昵称的由来，以及她是如何通过芭蕾舞剧《哪吒》被英国皇家芭蕾舞团看中的台前幕后的故事。

合上杂志，钟宁的脑袋里依旧一片混乱。看了一眼时间，已近凌晨四点，如果自己的推理没有出错，那么朱艳艳和夏新梅应该就快“登场”了。

就在此时，赵亚楠推门而入：“钟宁，吴队找到了朱艳艳，马上就带过来。还有……”

钟宁心想，果然如他所料，问道：“又来了一个？”

“对。”赵亚楠并不意外钟宁猜到了，点头道，“也是指名要见我们。”

钟宁冷冷一笑：“既然她们都喜欢伪装，那就先剥掉她们身上的兔皮，让她们露出狼的本相。”

这注定是一个无眠的夜晚。

07

来人是夏新梅。

已经凌晨四点多，整座城市都还在沉睡，唯独市局依旧灯火通明，忙碌异常。

夏新梅坐在冰冷的椅子上，一脸焦急地对警察抱怨道：“警官，你们领导怎么还没来啊，我等了好久了。”

“来了。”说话间，钟宁和赵亚楠已经推门进来，座位上的警察见来人后便起身离开，空出座位让两人落座。

夏新梅仔细看着钟宁和赵亚楠，认了出来：“我是不是在店里见过你们？你们是领导吗？”

“对。”赵亚楠问道，“你有什么线索要提供给我们？”

夏新梅点头说道：“我要举报一个人，就是这个人杀了彭大毛！”

钟宁没有接话，只是盯着面前沧桑的老妇人——对待不同的人，要用不同的方式。夏新梅想让他急，他就越要冷静。

“警官，你们怎么看上去不关心这个？”许久没有听见预想中的问话，夏新梅有些沉不住气了，加重语气道，“我说，我知道是谁杀了彭大毛！”

“陈小娟吗？”终于，钟宁开口了。

夏新梅瞪大了眼睛：“你们知道了？”

钟宁一脸的云淡风轻："你怎么知道的？"

夏新梅道："下午她来我店里找我了，看上去很着急，我问她什么事情，她一个劲儿说出事了出事了，但又没说出了什么事情，只是问我借了点钱，说要去一趟黄花镇。"

钟宁继续问道："你怎么知道她杀了彭大毛？"

"哎呀！彭大毛是她带到我的旅馆来住的嘛！"夏新梅一脸懊恼，"当时她说彭大毛是她的老乡，让我帮着照顾，我以前欠过她人情嘛，就答应了。警官，你们赶紧去抓人啊！她真的跟我说去黄花镇了！"

钟宁看了一眼赵亚楠，笑道："不着急，已经安排人去了。"

"那就好，那就好。"夏新梅拍了拍胸口，似乎是放心下来。

一旁的赵亚楠接话道："陈小娟下午去你店里借钱，你怎么凌晨四点才来找我们？彭大毛是陈小娟带去的，你之前怎么不告诉我们？"

夏新梅撇撇嘴："哎呀，人老了，就是瞻前顾后的，她对我有恩情，我也不想出卖她，可是这夜里翻来覆去地睡不着，想想还是得来一趟，配合警方工作，我这心里才踏实嘛。"

钟宁问道："陈小娟什么时候带彭大毛去你的旅馆的？"

"三个月前吧，中间她一直没有来过，我还以为他们不是很熟呢。"夏新梅回忆了几秒，压低了声音道，"前段时间，小娟忽然来我这里东拉西扯，还说要在我这儿上会儿网，我那网速根本不行，让她去网吧，她说她没钱，后来又跑彭大毛屋里去了，两个人好像吵了几句，然后小娟急匆匆地走了，还拿走了我的一双鞋子。"

所有细节都编排到位，漏洞都补上了，很厉害嘛。钟宁面无表情地问："再后来呢？"

"再后来彭大毛就死了啊！"夏新梅一脸懊恼，"我开始也没想到彭大毛是小娟杀的，直到今天我看她那个样子才感觉不对劲。”

钟宁拿出了邓丽娟的照片，放到夏新梅眼前：“是她吗？”

“是她，是她，就是她！”果然，夏新梅点头如捣蒜。

钟宁和赵亚楠对视了一眼——很好，终于有人承认，邓丽娟就是陈小娟！

不过，夏新梅很快瞄到了边上的名字，诧异道：“怎么她叫邓丽娟？她不是陈小娟吗？”

钟宁笑了笑：“她整过容，你不知道吗？”

“我知道啊，还整过两次。”夏新梅点头，“但我不知道她连名字都换了嘛。”

“她第二次整容是什么时候？”赵亚楠问。

夏新梅稍微回忆了几秒：“三四年前吧，那一次整完，我都不认识她了，还是她主动来找我借钱，我才知道她是小娟的。”

“又借钱？”

夏新梅赶紧摆手道：“就几千块，我估计她是整容把钱都用完了，找我应个急。毕竟她说她去了北京最好的私立整形医院，肯定花了不少钱。她那个时候刚刚找到工作，也需要钱租房子。”

赵亚楠看了看钟宁，钟宁问道：“她找了什么工作，你知道吗？”

夏新梅脱口而出道：“在星剧场打扫卫生。”

钟宁心里“咯噔”了一声：“那她有跟你说过她和曾星的关系吗？”

“曾星是谁？”夏新梅先是一愣，接着问道，“是不是那个跳舞的？”

“对。”赵亚楠找出了曾星的照片。

“说过，她说她喜欢上了一个跳舞的，还在电视台跟他一起跳过！”夏新梅一眼认出了曾星，连连点头道，“她说是人家主动让她去上班的，我一开始还觉得奇怪呢，怎么会真的让她去上班，结果就是打扫卫生。不过也对，小娟打小就跟她爷爷跑场子，喜欢跳舞，我估计她是喜欢那个氛围。”

陈小娟的一生，终于被全部串起来了。

夏新梅询问他们，自己是不是可以走了。

“我们聊聊别的。”钟宁合上了手中的记录本，抬头看向了夏新梅。

“聊什么？”夏新梅一愣。

“聊聊苗苗，可以吗？”钟宁字字清晰，“你的独生女，夏苗苗。”

夏新梅一僵：“为……为什么忽然要和我聊苗苗？”

钟宁没有回答问题，反问道：“我一直有个疑惑，当年她被人顶替了保研名额，你为什么伤害三名同学？”

夏新梅的身体本能地往后一缩，凳子在地上发出“吱”的一声尖叫，打断了钟宁的话：“不要提我女儿。”

“他们羞辱取笑你女儿，对吗？”钟宁不依不饶。

夏新梅苍老的脸皮颤抖起来：“不准提我女儿！”

钟宁加大了音量：“是那三名同学对她进行言语羞辱，她才会出现精神问题的，对吗？”

“对！”夏新梅一声哀号，心理防线终于被钟宁攻破。她狠狠盯着钟宁，撕心裂肺地吼道，“苗苗得到保研机会，他们眼红，污蔑苗苗不检点，勾引男导师。结果保研名额被取消了，他们又污蔑苗苗被导师抛弃了。三人成虎，在校园里，这样的谣言让苗苗怎么受得了？”

钟宁没想到夏新梅比前面两个女人更容易攻破，面对这个陷入痛苦的老人，他怔了怔，叹了口气：“但你不应该杀人。”

“我倒是想杀了他们。”夏新梅冷笑一声，“眼看着自己的女儿陷入每天过得疯狂，宛如惊弓之鸟，最后还放弃了生命，作为一个母亲，我只怪自己没能力杀了那几个刽子手。”

钟宁摇头：“我的意思是，你不应该出狱以后再去杀人。”

“什么？”夏新梅没听懂。

钟宁把一张秦世聪的照片拍到桌上：“你不应该杀了他。”

夏新梅看着照片，愣住了。

“眼熟吗？”钟宁指了指照片，“秦世聪当年同样就读于星港财经大学，是你女儿的同校同学。”

夏新梅浑身一哆嗦，不发一言。

“我们调查过他的人际关系，口碑很差，听说除了喜欢拈花惹草，还爱造谣生事。我在想……”钟宁盯着夏新梅，“我在想，他和你女儿的死是不是有某种联系？当年就是他教唆的那三名同学散播关于夏苗苗的谣言，是不是？你一开始不知道，所以当时伤人时并没有找上秦世聪！”

“没有，没有！”夏新梅终于回过神来，“我根本不认识他！”

钟宁冲着摄像头的方向瞄了一眼：“你不认识他，总认识这两个人吧？”

话音一落，赵亚楠带着两个女人走了进来。看到夏新梅，两个女人均是脸色一僵。

钟宁再次看向夏新梅：“你认识她们吗？”

“我……”夏新梅下意识低下了头，“我不认识。”

“袁明珠，蒋翠花……”钟宁扭头看向了门口的女人们，“你们认识她吗？”

“不认识。”两个女人异口同声道。

钟宁笑笑：“你们的意思是，你们三个是陌生人？”

“对，陌生人，我们是陌生人。”三人几乎同时点头。

钟宁嗤笑一声，起身环顾三人：“你们全在说谎……还有，陈小娟也早就不在黄花镇了，对吗？”

邓丽娟早就不在黄花镇了，从刘二妹家门口那条小路的岔道拐进去，再往前开不到二十分钟，就是青山公墓。

已经凌晨四点五十分了，原本一直黑透了的天空，透出了一抹朦胧的月光，映照到雪地上。邓丽娟的车就停在公墓的入口处，此刻，破面包车的周围已经散落了一堆拆下来的桶炮纸屑。

终于配好了足够的土炮，邓丽娟关闭了电子秤，伸了一个懒腰。多年未干这个了，手艺还是生疏了。

“还有两个小时……希望夏姐她们顺利吧。”

邓丽娟取下手套，猫腰下车，又从副驾驶上端起神龛，往公墓深处走去。

可能是因为有山的阻挡，与墓地外肆虐的狂风不同，此处的风吹得并不烈，像是调皮的孩子在轻轻摇曳着松柏，将积雪摇下来，发出沙沙的声响，宛如亡魂们的呢喃。

邓丽娟上了很多级台阶，再往前去，就是一片装饰华丽的墓区，入口处还放着两只石狮，看着气派非凡。

邓丽娟一路找寻，很快来到了一个没有标注名字的墓碑旁——这是她多年前就买下的墓地，今天终于要用上了。

她轻轻掀开合拢的大理石碑门，把手中的神龛放到地上。她没有点香，而是掏出手机，最后一次打开了里面的视频。

画面中，一男一女两名身穿芭蕾舞服的舞者，在舞台上跳跃着……

与此同时，墓园外另外一条岔道上，刑警二支队的两辆警车飞奔着与她擦肩而过……

第十四章 无声求援

雪光从石碑缝隙中漏过，

照在了神龛中“崔府君”身后的一个长条形木块上。

木块忽然“啪”的一声无风自倒，

像是给人重重地鞠了个躬。

01

这三个女人真是唱了一出好戏!

凌晨五点十分，袁明珠三人已经被带到了市局面积最大的一间讯问室。

钟宁心中翻江倒海着，不过脸上依旧面无表情，只是静静地盯着这三个女人，仿佛这样就可以把她们所有的伪装看穿。

袁明珠只说了一次要求见律师，便再不发一言；蒋翠花一直在旁骂骂咧咧地吵着要回去；夏新梅倒是可怜兮兮的模样，哭哭啼啼地要求回家。

终于，钟宁开口道："再给你们一次坦白从宽的机会，老实交代邓丽娟的去处以及她的真实身份，将来能争取宽大处理……"

"我说了她人在黄花镇啊！"夏新梅打断，"你们怎么不去查呢？"

"已经查了，她两个小时以前就离开了，你们在帮她拖延时间，她究竟要去做什么？"他环顾众人，声调提高了几分，"我明确告诉你们，如果她真是想去杀曾星，是不可能得手的。"

赵亚楠已经在星剧场增派了十多名刑警，根据元旦晚会的安排，再过一个多小时，曾星等人就会去国际会展中心进行最后一次预演，会展中心有武警维持治安，陈小娟更不可能有机会下手。

然而几人都对邓丽娟的身份各执一词，叽叽喳喳一顿嚷嚷，听得钟宁耐心尽失。他双手握拳重重地砸向桌面，看向袁明珠："袁明珠，你很聪明。盛宏图死的时候，你在德国。"

袁明珠依旧没说话。

钟宁冷笑一声，又看向了蒋翠花："段黎明一案，我一开始还以为陈小娟故意约了两个男人，利用时间差和一人不敢自爆陋行的心理，所以才成功杀了段黎明后逃脱，没想到啊……"

蒋翠花没有直视钟宁，嘴里不满道："我当时去了贵州啊！"

"对，你去了贵州，所以你也有不在场证明。"

钟宁笑笑，看向夏新梅："秦世聪被汽油烧死，我也以为是陈小娟利用大雪天气神不知鬼不觉地杀人逃匿，没想到我又错了。"

"我没有杀人，秦世聪不是我杀的，我也不认识他！"夏新梅略微有些慌张，"我当时还在医院化疗，根本不可能杀人！"

"对，所以你也有不在场证明。"钟宁自嘲一笑。自己一直以来真正忽略的，不是多了一只"兔子"，而是少了一个冤魂。真正厉害的也不是陈小娟，而是……

袁明珠终于按捺不住了，开口道："我已经再三解释过了，我和她们根本不认识。而且，你刚刚也说了，我们都有不在场证明，请你立刻放了我们。"

钟宁翻开一份资料，点了点上面用红圈圈出来的字眼："那你跟我解释解释这个！"

袁明珠一怔，闭上了嘴。

"怎么不说话了？"钟宁盯着袁明珠，"这是你前夫包养金丝雀的地方，对吗？”

这是一份购房合同，买主正是盛宏图，地址就在段黎明被勒死的洋湖别墅区。

“当年，盛宏图和你打离婚官司的时候，把你儿子藏起来不让你见，你四处寻找，最后终于找到并刺伤了他，事发地点正是在这个小区，不是吗？”

袁明珠终于有些慌了：“这……这能说明什么？”

“暂时还不能说明什么。”钟宁再次甩出一份资料，看向了蒋翠花，“蒋翠花，你开洗浴城之前，是不是在一家理发店当过店长？”

“我……”

钟宁没等她反驳：“理发店的地址就在岚山巷内，对吗？”

蒋翠花张了张嘴，什么话都说不出来。

“到你了！”钟宁又盯向夏新梅，“夏新梅，你是星港师范大学生物药剂专业毕业，后来成了生物老师，所以你应该懂一些药理学基础吧，比如说，头孢配烈酒会死人。”

夏新梅打了一个哆嗦：“这……很多人不都知道这个常识吗？”

钟宁没有理会这句苍白的反驳，环顾三人，说道：“你们都很聪明，为了各自能有不在场证明——选择了交换杀人！”他再次重重捶击桌面。

“轰”的一声，不知道何处忽然响起了礼炮的声响，把三个女人震得浑身一抖。

02

钟宁此前没有发现的冤魂，正是袁明珠的前夫盛宏图，真正厉害的不是“邓丽娟”，更不是“陈小娟”，而是这整整一个“姐妹团”！

钟宁心头那股说不上来是悲凉还是愤怒的情绪，几乎要把他的胸腔冲破。

沉默良久，心中的情绪平复了些，钟宁再次看向了夏新梅：“夏新梅，你的仇人就是同样毕业于星港财经大学，当年带头污蔑你女儿的秦世聪，蒋翠花利用在岚山巷理发店的便利，在巷子里将他活活烧死。因为蒋翠花和秦世聪没有任何关联，警方根本不会对她产生怀疑！”

夏新梅的脸像白纸一样，蒋翠花也没有再反驳一句。

钟宁扭头看向了蒋翠花：“蒋翠花，你的仇人段黎明是袁明珠杀的吧，她先骗段黎明服下大量春药，把人杀死以后，通过露台的脚手架搭成的云梯潜入到了盛宏图的房子里，从而逃匿的！同样，因为袁明珠和段黎明也没有关联，警方也没有查到。”

袁明珠同样不发一言，任凭钟宁说着。

钟宁最后看向袁明珠：“你们用了什么手段，将盛宏图的某种保健药品更换成了头孢，他破产以后有了酗酒的恶习，就这么稀里糊涂地头孢配酒死了，对吗？如此一来，你们一个个都有完美的不在场证明，但你们每个人都是杀人凶手。”

“笑话，天大的笑话！”袁明珠干笑一声，一脸讥讽地看着钟宁，“钟警官，你的故事很精彩，但你到底是想抓陈小娟，还是想抓我们？怎么我听你编了这么一个精彩的故事，听来听去也不关陈小娟什么事呢？”

“接下来就到陈小娟了。”钟宁冷冷地看着袁明珠，“彭大毛发现了你们的秘密，敲诈了你们，对吗？”

袁明珠还没来得及否认，蒋翠花喊起来：“我根本不认识彭大毛！”

“但陈小娟认识！”钟宁死死盯着他们，“彭大毛曾经是宋铁雄的马仔，负责帮他把陈小娟送往各个交易场所，从中抽取跑腿费，我说的对吗？彭大毛曾经举报陈小娟卖淫，我推测要么是他和宋铁雄产生了矛盾，故意报复，要么就是陈小娟得罪了他。”

三人脸色一木，似乎印证了钟宁猜测的真实性。

钟宁继续说道：“多年以后，彭大毛通过某种途径，认出了整过容的陈小娟，这个时候的陈小娟已经是邓丽娟了，彭大毛知道陈小娟的过去，便像牛皮糖一样赖上她，敲诈她。”

“啪”的一声，钟宁把彭大毛厚厚的一叠犯罪记录扔到桌上：“不过陈小娟很聪明，从来不和他通过电话联系，她也从来没有在圆梦旅馆的监控下出现过。但她没想到，彭大毛这个毒鬼的胃口越来越大，靠她跑场赚的那点钱根本就喂不饱。于是，她只能求助于你们。也正是因为这样，你们几个背后更大的秘密被彭大毛发现了。最后，他死在了你的旅馆。”说着，钟宁再次看向了夏新梅。

夏新梅反驳道：“彭大毛就算吸毒，也是个成年人，我一个老太婆能杀得了吗？”

“你杀不了。”钟宁点头同意，然后他把那张尸检照片递到蒋翠花眼前，“所以彭大毛根本就不是死在圆梦旅馆。而是死在了你的‘大快乐’。”

三人同时看向那张照片，蒋翠花一眼瞄到被钟宁圈出来的死者双脚，双腿一抖，瘫软在座位上。

她的反应肯定了钟宁的猜测。钟宁笑了笑，再次看向三人：“既然彭大毛是死在‘大快乐’——更准确一点说，是死在‘大快乐’的桑拿房里，所以在死亡时间上作假就很简单了。”

他盯着颓然的蒋翠花：“你只需要调高桑拿房的温度，让尸体在高温中待上几个小时，然后再将尸体转移到圆梦旅馆，法医判断的死亡时间自然就会出现误差。”

“可笑。”袁明珠嗤笑一声，“难道尸体被转移过，法医会看不出来？”

“尸斑是尸体血液被重力压迫下形成的。被移动过的尸体，尸斑位置当然会出现变化，法医确实也可以看出来。”钟宁也跟着一笑，“所以，你出马了。”

“我？”袁明珠摊手道，“我还能让尸斑不出现移位？”

“对！”钟宁斩钉截铁，“你们公司的低温萃取技术业界一流，对吗？”

袁明珠没吭声。

“桑拿房是有积水的，你的低温萃取技术又刚好需要液氮，所以你用液氮把原本聚集在彭大毛尸体下的水冻结起来，这样，你们就可以直接抬着冰块移动尸体，尸斑自然也就不会出现移位了。”

袁明珠打了一个冷战，再也不敢抬头看钟宁。

“这时候，就轮到你出场了……”钟宁看向夏新梅，“你在院子门口等着她们把尸体运送过来，再一个人背着彭大毛放到旅馆房间里，然后用温水让冰融化，接着故意打开了窗户，让大雪飘进屋里，造成地上积水的假象混淆视听。当然了，你还事先调整了监控设备的时间。”

夏新梅的额头上冒出了涔涔冷汗。

“你们真的很聪明。”钟宁由衷地佩服了一句，又看向窗外的鹅毛大雪，摇头叹息道，“我还有个假设，或许你们一开始没想过要抛尸到圆梦旅馆，毕竟，这会给你们增加暴露的风险。更何况这里不远处就有一个垃圾掩埋场，人烟稀少，挖个坑埋了没准是更好的选择。但因为下雪了，有许多痕迹你们处理不了，所以你们只能退而求其次。我猜得对吗？”

三人又是一震，钟宁知道自己又猜对了。

“成也大雪，败也大雪。”钟宁感慨了一句，再次把话题说到陈小娟身上，“我就是想问问你们，是陈小娟主动要求全部一个人揽下来的吗？”

没有人回话。

钟宁死死盯着她们，一个一个看过去：“告诉我，陈小娟在哪里？邓丽娟的身份她到底是怎么得来的？你们是不是还有同伙？陈小娟是不是还在完成什么计划？”

依旧没有人回话，室内一片静谧，仿佛连呼吸声也听不见。

“我同情你们……”一旁一直没有出声的赵亚楠开口了，“但这是你们唯一可以拯救自己的机会，也是你们唯一可以拯救陈小娟的机会！”

“随便你们怎么说。”袁明珠终于抬起了头，虚脱一般说道，“总之我什么都不知道。”

“你们……”钟宁无言以对。

就在此时，走廊传来一阵喧哗声。一个女人不断号哭着：“我恨李红兵！我只是有病生不了孩子，我从来没有出轨，他为什么要那样对我！娟姐只是在帮我，她有什么错？”

吴斌的耐心已经被耗尽，呵斥道：“朱艳艳，你的戏演完了吗？”

03

演出才刚刚开始。

舞台之下阴沉灰暗，不见一个人影。

邓丽娟从起手第一个脚光灯处出发，往左踮了二十四步，到达舞台的中央，转身站定。灯光落在她脚上的红舞鞋上，氤氲起一团亮眼的红雾。她深吸一口气，像个即将接受将军检阅的骄傲士兵。

音乐响起！

邓丽娟姿态笨拙地小跳步快速向前，就在她腾空的瞬间，剧场内所有的灯光同时打开。被灯光照耀着的邓丽娟终于第一次看清楚了舞台的全貌，也是第一次完成了一个漂亮的大跳。

"是谁在帮我？"邓丽娟欣喜地停下了舞步。

没有人回话，亮堂堂的剧场里，有和煦的暖风吹过，把舞鞋上的丝带吹得飞扬起来。

"谁？是谁在帮我？"邓丽娟又问了一声。

此时，原本空荡荡的观众席出现了几个女人的身影，是一张张熟悉的面孔，邓丽娟高兴地呼唤着她们的名字。当喊到最后一个女人时，她的双眼顿时睁大："你也来啦！"

女人点了点头。她看起来是所有人中最年轻的，二十左右的年纪，瓜子脸，扎着马尾辫，穿着时髦的粉色短裙，耳朵上还戴着闪亮亮的耳钉。

"娟，我来看看你。"女人笑着端起一个粉色的小篮子，"这是我送给你的礼物，你好好收着。"

"是什么？"

邓丽娟好奇地走下舞台，刚要向前两步，女人忽然起了身："那就交给你了，我们先走了。”

篮子里是一只毛茸茸的小兔子玩偶：“这是送给我的吗？”

没人回话，再一抬头，女人们已经走到了出口处。

“你们别走啊！”邓丽娟焦急大喊。

“谢谢你了，娟……”只有最后一个女人回头看了她一眼，接着她们都消失了。

“不要走啊！姐！”

一声呼喊，邓丽娟猛然睁开了眼睛。

“呼！”长长地嘘了一口气，她清醒过来，才发现自己依旧在公墓中，手机里的《牡丹亭》芭蕾舞剧视频早已经播放完毕，屏幕的亮光也熄灭了。

“居然睡着了。”她站起来跺跺冻僵的脚，抖抖身上的雪，搓搓冰凉的双手。这两天实在是太累了，看看时间，她睡过去没几分钟，但感觉已经恢复了不少力气。

没了手机放出的乐曲声，公墓再次冷清下来，只能听到风吹过松柏，积雪落地时的“沙沙”声。

“这是给你看的最后一遍了……”邓丽娟看向空荡荡的墓碑，呢喃道，“不过你放心，我很快就来陪你了。”

没有人回话，只有风急行而过的呢喃。

“不过你得保佑我们几个能把事情办得顺顺利利的。”邓丽娟继续喃喃着。

依旧没有人回话，眼前空荡荡的石碑，像是一堵沉默的哭墙。

邓丽娟抚摸着石碑，终于决定道别：“我走了，去完成我们最后的计划。”

她依依不舍地看了一眼神龛，把它放进墓穴中，接着吃力地盖好了重重的石碑，而后大踏步往面包车走去。

这一刻，雪光从石碑缝隙中漏过，照在了神龛中“崔府君”身后的一个长条形木块上。木块忽然“啪”的一声无风自倒，像是给人重重地鞠了个躬。

04

“我求求你们相信我！是娟姐指示我去做的！真的，我根本不知道这些事情，是她让我去乐天宾馆的，还让我戴着口罩砸了配电箱，她跟我保证从此以后李红兵都不会再来骚扰我了！别的我什么都没干，你们抓我干吗？”朱艳艳大声哭喊着，整层楼都回荡着她的哭声。

钟宁回到办公室，感觉心力交瘁——几个女人不但没说出陈小娟的下落，就连相互认识也拒不承认，那些杀人的罪名，几人倒是默契十足地全部推给了陈小娟。

“呵……”

钟宁仰头苦笑。究竟是抱持着怎样的信念，才能让这几个女人如此坚定地结盟，让人找不到一条可以撬开的缝隙。

“我有病，我生不了孩子，是我的错吗？”

“警官，我问你，我女儿聪明漂亮成绩好，这也是错吗？”

“我不要钱，我只想要我儿子的抚养权，算得上罪大恶极吗？”

“我想让我妹妹去读书，不被卖掉，我做错了什么？”

这些质问仿佛拷问着钟宁的灵魂，让他如坐针毡，如芒刺背。不是错，全部不是错，只是你们不应该采取如此极端的手段啊！但是，她们有其他的选择吗？自己不是她们，终究无法对她们的境遇感同身受。

钟宁陷入痛苦的煎熬，赵亚楠和吴斌推门出来，看脸色就知道，几人依旧没有松口。

也不算是完全没有收获，赵亚楠拿出警用PDA递给钟宁：“这是我们根据朱艳艳的供述，在网上找到的视频。”

视频是在一家即将开业的手机店门口拍下的，画面里，李红兵正打着横幅，举着高音喇叭辱骂朱艳艳，怒极的朱艳艳冲入人群，和李红兵的同伙发生了冲突。紧接着，邓丽娟也闯入人群，举着什么东西泼向了李红兵，吓得几个男人连滚带爬地跑了。

“根据朱艳艳所言，邓丽娟拿的是硫酸。”赵亚楠眉头紧锁，“另外，吴队已经核实了，朱艳艳与其男友马建湘在李红兵被绑的当天一直在一起，一直到晚上七点才分开。”

“钟宁，你猜得果然没错，她们绑了李红兵，就是在给邓丽娟争取时间！”吴斌愤愤道，“她们这么一个一个来警局，打着提供线索的名义拖延时间，也太嚣张了。”

“我们没有任何实质性证据，只要她们不承认，等二十四小时的时间一到，我们就必须放人。”赵亚楠叹了口气。

钟宁点头：“不只没有证据，甚至还有一个完美的替罪羊。”

吴斌问道：“钟宁，你是觉得邓丽娟除了要帮朱艳艳杀李红兵以外，还有别的计划？”

“李红兵明显只是烟幕弹，邓丽娟身上一定还藏着什么没有浮出水面的秘密。这件事对她们而言十分重要，不惜让她们以这种方式拖延时间。”顿了顿，钟宁接着说，“甚至不排除她们还有其他同伙的可能性。”

吴斌困惑道：“还有其他同伙？”

"对。"钟宁顿了顿，"邓丽娟的身份是怎么来的，还是一个谜团。我总觉得案子背后可能还藏着一个同伙。而且最令我疑惑的是，如果我们对于这几起凶案的推断正确的话，为什么邓丽娟甘愿背下所有的罪名？"

吴斌一筹莫展："她们不招的话，我们查无可查。"

钟宁同样心烦意乱，这几人明显抱着死不招供的决心，只要再坚持十几个小时，警方就只能目送她们光明正大地走出警局，再想"请"她们进来，就没有这么容易了。

钟宁翻了翻视频评论区，心头怒意再升——网友留言充斥着对朱艳艳的侮骂，字眼肮脏，不堪入目。

赵亚楠说道："之前我们根据袁明珠等人的证词，推断邓丽娟患有钟情妄想症，又因为她租住的房子位置以及家中的证物判断，她很可能将曾星锁定为下一个目标。但是如今证词的真实性存疑，甚至在邓丽娟家中搜到的关于曾星的简报，都有可能是她故意放在那里给我们看的。她的目标真的会是曾星吗？如果这只是调虎离山之计，那她们真正的目的又是什么？钟宁，我们很有可能防不胜防。"

赵亚楠说的话，钟宁全都听了进去，可是他无法回答对方的疑问，他只能把手中的视频反复播放，企图从里面找出一点线索。

大家都陷入了沉默，只有视频里的叫骂声在耳边回响着。这时，视频中的一个画面引起了钟宁的注意——在视频最后，一个长相秀气的男孩递给了邓丽娟一个钱包，还和她说着什么。

钟宁问："这男孩是谁？"

"丽娟艺术团的员工。"吴斌介绍道，"朱艳艳说是负责唱反串的，名字叫肖小龙，小名叫小六。"

钟宁皱了皱眉头："找到人了吗？"

吴斌摇头："暂时还没有，怎么，他有嫌疑？"

"不是。"钟宁摇了摇头，这男孩儿看着才十几岁，邓丽娟等人在监狱里相识的时候，他还是个小孩，是同盟的可能性不大。不过……

思索几秒，钟宁交代道："吴队，麻烦你再去一趟乐天宾馆，回看一下监控，一直往回翻到李红兵入住那天，看看有什么可疑的地方。然后让法医和技术员去'大快乐'找找彭大毛的第一案发现场，看看能不能在某间桑拿房里挖出些蛛丝马迹来。"

"行！没问题。"吴斌很快离去。

此时，赵亚楠接听了一个汇报电话，挂断后，她脸色严峻道："二支队报告说，邓丽娟去黄花镇是为了购买鞭炮，量不小。"

"鞭炮？"钟宁心中一震，立刻就联想到了自制炸药，"难道她是想炸死曾星和李红兵？"

赵亚楠摇头，表示自己也对此毫无头绪，随后说道："曾星目前仍然是我们的首要保护对象，张一明和一支队所有刑警都守在星剧场，她不太有机会炸死曾星。再过一会儿，星剧场的演员们就要去国际会展中心彩排了，不过那边的安保措施更加严密，更安全。"

"她到底想干什么？又是为谁在干这一切？"钟宁烦闷地关闭了视频，眼睛再次瞄到了那本杂志——不知道是被风吹的，还是刚才有人翻动过，此刻杂志翻开的那一页，正是苏盼背后小鹿文身的特写。钟宁想起来内文中写道，文身的地方原本是个伤疤，后来苏盼为了遮住它，才根据伤疤的形状，设计出了这个图案。

"还有一个问题……"赵亚楠指了指自己，又指了指钟宁，"她们为什么都指明要找我们？"

钟宁双眼盯着杂志，茫然摇头。赵亚楠说："有没有可能，她们是专门来找你的？毕竟我刚刚调来，在星港也没有办过什么案子。"

钟宁摇头，随手再翻了一页杂志——这个版块是两位舞蹈家的家属访谈，右下角的照片里是一对满头银发的老夫妻。

钟宁正看着介绍，年轻警员一脸苦瓜相地推门出来，冲着两人尴尬道：“赵队，钟所，她们又开始闹了，蒋翠花闹得最厉害，说她的‘大快乐’去年就遭遇了一起大案，对生意已经造成了很大的影响，自己为星港解决了那么多就业岗位，还遭到这种对待，她一定会投诉咱们的。”

钟宁一边听着汇报，一边翻看着杂志里苏盼父母的访谈，听到那句“去年的大案”，心中突然一个惊雷炸响。难道这就是她们今夜全都专门要找自己的理由？

钟宁再次低头看了一眼杂志上的那对老夫妻，再也按捺不住情绪，拿上杂志起身，大踏步走出办公室。

05

四个女人明显被突然出现的钟宁吓了一跳，齐刷刷地看向了他。

钟宁径直冲向蒋翠花，一字一顿道：“你是不是认识我？”

没有人回话，但钟宁发现，四个女人的眼神都亮了亮。

“蒋翠花！”钟宁抑制着内心的情绪，“你们今晚是不是特意冲着我来的？”

蒋翠花依旧没有回话，而是把眼睛看向了边上的两位年轻警员。

钟宁会意，看向赵亚楠，赵亚楠瞬间明白了他的意思，很快道：“你们先出去。”

两位警员识趣地离开，赵亚楠关上门，又关闭了监控设备，说道：“说吧，我保证只有我们两个人知道。”

终于，蒋翠花看着钟宁，认真地点了点头：“对，去年就认识了。”

钟宁皱眉：“是因为去年那个案子？”

蒋翠花点头。

钟宁哑然。去年那起大案，嫌疑人死在了“大快乐”，当时钟宁虽然是专案组的成员，但并不负责和老板蒋翠花打交道，因此两人并没有交集。这一次他去“大快乐”做问询时，蒋翠花也没有表现出对他有印象的样子，他还以为蒋翠花不认识自己，看来是被骗了啊。

“这么大的案子，嫌疑人就死在我的店里，我当然要做一些调查。”蒋翠花淡淡一笑，“钟宁，刑侦天才，不拘一格，无论对嫌疑人还是受害人，都有超乎寻常的同理心，极其愿意伸出援手。”

“这是你调查以后得出的结论？”这回答让钟宁心中又是一颤，他知道自己越来越接近真相了。

蒋翠花点头：“是，你这次去找我的时候我就认出来了。”

“所以你们今晚一个接一个地来找我，不仅仅是为了给陈小娟拖延时间，其实更希望我能查出你们谎言背后的真相。你们出于某种原因，也许是对朋友的承诺，不能直接告诉我，只有我对你们问出这个问题，证明我确实有能力查到真相，你们才会告诉我真相，对吗？”他盯向为首的袁明珠，“是不是你的主意？”

袁明珠没有回话，看了一眼赵亚楠。

“没什么好瞒着我的，我支持钟宁的一切决定。”

袁明珠苦笑一声，坦白道：“对，是我让她们来的。我们不得不赌这一把。”

终于，这几人不再隐瞒相互认识的事实了。钟宁不解：“赌什么？”

“赌你会不会帮我们。”

钟宁更加不解：“我能帮你们什么？”

没有人吭声。看来她们还有所保留，不能完全相信钟宁。

钟宁翻开杂志中那篇关于《牡丹亭》改编芭蕾舞剧的报道："关于陈小娟因为迷恋男人而疯狂的故事，你们是不是根据这个戏剧编造出来的？"

夏新梅接了话："大部分是，这……也是小娟的意思。"

"千金杜丽娘对书生柳梦梅倾心相爱，竟伤情而死……"赵亚楠念着简介，叹了口气。

钟宁又翻到了有那对老夫妇访谈的一页："陈小娟要做的这最后一件事，是不是和一个已经死了的人有关？"

四个女人的眼神更亮了，但还是都没有回答。

"行，我自己证实！"钟宁转头对赵亚楠道，"赵队，麻烦让二支队去一趟青山公墓，看看陈小娟有没有去过那里。能买鞭炮的地方多得很，为什么一定要去黄花镇，一定有她的原因。另外，让肖队找出一九九〇年到一九九七年星港失踪人口名单，要女性。"

话音一落，几人脸色果然一变。赵亚楠一头雾水，但此刻她没有问什么，而是直接去打电话安排，再回来接过钟宁手里的杂志翻了翻，也突然摸到了真相的一角——陈小娟要帮的人，二十多年前可能就已经死了，而她那个"邓丽娟"的身份，正来自此人。

赵亚楠指了指杂志封面道："这才是陈小娟的真实意图，对吗？"

一旁的朱艳艳刚要回答，袁明珠冲她使了一个眼色，抢先说道："那要看……"

"看我会不会帮你们，对吗？"钟宁问道。

几人没有说话，眼中似乎多了几分期许。

"现在不是谈条件的时候！"钟宁皱起了眉，"你们必须阻止她，别让她再做出无法挽回的事情！"

没有人说话，几人依旧认真地看着钟宁，等着他的答案。

“联系她，或者告诉我们她和李红兵在哪里？”钟宁取出了手机，“你们肯定知道她的号码，要劝她悬崖勒马，不能再死人了！”

依旧没有人说话，更没有人接过手机。

赵亚楠开口道：“联系她，我就让钟宁帮你们！”

“赵队……”钟宁意外地看向赵亚楠，这是明显违规的行为。

“我已经答应你们了！”赵亚楠没理会钟宁，“甚至我也可以一起帮你们，前提是，不能再发生命案！”

赵亚楠的话似乎起了作用，袁明珠抬手看了看表，指指身边几人，一脸坦然，摇头道：“还不到时候。我们犯的错，我们自己来承担。不过，我们不会阻止她。”

“你们不是想让我帮她吗？为什么还要看着她杀害无辜的人！”钟宁的情绪由震惊到同情，此刻都渐渐转变成了愤怒，“李红兵是有错，但罪不至死，即便要接受惩罚，也不该由你们来执行！”

袁明珠平淡答道：“看来你还是没有完全想明白。”

面对这群几近偏执的女人，钟宁无奈道：“你们都不要命了吗？”

“命？”蒋翠花扬起脸反问道，“命真的那么重要吗？”

夏新梅也抬起头冲钟宁一笑：“你就没有比自己的命更重要的东西了？”

两人的反问，让钟宁和赵亚楠愣了半晌，赵亚楠很快回过神，冲向了最薄弱的一个点：“你呢，朱艳艳，你本来可以置身事外的，趁你现在还没有犯下重罪，还来得及。”

“我……”朱艳艳顿了顿，抹干脸上的泪水，犹豫半晌，冲着赵亚楠笑了笑，“我已经死过一次了，早就什么都不怕了。”

“死过一次？”这一句让钟宁的脑中又产生了新的疑惑。

此时，小马一脸焦急地出现在门口：“赵队，两个消息……”

“直接说！”

小马点头：“第一个消息，二支队在青山公墓门口发现了大量桶炮纸屑，怀疑陈小娟已经配置好了炸药。”

赵亚楠脸色一沉：“还有呢？”

“第二个消息是张一明传来的，星剧场员工已经坐大巴去国际会展中心彩排了。”

“知道了，让张一明继续带人跟过去……”

“不用了！”钟宁打断了赵亚楠的话，“让张一明回星剧场！”

“什么？”小马一怔，“但是现在六点半了，曾星他们已经……”

“如果我没猜错，陈小娟的炸药是为星剧场准备的。”钟宁看向眼前的四个女人，“对吗？”

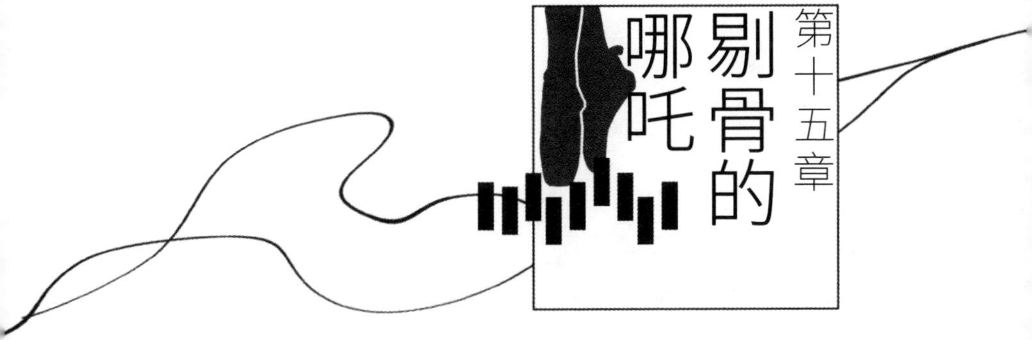

第十五章 剔骨的哪吒

剔骨还父，

削肉还母。

这一次，是默认。

这就是所有的真相。

01

清晨六点四十五分，四辆警车从市局大院驶出，往星剧场的方向飞驰！

钟宁坐在后排座椅上，手中依旧拿着那本杂志，双眼怔怔地看着封面上的人，整整一夜没有休息，一直在高速运转的脑袋像是被烧红的烙铁烘烤着一般，一阵阵发紧。

整整三天时间，自己关于“邓丽娟”的推测，竟然全错了！

她不是什么“钟情妄想症”，袁明珠她们也不是什么“交换杀人”，甚至邓丽娟心心念念的人也不是曾星！她们最后想帮的人，不是朱艳艳！

“钟宁，看看这个……”赵亚楠递过她的警用PDA，里面是张一明发过来的照片，拍的是邓丽娟的家——现在或许应该叫她陈小娟——被取走了神龛的地方，空留一个香炉，里面密密麻麻地插满了烧完的香根，每次并排的数量都是六支，但无论是陈小娟老家湘北，还是整个湘省的风俗，祭拜神明都是点三炷香，或许这说明，她祭拜的不只崔府君，还有一个已经死去的人。

赵亚楠问道："钟宁，你确定陈小娟的目标是星剧场？"

"她肯定会先炸掉星剧场。"钟宁神情笃定。

"理由呢？"赵亚楠蹙眉问道。

钟宁问："你还记得那个星剧场的最新消息吗？"

"你是说英国皇家芭蕾舞团的事？"

"对！"钟宁在手机上找到苏盼最新的新闻采访，递给了赵亚楠。

赵亚楠看了半晌，明白了过来："所以这些人命都不要了，也要帮陈小娟完成这件事？"

"对。"钟宁重重地点了点头。

"还有《哪吒》！"赵亚楠想起了苏盼的成名舞蹈，"苏盼总是强调她最喜欢的舞蹈就是自编自导的《哪吒》，看来个中缘由不言而喻了！"

钟宁点头："剔骨的哪吒……"

车还在飞驰，赵亚楠抬头问道："还有多远？"

充当司机的小马赶紧回道："十四公里！"

"张一明那边呢？"

"八公里。"钟宁神色严峻地看着张一明的导航坐标，恨不能长出翅膀来。

"看来刚才我答应错了。"赵亚楠自嘲一笑，"为了最后一条人命，我应该直接威胁她们。"

钟宁一愣。赵亚楠如此行事作风，是他没有想到的。

"我得试试……"赵亚楠眉头一皱，下定决心，拿出了电话，"这是我们唯一能做的了。"

忽然"轰"的一声，远处依旧黑暗的天幕中，烟花升腾而起，发出震天巨响。

02

“轰”的一声，国际会展中心的方向，烟花腾空而起，在还未完全亮起来的清晨的空中绽放，把尚在熟睡的人们从二〇一六年的最后一场睡梦中惊醒。

这应该是为了配合今晚的元旦晚会专门进行的升旗礼炮鸣放仪式，据说还会有电视台和网络直播。只是，今天的雪如此大，不知此时的广场上还会不会人头攒动。

陈小娟低头看了看空荡荡的舞台，终于鼓起勇气，迈开腿，第一次真正站上了这个她梦寐以求的地方——她在梦中无数次登上过的舞台。

伴随着事先准备好的音乐，陈小娟憋住一口气，腰部肌肉收紧，想象着自己是一个专业的舞者，笨拙却用尽全力地在这个舞台上完成了她人生中第一支、也是最后一支舞蹈。

一曲舞罢，她的额头沁出了汗珠，因为动作过大，上身那件劣质皮衣的腋下撕裂开来，皮裤的膝盖处也蹭出了一个破洞，脚踝隐隐作痛，但她毫不在意，喘着粗气冲空无一人的台下九十度鞠躬，这才小心翼翼地把舞鞋脱下，收进了皮衣的贴身口袋中。

演出告一段落，陈小娟还有些依依不舍。“嗡”的一声，手机的震动让她回过神来。是一条新闻推送，标题耸人听闻，说的正是她这个残忍的连环杀手。

就在舞台正后方，十二个煤气罐子整齐地围成了一个圆形，圆形中间，李红兵被捆住手脚、嘴里塞着毛巾，正不断挣扎呜咽着，满脸惶恐。

陈小娟扯开李红兵嘴里的毛巾：“我跳得好吗？”

李红兵大口吸着刺骨的冷空气，惊恐不已，哭喊求饶。陈小娟却不想搭理他。她从每个煤气罐的阀门处扯出事先绑好的引线，像编辫子一样把所有引线拧在一起，拧成一股拇指粗细的粗绳。她认真地忙活着这件大事，对李红兵的哀号充耳不闻。

不一会儿，引线编好了，她小心翼翼地抓着编好的引线跳下了舞台。

“小兔子乖乖，把门开开，不开不开就不开……”

稚嫩的儿歌声传来，是她的手机响了，袁明珠打来的。她犹豫了一下，挂断了。

“小兔子乖乖，把门开开……”

电话铃又一次响起，这次是蒋翠花打来的，不过陈小娟依旧挂断了。

“小兔子……”

又是一声，是夏新梅。她干脆关机，看着屏幕彻底变黑后，她从口袋里掏出了火机。

一张照片被打火机从口袋里带了出来，是她们的那张合照。照片上还有一行不知是谁写的字：天下姐妹是一家。

陈小娟怔怔地看着照片里这行字，心头涌起一阵苦涩。

“到此为止吧。”

她终于按下了打火机——照片即刻被点燃，四张笑脸在烈焰中灰飞烟灭，拇指粗的引线随即被照片引燃，“呼呼”冒着火星，像一条吐着芯子的蛇，飞速往男人的方向窜过去。

“轰！”

远处，烟花升腾而起，在雪夜中肆意绽放，灿烂辉煌！

03

“没有接，一直没有接。”

四辆警车还在飞奔，钟宁看着局里实时传递过来的消息，感觉心脏一点点沉了下去——赵队的威胁对袁明珠几人确实起了作用，但陈小娟已经下定了决心。

“七公里……”

“六公里……”

“别着急，钟宁。”赵亚楠紧紧盯着张一明的定位，宽慰道，“他只有三公里就到了。”

“我们还有四个街口。”司机小马已经把油门踩到底，警车一路狂啸着，冲破了无数个红绿灯。

“我让她们继续打电话。”赵亚楠对着无线电发出指令。

天已微亮，车开得更快了，街道两旁的景色在飞速倒退，晃出一片白光。

“五公里……”

“四公里……”

“张一明快到了……”赵亚楠盯着手机，“还有两公里。”

“我们也快了。”小马伸手指了指远处。钟宁跟着抬头，他已经能瞄见星剧场的招牌了。

赵亚楠狠狠一握拳：“我们还有希望救下李红兵……”

话音未落，“轰”的一声惊天巨响，把所有人都震得下意识浑身一抖。随着这声巨响，星剧场方向升腾起一片浓烟。仿佛被这声巨响吓着了，停在道路两侧的车辆同时响起了警报声。仿佛末日。

“晚了……”钟宁张了张嘴，盯着那片浓烟，脑袋一片空白。

赵亚楠的手机响了起来，张一明欲哭无泪的声音传了出来："星剧场的后半截全部塌了，现场很混乱，人员伤亡情况暂时还不清楚。"

赵亚楠平复着情绪，交代道："你们先维持好现场秩序，我们马上就到。"

车上没有人再说话，小马再次把油门踩到了底。

"两公里……"

"一公里……"

"五百米……"

"三百米……"

一声急刹，警车终于停在了广场上。

整个广场弥漫着灰尘，看上去一片灰蒙蒙的。剧场右侧和后侧的墙壁已经完全坍塌，余下两面墙壁还在苦苦支撑着。这栋原本被称为"小水立方"的建筑，此刻像一只被踩扁的鞋盒，摇摇欲坠。先到的同事已经设置了警戒线，防爆部门也去排查二次爆炸的可能性了。

"宁哥，赵队……口罩。"张一明给两人递上口罩，"对不起，我们还是没赶上。"

"不是你们的错。"赵亚楠已快速调整好了情绪，指挥道，"你先组织人手进行外围排查，主要是周围街道的监控，务必查到陈小娟的下落。专业工程队到达后，在确保安全的情况下再进行进一步勘查，尽快确定李红兵的生死。"

张一明递给赵亚楠一个物证袋："这是同事在设置警戒线时发现的。"

物证袋里装的是几片皮质碎片，看起来像是陈小娟的那件皮衣。

张一明指了指那堆断壁残垣道："会不会两个人都被埋在里面了？"

"赶紧调挖掘机过来！"赵亚楠狠狠抓着那个物证袋。

钟宁张了张嘴，心脏传来一阵冰冷的刺痛。

“赵队，这边又发现了衣服碎片！”又有刑警举着手中的东西冲赵亚楠喊着。这次发现的像是半只衣袖。

赵亚楠点了点头，神色阴郁地往那边走去。

钟宁一个人呆呆地站着，只觉得整个胸腔中萦绕着一股说不上来的压抑，让他有些喘不上气来。如果陈小娟就这么死了，袁明珠她们所做的一切，又有什么意义？

钟宁举目四顾，发现这场爆炸只炸毁了剧场，后面的三层宿舍楼除了窗户玻璃被震碎以外，楼体并未被波及，便抬脚往那边走去。

钟宁沿着楼梯上了三楼，一脚踹开了 302 的房门走了进去。屋里似乎不久前刚被人仔细打扫过，干净整洁，只有破碎的窗户处留下了一些碎玻璃渣。床头柜上摆着半包香烟和一个烟灰缸，表明房间的主人有抽烟的习惯。

钟宁四处观察了一会儿，拉开窗帘看向了对面——对面就是花园国际小区，陈小娟家卧室的窗口正对着这里。

钟宁苦笑一声，看了一眼床头柜上的照片——照片里正是这个房间的主人苏盼，也是陈小娟真正的目标。照片里，她正抱着一个奖杯笑得灿烂。相框后面摆放着的一双红色的舞鞋吸引了钟宁的注意，这双鞋的鞋跟缠绕着漂亮的丝带，舞鞋虽然很新，但款式已经有些老旧了，而且尺码也偏小，明显不是一个成年女性的尺寸。

正打算拿起舞鞋细看，钟宁又注意到了照片上的一行小字——第五届芙蓉杯舞蹈大赛一等奖。

“朱艳艳好像也参加过这个比赛。”钟宁突然想起来，朱艳艳正是因为在这次比赛中获得了三等奖，才被段黎明看上，从而参加了他们的内部招聘会。

都是第五届？也就是说，负责人也是段黎明？想到这里，钟宁眯起了眼睛。

正思索着，几张红色的纸片从没有玻璃的窗户飘了进来，竟是一张张百元大钞。他伸头望出去，心中震动更甚——就在一楼的空地上，有好几个刑警也正在俯身捡着人民币。

或许还有挽回的余地！心中一道闪电闪过，钟宁猛地推门而出，差点与赶来找他的赵亚楠撞个满怀。

“钟宁，肖队在失踪人口记录里找到了新线索。”赵亚楠着急地打开手中的资料，“一九九三年，在距离牌楼坊的露露理发店——就是宋铁雄的店——往西五公里处发现一具女尸，系自杀，身上没有留下任何证件，但有一张被撕了封面的病历本。”

“梅毒？”看到病历上两个龙飞凤舞的字，钟宁咬了咬牙。

“对。”赵亚楠点头，“当时的结论是，这个女人得知自己身患梅毒以后自杀了，只是这么多年一直没有人去认尸，所以也没有查到死者到底是谁。如今看来，这应该就是……”

“真正的邓丽娟！陈小娟顶替了她的身份！”钟宁狠狠咬了咬牙。

“可惜当年没有留下任何 DNA 信息，现在陈小娟又……”

“陈小娟没死！她是故意留下衣服，拖延时间。”他边说边抬腿往楼下走，举起手中刚捡的钱，“李红兵也没死。”

赵亚楠不解：“这些钱是？”

钟宁脚步不停：“陈小娟原本只是想用钱解决李红兵的问题，没想杀他。她还在拖延时间，因为她的最终目的还没有达到。”

赵亚楠恍然大悟，脚下步伐更快：“那我们得抓紧赶到会展中心，不然……”

“不然这次真会有人出事！”

两人几乎是小跑着下到一楼，奔向警车。此时张一明神色紧张地跑过来：“二支队刚才来了消息。”

“说什么？”赵亚楠脚步不停，已经拉开了车门。

“在青山公墓找到了陈小娟的那个神龛，在崔府君神像后面发现了一个牌位。”

“牌位上的名字是什么？”

“是……”张一明张了张嘴，“邓丽娟。”

钟宁一拳砸在了车顶：“把陈小娟所有的姐妹全部带去会展中心！”

04

早晨七点整，国际会展中心。

人们对几十公里以外的爆炸案一无所知，寒冷的雪天也没有影响人们的热情。广场上熙熙攘攘，人声鼎沸。

陈小娟穿着一件不起眼的黑色羽绒服，远远跟在几个看打扮像是杂技演员的人身后，混在人群里缓慢前行。

演员众多，队伍排得很长，她看着星剧场的大巴车，心急如焚——车内早已空空如也，作为重磅演出嘉宾，星剧场的舞者们早就通过特殊通道进去了。

她把外套罩在煤气罐上炸了，就是想让警察以为自己已经被炸死，但她也知道，这种拙劣的伎俩根本骗不了警察多长时间，她必须尽快找到苏盼，完成最后一个计划。

“哎呀，我是忘记带了，你们通融通融嘛……”隔壁队伍中一个身材高挑的女演员正跟两名武警恳求着。

“不行，没有证件就不能进入。”两名武警不顾哀求，拒绝放行。

“不能进？”陈小娟的心一下沉到了谷底。她看了看周围的演员们，发现除了自己，其他人胸前都挂着工作证。

“赶紧走呀！”身后的男人催促道。

“你……你先吧。”陈小娟后退了一步，握了握口袋里的保温杯，她没料到一个彩排的安保也如此严密。

还在焦虑地想着对策，身后又有催促声传来：“怎么不走呀？”

陈小娟正尴尬地想着说辞，隔壁队伍传来一个惊喜的声音：“呀，这不是娟姐吗？”

陈小娟扭头看去，居然是物业大姐，她身边全是小区舞蹈队的成员，看见她，每个人都笑着跟她打招呼。

“我就知道娟姐会来。”物业大姐乐呵呵一笑，指了指陈小娟的胸口，“你的工作证呢？咋不戴上，得戴上才能进啊。”

“我……”陈小娟这才想起，昨晚物业大姐给过她一个证件，她昨天顺手揣在了裤子的兜里！她心里一阵狂喜，赶紧掏出来看了看——证件上写的居然是“花园国际广场舞指导老师”。

“我们里边见！”物业大姐招呼着前后的姐妹们进入了场馆内。

“好。”陈小娟赶紧点了点头，随着人流，进入了会展中心的场馆内。

场馆内比广场上更加拥挤喧闹，演员们大声交谈着，还有不少在拍照留念。陈小娟没有丝毫耽搁，径直进入电梯上了五楼——根据指示牌上的信息，名角们的化妆间就在这一层。

从入口开始，一间一间找过去，她很快看到了标着星剧场的套间。只是门口站着两名刑警，正机警地盯着来往的人。

陈小娟赶紧侧过身去，心头又是一沉——看来警方加大了保护力度，即便到了这里，还是很难见到苏盼。

时间一分一秒过去，陈小娟心里一横，掏出怀中的保温杯，深吸了一口气，正要硬闯进去，广播里突然播报起了她的名字：“……邓丽娟，请花园国际广场舞队的邓丽娟注意……”

陈小娟不禁停下了脚步，听到广播里继续着播报：“……你的朋友袁明珠、蒋翠花等人正在广播室等你，请你听到广播后前往三楼广播室……”

“她们怎么来了？”陈小娟隐隐感觉不对——按照昨晚说好的，她们应该今天下午才招供，现在还没到时候啊。

“喂，你干吗的?！”还在愣神，门口的刑警注意到了她，高个子的警惕地摸向了腰间。

陈小娟指了指门道：“我是星剧场的演员，我有点事情想和曾星商量一下。”

高个子警察伸手道：“证件检查一下。”

陈小娟咬着后牙槽，一边缓缓取下工作证，一边死死盯向那扇紧闭的门——哪怕是鱼死网破也要抓住这个机会。这么想着，她右手掏出保温杯，左手把证件递了过去。

“邓丽娟？”矮个子警察想起了什么，盯了她一眼，赶紧打开了警用 PDA。

陈小娟不仅涌起一股不祥的预感——要暴露了！她赶紧催促道：“证件你们也看了，我可以进去了吧？”

“你叫邓丽娟？”矮个子警察抬起头，紧张地看向她，手再次向腰间摸去。

完了！没机会了！陈小娟在心里怒吼，脸上拼命挤出笑容：“你看错了，我姓陈。”

“那你把证件拿出来，我再检查一遍。”

“行。”陈小娟点了点头，身体微微倾向了门口，双腿也暗中蓄力，准备趁着甩证件过去的瞬间冲进去。

就在这时，走廊尽头忽然响起一个女人的尖叫声：“出事啦！出事啦！”

两名刑警立刻飞奔而去。

陈小娟感觉这声音无比熟悉，但她来不及多想，猛地推开房门——曾星正坐在化妆台前化妆。

看到来人，曾星放下了手中的眉笔，一脸纳闷道：“请问你找谁？”

陈小娟咬了咬牙：“苏盼呢？”

“谁呀？”苏盼从里间走了出来。

“找你有点事情。”陈小娟一步向前，右手已经拧开了保温瓶的瓶盖。

“你是谁？”曾星似乎意识到了危险，赶紧起身，神情紧张，“你……你想干吗？”

“我要杀了你们！”陈小娟暴喝一声，举起保温杯就朝两人身上泼去。

电光石火之间，曾星朝苏盼扑去，挡在了她的身前。

不知道是因为太紧张，还是受到曾星的干扰，陈小娟手中的硫酸全部泼到了墙角的一盆绿萝上，绿叶接触到液体的瞬间，冒出“滋滋”黑烟……

05

“你……你挡住她？”陈小娟一怔，盯着紧紧护住苏盼的曾星，脸上露出了怪异的笑容，“你……不怕死吗？”

“你到底是谁？你想干什么？”曾星把苏盼牢牢护在身后，一手摸到一把椅子，随时准备反击。

苏盼从震惊中回过神来，虽然依旧害怕，但还是勇敢地从曾星身后走了出来，返身挡在了他跟前：“你有种冲着我来！”

“我就是冲着你来的。”陈小娟笑笑，再次举起保温杯。

苏盼立刻道：“硫酸没了，警察就在外面，你跑不掉的！”

陈小娟低头看了一眼，保温杯已经空了。不过她并不慌张，反而咧嘴笑了，接着指了指曾星，对苏盼说道：“你知道吗，我偷窥曾星好多年了，一直觉得他胆小如鼠，没有担当。没想到为了你，他连命都不要了。”

“谁胆小如鼠了！”苏盼反击了一句，又犹疑道，“你是他的粉丝？”

陈小娟忽然冷下脸来，看向曾星：“曾星，我告诉你，只要你不离开这里，我这辈子会像冤魂一样缠着你，被抓了我也不怕，等我出来，我一样会缠着你，让你这辈子都不得安宁。”

“你疯了吗？”苏盼瞪大了眼睛。

“你懂什么！”陈小娟一声暴喝，“你知道我这辈子为他付出了多少吗？我只是想守着他而已，但他从来不拿正眼看我！”

曾星已经把凳子提到了手中：“我根本就不认识你。”

“你不认识我？”陈小娟惨淡一笑，“我们在电视台一起跳过舞的。”

苏盼想起来了：“是不是芒果台的综艺节目？”

“看来还是你记性比较好。”陈小娟冷冷一笑。此时走廊上已经响起了急促的脚步声，看来警察已经来了，但陈小娟依旧淡定，根本不打算逃跑。

“你……你去自首吧！”曾星一手提着凳子，一手依旧护着苏盼。

“自首？”陈小娟轻蔑一笑，听着门口的脚步越来越近，终于不再等待，突然举起空空的保温杯，怒吼，“曾星，我今天就要和你同归于尽！”说完飞身扑向了二人。

“砰！”一声闷响，曾星手中的凳子砸在了陈小娟身上，她猛地往旁边栽倒下去，曾星立刻护着苏盼退到了门口。

“你还护着她？”陈小娟又笑了，她爬起来再次扑上去，矮个子警察已经破门而入。高个警察紧随其后，举着手中的枪瞄准了陈小娟：“双手趴地！”

“你开枪啊！”陈小娟凄惨一笑，拉开了羽绒服的拉链。

只见她的腰间露出一根长长的管状式样的东西，十多厘米的引线从里面垂了出来，看起来像是……炸药！

“快带他们走！”高个警察冲同伴大喊，矮个警察立刻拉着曾星和苏盼飞速往走廊撤去。

“还想跑?！”陈小娟大叫着朝枪口冲上去。

“砰！”

整个房间顿时安静下来。

06

不是枪声，而是有人被重重撞倒在地的闷响声。

陈小娟爬起身来，看到举枪的警察被另一个壮硕的身躯扑倒在地。而站在她眼前的一男一女两个警察，正是钟宁和赵亚楠。

“陈小娟，交出你身上的炸药，你今天死不了了。”赵亚楠说着就想上前将其制服。

陈小娟猛地往后退到窗边，手中举着打火机威胁道："你再走一步，我就点燃炸药！"

"你不会点的。"虽然嘴上这么说着，赵亚楠还是停下了动作。

"我会！"陈小娟按下手中的火机，"我今天就是来同归于尽的。"

"你就不怕你的秘密被所有人知道？"钟宁扶起地上的张一明和被张一明撞飞的警察，看向陈小娟，"要不要我把苏盼和曾星也叫回来一起听一听？"

陈小娟仿佛被钟宁狠狠抓住了软肋，结结巴巴道："我……我有什么秘密？"

"你所有的姐妹都想帮你守住的秘密！"钟宁指了指她手中的炸药，"你做这东西，就是为了炸死你自己，对吗？"

"我……"似乎是被钟宁说中了，陈小娟脸色一白，又往后一退。

赵亚楠示意身后的刑警全部撤离，这才看向陈小娟道："现在这里只有我们，我们聊完，你再决定炸不炸，行吗？"

陈小娟没有拒绝，下意识又往后退了一步，整个身体已经倚到了窗边："那你们……你们不能告诉苏盼和曾星！"

"放心，在聊完之前，我们不会告诉任何人。"赵亚楠回头看了看，走廊上，张一明和另外几名刑警已经安排演职人员有序撤离，她抬手关上了门。

雪越下越大，从五楼的窗户望出去，雪地的银白和泛白的天际连接在一起，让人分不出天地之间的界线。

钟宁盯着眼前的女人良久，终于开口了："陈小娟，你让我们找了好久啊。"

陈小娟惨淡一笑，手上丝毫没有放松："既然知道了，就别再逼我了，我是不会再去坐牢的。你们要再逼我，我只能死给你们看！"

钟宁往后退了一步，摇头道："放心，我们不会逼你，只是想跟你聊聊。"

"聊什么，还有什么好聊的？"陈小娟的一只手已经搭在了窗口，像是随时准备纵身一跃，"我对曾星那么好，为了他，我租了那么贵的房子，只是想多见他两面！他当着那么多人的面说我可以随时去找他，可他居然让我打扫卫生，现在人都要去英国了，我今天就要死在他面前，让他后悔一辈子！"

事到如今，陈小娟还在撒谎，她还不知道她的姐妹们为了救她，已经"背叛"了她。钟宁道："不聊他，我们聊聊你，聊聊你杀死的其余人……"

"其余人？"陈小娟反问，"宋铁雄骗我，我杀了宋铁雄；秦世聪辜负我，我杀了秦世聪；段黎明对我不好，我杀了段黎明；彭大毛敲诈我，也被我杀了！我只是恨我自己，没有能力再杀了曾星……对了，还有李红兵，你们快去找李红兵的尸体吧！李红兵也死了！"

"他没死。"钟宁淡淡一笑，"那些人也都不是你杀的。"

"他们都死了！全都是我杀的！"陈小娟愤怒起来，再次点燃打火机，火苗在引线附近游移，"我恨他们，他们都该死！"

赵亚楠叹了口气，道："你的姐妹们已经承认了，她们是交换杀人。"

"什么？"这一招果然有效，陈小娟顿时止住了动作，不敢相信地看向了赵亚楠。

"她们已经承认，人都是她们杀的，跟你没有任何关系。"赵亚楠温和地笑着，"还有，你其实已经把李红兵放了，你想用钱来解决这件事，而不是杀了他。李红兵急着逃命，遗落了一些钱，正巧被我们捡到了。"

陈小娟不相信："不可能！人明明是我杀的，她们……她们为什么要这么说？"

"她们已经在来的路上了。"钟宁接话道，"不信，你可以自己问她们。"

陈小娟低头看向窗外。此时，广场上围满了围观群众，她察觉到了什么，冷笑一声："不对，你们是在拖延时间！在给我下套！人都是我杀的，我也根本没有什么姐妹！"

"那你就炸！"钟宁提高了音量，"你现在炸了，我们陪着你一起死！我们都死了，你的姐妹们就要去坐牢！"

陈小娟再次犹豫了，沉默良久，她长叹了一口气，然后问了一个突兀的问题："你们，听过《牌楼坊》的故事吗？"

第十六章 大音希声

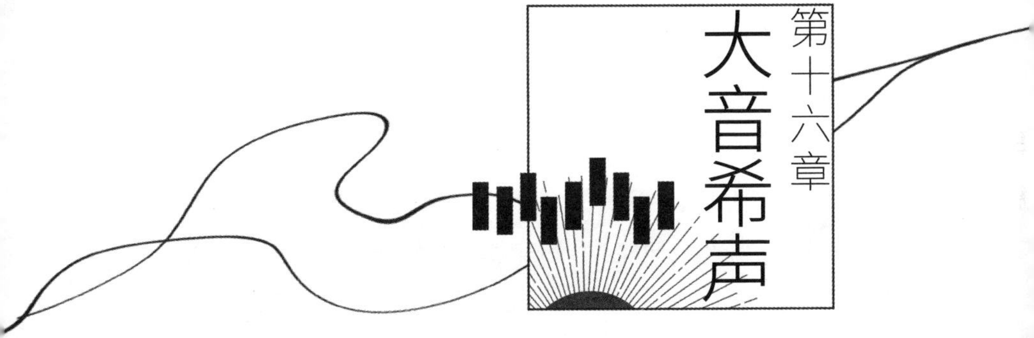

远处的天际隐约出现了金色的光线，

它们奋力地奔跑着、冲刺着，

像是想尽快冲破阻挡它们前行的浓云。

01

清朝康熙年间，在一个叫刘家村的地方，住着一位妇人刘李氏。妇人命苦，二十出头便成了寡妇。寡妇虽遭宗族妯娌排挤，但依旧忠贞，从未动过改嫁之心，含辛茹苦拉扯大了独子。独子争气，年纪轻轻便高中了举人。

不过，仅仅如此，还不至于惊动皇帝。

刘李氏五十多岁时，一天外出洗浣，在河边见两只野狗交配，竟然一时看得愣神，旁人便耻笑刘李氏不知检点。刘李氏羞愧难当，自觉被野狗乱了心智，有辱妇德，回家后便上吊自尽，以死明志。

事情不知怎地传到康熙耳朵里，皇帝大受感动，颁了一个贞节牌坊给刘李氏，原本排挤她的宗族顿觉脸上有光，干脆把本来的刘家村改成了如今的“牌楼坊”。

“这个牌楼坊，也是我被宋铁雄逼迫卖淫的理发店所在地。”陈小娟自嘲地笑起来，“你们说，我和刘李氏的故事，有没有一点相似的地方？”

“我听人说过《牌楼坊》的故事，我明白你想表达的意思。”钟宁点点头，认真严肃地看着陈小娟，“你们是一群不想永远生活在‘牌楼坊’下的女人，对吗？”

这句话令赵亚楠有些意外，陈小娟口中的“牌楼坊”代表着什么，只有经历过类似遭遇的女性才能明白，赵亚楠也能明白——否则她也不会被取了这么一个名字。但她没想到钟宁能懂，而且她知道，钟宁是真的懂，不只是此刻谈判的技巧。她突然想到在钟宁的简历里看到过的他姐姐的遭遇，心里就大概明白了。

“我不想一辈子都这样……”陈小娟低声呢喃，又仿佛恳求地看向钟宁，“所以……所以人都是我杀的！”

赵亚楠看了看时间，离袁明珠她们赶到还需要时间。钟宁会意，对陈小娟说道：“我听你讲了牌楼坊的故事，你也听我讲一个故事，如何？讲一个你认识的女人的故事。你认识邓丽娟，对吗？”

陈小娟脸上的表情十分复杂，沉默半晌，终于，似是被钟宁的真诚打动，点了点头：“对，我认识她。”

钟宁接着说道：“她比你要更早被宋铁雄骗到星港这个陌生的城市，也比你更早经受了那样的遭遇。”

陈小娟微微张了张嘴，但什么也没说。

钟宁语气和缓，声音低沉：“你来到牌楼坊以后，遇到了邓丽娟，因为你们有相同的境遇，又或者因为名字里都有一个‘娟’字，年纪稍长的邓丽娟一直对你照顾有加，并且多次挺身而出，尽可能地保护着你。我说的对吗？”

“那会儿我才十六岁，娟姐为了护着我，替了我很多次……”陈小娟的双眼开始泛红，“她总安慰我说，‘傻孩子，你才多大啊，有姐姐在，姐姐替你去……’，其实她也就比我大四岁……那根本就不是人过的日子……”

“可她护不了你一辈子啊。”钟宁轻声叹息。

“对，有的男人就喜欢年纪小的，我们长得有点像，她就拿着我的身份证替我。”陈小娟的声音哽咽起来，“你知道为什么做小姐还要带身份证吗？因为有的男的给成年和未成年的价钱是不一样的，身份证就是个证明……”

钟宁一时不知道该说什么才好，赵亚楠想给陈小娟递纸巾，可陈小娟依旧很谨慎，不让她靠近，赵亚楠只好作罢。

陈小娟回忆的匣子打开了，反正也准备去死了，就都说出来吧。她接着说：“有一次，她拿着我的身份证出去，被彭大毛举报了，在看守所蹲了半个月。那个畜生，就是因为宋铁雄没有给他抽成，他故意报复。”

也就是说，他们查到的一九九一年陈小娟进看守所时拍的入狱照，实际上是真正的邓丽娟。难怪照片和指纹都与眼前这个“邓丽娟”对不上。这个疑惑就这样解开了。

钟宁问道：“再后来呢？”

刚才被激起的情绪已渐渐平息，陈小娟突然间醒悟过来，语气立刻变得机械起来：“然后过了几年，我受不了宋铁雄的虐待，就杀了他！后来又杀了人，我怕被你们警察查到，就用她的身份躲了起来，想不到还是被彭大毛发现了，我就干脆再次杀人！人都是我杀的！我都承认了！”

钟宁缓缓摇头：“那你告诉我，原本的邓丽娟去了哪里？”

陈小娟的眼神黯淡下来：“她……她自杀了……”

“为什么？”

“因为她染上了脏病，她说那病是治不好的，还会传染。她怕连累我，就……”陈小娟的眼泪夺眶而出，“就从高架桥跳了下去。”

钟宁顺着她的话问道："因为她的死，你才决定杀了宋铁雄？"

"对！"

"所以……"钟宁终于问到了这段谈话的重点，"这和邓丽娟意外生下的那个孩子，没有什么关系吗？"

"什么孩子?!"陈小娟瞪大了眼睛，疯狂地摇着头，"没有！娟姐没有生下过什么孩子！"

"有！"

就在此时，门口响起了一个女人的声音。

02

说话的是夏新梅，她的身后跟着袁明珠、蒋翠花和朱艳艳。

看见她们，陈小娟一直紧绷的肩膀有明显的放松。或许姐妹们的到来让她知道，自己在这两名警察的面前，再也演不下去了。可是她还没有完全放弃，她声音嘶哑着问道："你们……你们怎么都来了……"

"来讲邓丽娟的故事。"夏新梅指了指钟宁和赵亚楠，"讲给这两位警官听。"

"不……不行！"陈小娟拼命摇头。

袁明珠说道："娟，我们说好了有事情要一起承担的。丽娟的事，这两位警官已经知道了。"

陈小娟近乎绝望："那小盼……"

蒋翠花指了指钟宁："娟姐，他答应了，会帮我们瞒着。"

陈小娟没有说话，她知道自己改变不了什么了。

"警官，接下来的故事，我来说吧。"夏新梅怔怔地看着陈小娟，缓缓开口道，“其实丽娟在九二年确实生下了一个孩子。”

听到这句话，陈小娟低声哀号一声，像一头受伤的母兽，颓然地瘫在墙角。

夏新梅轻叹了一口气，接着说：“小孩出生以后，丽娟和小娟两个自己都还是孩子的女孩开始商量逃跑，但她俩文化程度不高，在星港又无亲无故，每次被抓回来都是一顿毒打……但两人从没放弃过，她们相互鼓励相互依靠。可惜……”

说到这里，夏新梅难过地看了陈小娟一眼：“丽娟不幸染了病，我不知道具体情况，但她肯定不清楚这病其实能治好。害怕连累小娟和只有一岁的女儿，心如死灰的丽娟选择自杀，留下遗书托付陈小娟照顾好孩子。就此，小娟带着刚满一岁的孩子，独自生活在宋铁雄的魔爪之下。”

陈小娟全身颤抖，苦苦哀求着：“夏姐，不要说了，我求求你，不要说了！”

夏新梅红着眼眶缓缓摇着头，哽咽着继续道：“这时候的小娟也还不满二十岁，但她学会了庇护更年幼的生命，在受尽侮辱和毒打的日子里，小娟把这孩子养到了五岁。这一年，发生了一件事情……”

“宋铁雄被杀……”钟宁叹了口气。

“对，宋铁雄被杀。”

夏新梅平缓着情绪，顿了顿才继续开口：“那孩子受爱跳舞的小娟影响，从小也喜欢跳舞，有一次哭着找小娟要一双别的小朋友都有的红舞鞋，可哭声惹恼了喝醉的宋铁雄，他随手抓起桌子上的热水壶掷向了孩子。小娟听到哭喊声赶来时，孩子的后背已经红肿一片。小娟跟宋铁雄撕打了一番，这才救下了孩子，送去医院的时候，孩子已经昏迷了。”

“所以陈小娟砍了他二十四刀？”

“呵，那是他活该。”夏新梅恨恨道，“原本事情就这么过去了，毕竟小娟也不是第一次被他虐待，但那一次，宋铁雄指着那孩子骂，说她长大了也是个出来卖的。这句话刺激了小娟，她决定无论如何不能让孩子跟她走一样的路。于是，她趁着夜色把小盼送到福利院以后，杀死了宋铁雄，然后自首了。”

“那她为什么没有交代孩子的事？”

夏新梅惨淡一笑：“她杀人不是为她自己，是为了护着这个孩子的未来，如果告诉了警察，不等于在孩子身上贴了一个‘母亲是妓女’的标签吗？孩子未来还怎么抬起头做人？”

“别说了！夏姐，真的别说了！”陈小娟呜咽着缩成一团，像是被抽干了全身的力气，打火机早就掉到了地上。

夏新梅看向了袁明珠：“接下来的故事……”

“接下来，换我讲吧……”袁明珠点了点头，看向钟宁，“有些事情，我骗了你们，但有些事情，我没有……”

03

风雪终于停歇，旭日在天际隐隐露出面容。

“我和小娟是在监狱里认识的，要不是她照顾我、帮助我，我的日子想必会更难熬。”袁明珠笑了笑，“那时我们睡上下铺，她每天晚上都在念叨一串数字，后来我才知道，那是一个孩子的生日。”

钟宁轻轻笑起来：“不是电话号码啊……”

袁明珠摇摇头：“她牵挂那孩子啊，答应要一辈子做她妈妈，永远不分开。那孩子也懂事，那么小就攒零花钱送给她一个小兔子玩偶。”

钟宁了然，应该就是在陈小娟家里发现的那个兔子玩偶了。

“小娟总给孩子唱小兔子乖乖，所以这么多年，她的手机铃声也一直是那首儿歌。”袁明珠小声唱了两句，才接着说，“二〇〇四年我就出去，比小娟早出狱几个月，她一出狱就到福利院找那个孩子，但当时福利院已经搬家了，小娟花了好一阵子才找到。”

赵亚楠被触动了，叹了口气：“她一直在找的其实并不是什么男人，而是一个孩子？”

“嗯。”袁明珠又是歉意一笑，“那时她的脸都毁了啊，在接待室等待的时候，很多小朋友取笑她是丑八怪，小娟最后没敢见那孩子就走了，然后她下定决心去赚钱整容，变回孩子心里那个漂亮的妈妈。”

赵亚楠心头发酸，和钟宁对视了一眼，两人都没说话。

袁明珠继续道：“然后小娟就来投奔我，不要命地赚钱，还时不时偷偷去看那孩子。我还记得她用一个月的收入买了一双很贵的舞鞋，说要补偿孩子年幼时的遗憾……”

赵亚楠双眼湿润——这就是袁明珠说的“有了一点钱就给人买礼物”吧……

“钱终于挣够了，小娟整容成功，她很高兴，想去福利院领养那孩子，但……”

“但不符合收养条件。”钟宁叹气。

“是的，她有案底。”袁明珠难过地摇着头，“实在是没有更好的办法，我们想到了冒用丽娟的身份。她们本来就长得有些像，小娟又有医生开的整容证明，这件事很顺利就办成了。”

钟宁不解：“那为什么没有领养成功？”

“当时有一对夫妻想收养那孩子，他们都是舞蹈老师，条件很好。院长说几年前他们在福利院做义工，就看上了那孩子，说她有很强的舞蹈天赋，想收养她。可那孩子倔得很，说要等自己的妈妈，不肯被收养。那对夫妻就隔三岔五去教她跳舞，给她打了坚实的舞蹈基础。就这么相处了几年，那孩子终于同意了。”袁明珠长叹一声。

一旁的陈小娟忽然开口轻声说道：“那天我带着那双舞鞋想去送给她，正巧碰到那对夫妻带着她在舞蹈教室里跳舞，她跳得真好，那是我永远也不可能教她的。”

袁明珠眼神忧伤：“最重要的是，当小娟终于见到那孩子以后，却发现那孩子根本不记得她了。她只记得自己是被妈妈送到了福利院，但是她不记得自己的妈妈就是小娟。”

钟宁分析道：“年纪太小，又遭受了精神创伤，不记得也很正常。”

袁明珠叹气：“或许是吧，毕竟小娟离开她的时候，她才五岁，后背还有及时治疗留下的疤痕。最终，那孩子被那对夫妻收养，改名为苏盼。”

钟宁看向赵亚楠，赵亚楠也点头。苏盼从来没有隐瞒过自己是被收养的这件事，在《男人装》的访谈里，那对老夫妻对领养细节也有描述。这也是钟宁当时意识到真相的关键线索。

“姐，你们别说了好不好？”陈小娟呜咽着瘫软在地，“再说下去，你们也会被抓的。”

“我们不怕被抓，我们只怕你有事。”蒋翠花站了出来，看了看陈小娟，又看了看钟宁，问道，“你们说过的话，会算数吧？”

“算。”两人同时点头。

蒋翠花点了点头：“那就该我说了。”

04

远处的天际隐约出现了金色的光线，它们奋力地奔跑着、冲刺着，像是想尽快冲破阻挡它们前行的浓云。

“娟姐对我有多好，我就不啰唆了。”蒋翠花看了一眼陈小娟，“这些年，她无论做什么，都是围着苏盼转。我们的第一家理发店就是在十九中对面的岚山巷，地址是娟姐选的，因为苏盼和她养父母的家就在附近。我还记得有一年冬天气温特别低，娟姐买了一副好贵的手套，当时她自己的手生了冻疮都没舍得戴，她是想送给苏盼的，可惜最后没有送出去。”

钟宁哑然一笑，原来如此，果然如此。

“苏盼有时还来我们店里洗头发。”蒋翠花露出一脸笑意，“那段时间可把娟姐高兴坏了，几乎每天晚上都捂着被子笑，要是哪天没看到苏盼，她就魂不守舍的，有时还偷偷哭，生怕苏盼被人欺负了。苏盼一来店里，娟姐就做好吃的送给她，回来眉飞色舞地跟我讲。可能娟姐过于热情，让苏盼有些害怕，后来就不来了。”

钟宁苦笑着摇了摇头，难怪她们的故事里有如此多生动的细节。

“本来日子就这么一直过着，苏盼很争气，她跳舞真的很有天赋，再加上养父母是舞蹈老师，一直培养她跳芭蕾舞，又在不少权威的舞蹈比赛上获过奖，十六岁就被特招进了中南舞蹈学院。可是这个时候，秦世聪出现了……”

“翠花！”陈小娟尖叫了一声，“你别说了！”

“姐，我知道后果，你让我说完。”蒋翠花淡然一笑，她顿了顿，继续道，“那是二〇〇八年的夏天，苏盼放暑假，可能是想积攒一些社会经验，她去了‘魅力四射’酒吧打工。”

“去酒吧打工？”赵亚楠疑惑道，“她当时才16岁，她的养父母又都是老师，能同意她去酒吧打工吗？”

“警官，酒吧不是什么洪水猛兽，艺术生很多都会在老师的带领下去打暑期工，能学不少东西呢。”蒋翠花看着赵亚楠，神色里有一种看着另外一个世界的无法相互理解的人的复杂和无奈，“苏盼的养父母自己也是搞艺术的，都很开明，苏盼又不是去做陪酒小姐，这有什么不同意的呢？”

赵亚楠脸上一红，不说话了。

钟宁接道：“苏盼在酒吧里认识了李靓琳，对吗？”

“对，两个女孩儿还成了好朋友。”蒋翠花点了点头，“那个花花公子秦世聪当时在追求李靓琳，简直是死缠烂打。苏盼从小胆子大脾气倔，发觉秦世聪人品不好，就一个人去为姐妹出头，三两句话不对付，秦世聪那个人渣居然就要对一个小女孩动手，结果……”

说到这里，蒋翠花扑哧一笑：“结果被苏盼一脚踢到了裤裆上。”

钟宁又问：“所以秦世聪提着汽油桶去岚山巷，是为了找苏盼麻烦？”

蒋翠花不屑地撇撇嘴：“对。你们说，几句口角的小矛盾，他一个大男人，居然借着酒劲提着汽油桶去威胁一个16岁的小女孩儿，他不该死吗？”

“因为理发店就开在岚山巷，所以你们发现了秦世聪的动向，把他烧死了？”

“不是翠花！是我！”陈小娟急得大叫起来，“我本来是想阻止秦世聪骚扰苏盼，拉扯之间，他自己把汽油洒了出来，被他自己的烟头点着了，他是自己把自己烧死的，这和翠花没有关系！翠花……翠花只是让我躲到了她的店里！”

钟宁和赵亚楠对视一眼——真相如此简单，是自己想得太复杂了。

“接下来呢？”

“接下来……”蒋翠花抿嘴笑了笑，“接下来，为了不引起警察的怀疑，我们很快转掉了理发店，然后在中南舞蹈学院附近开了足疗店，就近陪着苏盼，一直到苏盼从舞蹈学院毕业。对了，那个曾星，那会儿就是苏盼的专业课老师。”

“然后……”钟宁看向了朱艳艳，“苏盼参加了一个烟草公司举办的舞蹈比赛，被段黎明看上，对吗？”

“对。”朱艳艳点了点头，“我和她是参加的同一届比赛，我拿了第三，她拿了第一。只是……只是我们两个都被段黎明看上了……”

“艳艳！”陈小娟再次激动起来，“你会毁了你自己的！”

朱艳艳脸上露出了坚毅的表情：“姐，你已经救了我两次了，这次轮到我救你了！我长大了，不怕任何人说了！”

“你……”陈小娟不知该说什么。

“比赛结束以后，段黎明就找了我，说是可以给我机会，让我进入他们公司的文工团成为正式工，我听了很高兴，就连他让我晚上去他家单独聊，我也没有多想……”

赵亚楠怔了怔：“所以……那个穿红色裙子的其实是你？”

朱艳艳点了点头，哪怕时隔多年，依然可以从她的脸上看出恐惧：“我没想到，到了他家后，段黎明一个劲地逼我喝酒，还对我动手动脚，我拼命反抗也无济于事……”

她看向了陈小娟：“还好娟姐及时出现了。因为她关注着苏盼的事，对段黎明的情况也特别上心，这才能救了我。段黎明并不是娟姐一个人杀的，是我们一起……勒死了他。那之后，我们在明珠姐的帮助下有惊无险地逃了出来。”

陈小娟捂着脸呜咽着：“艳艳，你这是何必呢……”

“被娟姐救了以后，我以为可以重新开始，好好生活，没想到又遇到了李红兵。我不堪忍受离了婚躲出来，是娟姐再一次收留了我。”朱艳艳看着陈小娟，“娟姐，我不能那么自私，自己犯下的错要自己承担后果。”

“你没有自私，是娟姐没用！”陈小娟哭了起来。

哭声锤击在钟宁的心脏上，他怔怔地问：“再后来，苏盼的专业老师曾星创办了星剧场，苏盼受邀加入，因为舞剧《哪吒》跳出名堂，对吗？”

袁明珠补充道：“你们应该知道，星剧场曾经发生过一场火灾，整个剧场都被毁了。当时曾星根本拿不出足够的钱来修葺，剧场差点干不下去。”

“所以……是你帮了他？”赵亚楠想起杂志上的内容，有个慈善家资助了曾星。

袁明珠摇头：“不是我，是小娟。她有明珠集团的股份，是她卖掉了股份，匿名捐款。”

钟宁不由得看向陈小娟。有那么大一笔钱，她其实可以过上舒适安稳的生活，可她一直从事最苦最累的底层工作，只是为了能够守护在苏盼身边，后来还为了苏盼的事业掏出了这么大一笔钱，这是一种怎样的感情呢。

“不仅如此……为了留在苏盼身边，当时她又在星剧场找了个打扫卫生的工作。”袁明珠指了指陈小娟，“火灾时，小娟以为苏盼还在排练，冲进现场想要救人，结果被横梁砸伤，右半边脸再次受伤毁容，是我后来送她到北京做的修复。”

赵亚楠问：“这一次为什么完全改变了样貌？现在已经看不出来之前的模样了。”

袁明珠叹了口气：“小娟伤得太严重了，横梁砸坏了她的面部骨骼，无法恢复以前的样貌。所以干脆按照当时最好的修复方案做了全脸大整，最后的样子就是你们现在看到的这样了。”

钟宁的喉头涌出一股苦涩：“苏盼出名了以后，招来了彭大毛。”

“对。”蒋翠花一脸愤恨，“那本杂志被彭大毛看到了，他原本是想敲诈苏盼的，结果被娟姐发现了。娟姐本来一直是给他钱的，可他的胃口越来越大，后来跟踪娟姐找到了我，开口就问我要五百万。”

“所以你们干脆在‘大快乐’杀了他？”

“不是！”

“不是！”

除了陈小娟，钟宁和赵亚楠身后也传来一声反驳。

05

说话的是蒋翠萍，她的身后还跟着一个女孩，钟宁一眼认出来，这是袁明珠的秘书。

“赵队，钟所，她们说有重要的口供要当面向你们汇报。”张一明跟在后面说道。

女孩笑了笑，对钟宁说道：“钟警官，我们见过面的，我是袁总的秘书，我叫姚晨曦。”

“姚晨曦？”钟宁和赵亚楠对这个名字并不陌生。

陈小娟猛地站了起来：“小姚，你疯了！”

“娟姐，不能总让你来保护我们。”姚晨曦却依旧笑着，她再次看向钟宁，“我是秦世聪的前女友，乐天旅馆附近的监控中拍到的人就是我。秦世聪死的那晚……其实是去找我的麻烦。他当时疯狂地给我打电话让我下楼，可是从宿舍楼出来是不能直达岚山巷的，于是我从宿舍窗户往下看他在哪儿。没想他竟然拿出汽油，还好我没出去，娟姐在现场，也算是救了我一命。他因为酒醉，当时意识已经很模糊了，竟然自己点燃了身上的汽油。如果一定要说有罪，我们也只是没有及时救他而已。”

钟宁没想到即使在这个关头了，陈小娟还在想方设法守护团体里没有“暴露”的成员。

他问道：“所以你当年并没有回老家？”

“回了，不过是案子发生没多久之后……当时天太黑了，几乎没人注意到我回去的时间。”姚晨曦指了指夏新梅，“是夏姨送我回去的，还再三交代我不要说出去，免得影响我的前途。再后来，我毕业了，就去给袁姐当秘书了，也是想报答她们的恩情。”

钟宁倒有些欣赏她了。

陈小娟大声反驳：“李红兵是我抓的！他……他已经被我炸死了！”

姚晨曦却依旧淡然答道：“李红兵是被小六打伤的，人是被我绑的。”

钟宁笑起来：“然后你转交给了陈小娟，陈小娟把他带到星剧场，给了他钱，放他走了，对吧？”

陈小娟再一次哑口无言。

赵亚楠问蒋翠萍：“彭大毛的死，跟你有关系？”

蒋翠萍解释道：“本来，彭大毛要的五百万，我姐都准备好了！我气不过，不想让这种烂人拿着钱去逍遥快活，就不听我姐的劝告进了桑拿房，没想到吸食了毒品的他，竟然试图猥亵我，我姐情急之下才拿烟灰缸砸了他……”

“不是这样的，彭大毛就是我杀的！”陈小娟手足无措地喊起来，“我今天带硫酸进来也是真的想毁了曾星！我没有说谎，人都是我杀的！”

钟宁指了指那盆已经被浓硫酸腐蚀的绿萝，反问道：“这盆绿萝的名字叫曾星吗？”

“我……”陈小娟再无力狡辩。

钟宁认真地看着陈小娟，慢慢说道：“我猜，你观察了曾星很多年，信不过他的人品，就想用泼硫酸的方法验证一下，曾星会不会像你当年一样护着苏盼，对吗？”

陈小娟没有回话。

钟宁继续道：“你要求你的姐妹们在口供里集体把你塑造成一个为了男人发疯的疯子，想一个人担下所有的命案。为爱痴狂的灵感，你也是从苏盼的芭蕾舞剧《牡丹亭》里获得的。”

钟宁看着这群女人们，心中百味杂陈：“但她们见警方调查时用的照片，是已经死去的真正的邓丽娟的照片，她们决定不听你的了，而是将计就计，想帮你再次躲过这次调查。”

“本来你们或许能够成功的。”钟宁拿出了那本杂志，翻到苏盼的个人访谈，“但苏盼是个倔脾气，在她年幼的记忆里，一直觉得自己是因为一双舞鞋被妈妈抛弃了。她心中有结，不想出国，她就是想留在星港，等她的妈妈来找她，向她道歉。”

这也是苏盼执意编排舞剧《哪吒》的缘由吧，剔骨还父、削肉还母的哪吒，可见她心中的执念有多深。但这句话钟宁没说出口，他不忍心再在陈小娟的心上捅一刀了。

“最后，当你听说苏盼拒绝了英国皇家芭蕾舞团的邀请，执意要留在星剧场以后，为了斩断她心中对妈妈的执念，为了让她去更广阔的天空翱翔，你决定，炸毁星剧场。”钟宁轻轻摇头，“你的做法很极端，但我理解。你没有时间去做更多的事了，你知道我就快抓到你了。”

陈小娟依旧沉默不语。

这一次，是默认。

这就是所有的真相。

赵亚楠听着钟宁的描述，长叹一声。张一明也在一旁唏嘘不已。

陈小娟前半生极其悲苦，后半生也全都是为苏盼而活。这是没有血缘关系的伟大母爱，是为了报答邓丽娟的姐妹恩情，也是为了护着一段自己不曾拥有的美好人生。

即便永远不能相认，即便永远都是陌生人。

天边，刺破云层的金线，终于洒向了大地……

尾声

01

时光如水，时急时缓。

暴雪终于停歇，藏匿了许久的太阳也终于露出尊荣，慷慨地把自己的光热撒向了星港的每个角落。

别克 GL8 一路往新民路第二医院的方向开去，钟宁被斜刺过来的阳光刺地眯了眯眼。

“……欢迎收听午间快讯，今天中午，区中级人民法院准时开庭，刘某在二〇一三年至二〇一六年之间多次猥亵女性，法院依法对其判处有期徒刑……”

钟宁伸手把收音机换了一个台。

“我国著名芭蕾舞舞蹈家苏盼正式加入英国皇家芭蕾舞团，日前已于英国伦敦进行了精彩的首演。据悉这部全新舞剧《陌生人》也是由苏盼自编自导，将深刻的故事内核和优美的外在表现完美结合，获得了社会各界人士的肯定……《时代周刊》发文称，‘东方小鹿’无疑会成为下一位华人之光……”

钟宁刚想再次更换频道，张一明已经在路边冲着他挥手喊道：

“这里，宁哥！”

钟宁比了个 OK 的手势，靠边停车。

“哎呀，等死我了。”张一明上了车，拍着车门道，“咋地，这么重视我，专门借了一辆商务车来接我？”

“你想多了，不是接你。”钟宁白了他一眼，轻踩油门，商务车继续往湘雅医院的方向不紧不慢地开去。

钟宁想起刚才收音机里的新闻：“对了，刘聋子被判了。”

“我靠！”张一明忍不住爆了一句粗口，“终于判了！”

钟宁点了点头，忽然认真地看了一眼张一明，没头没尾道：“谢谢你，一明。”

“怎么又叫我一明了？”张一明瞬间黑脸一红，自己也觉得有些不好意思，转移话题问道，“宁哥，你还没告诉我，你当初是怎么看出来猥亵犯就是那个粉店老板刘聋子呢？”

钟宁答道：“有四点。”

“四点？”张一明来了兴致，“快详细说说。”

“先用排除法，分析嫌疑人可能的身份。”钟宁难得有兴致详细教教张一明，张一明也认真听起来，“吴菲儿被猥亵的地点人迹罕至，周围除了那栋样板楼以外，并无居民区，基本可以排除是附近居民的可能性；案发当天是周末，工地不开工，大概率可以排除是工人的可能性；她当时是临时被客户叫过去看房的，事出突然，也可以排除她的同事的可能性；那就只剩下一种可能了——她被人跟踪了。”

“有道理，有道理。”张一明点头，追问道，“然后呢，怎么怀疑到粉店老板头上的？”

“如果吴菲儿是被人跟踪了，接下来就要找到是谁跟踪了她。”钟宁接着分析，“根据吴菲儿的讲述，当晚事发突然，她没来得及吃晚饭，所以在芙蓉兴盛小超市买了个面包。”

“是哦，那个小超市就在刘聋子粉店隔壁！”张一明想起了这个细节，“那你为什么没有怀疑小超市的老板？”

“我也怀疑过，但营业执照对不上。”钟宁解释道，“吴菲儿的案子不是第一起了，从大前年冬天起，类似案件就屡次发生。小超市刚开一年，时间上不符合，倒是隔壁的刘聋子粉店二〇一三年十一月份就开张了，刚好是第一起猥亵案发生前两个多星期。”

张一明佩服地点点头，旋即又问道：“可这不算直接证据吧？”

“这都不算证据，但我和老板聊了几句，就基本能确定是他了。”说着，钟宁指了指自己的鼻子。

张一明一拍额头，恍然大悟：“我记得……刘聋子当时感冒了！这个气温，大晚上穿得跟裸奔似的，确实容易感冒！”

钟宁点头：“但这也只是我的怀疑，依旧算不上证据，所以……”

张一明顺着钟宁的思路说道：“所以你就让我打印了一份通缉令，想诳他？”

“聪明。”钟宁比了比大拇指，“我让你在通缉令上写的疑犯特征，就是按刘聋子的穿衣打扮去写的，看看他会不会做贼心虚。”

“结果他还真新买了一件衣服，连吊牌都没扯！”张一明随即又不理解了，“可这也算不上证据吧，而且和酸豆角又有什么关系？”

钟宁看了看张一明：“粉店没有酸豆角，实在太奇怪了，我就猜是不是老板错过了一周一次的送货。所以等送酸豆角的人来了，我跟出去问了问，他说案发那晚他来送过一次货，但粉店关门了。这个时间就对上了。”

“绝了！”张一明细细琢磨了半天，随即又想起了什么，再次问道，“宁哥，还有沃尔玛广场的那个小白鞋姑娘的二婚呢，你还没告诉我你是怎么看出来的呢！”

钟宁一愣：“这么久了，还惦记着呢？”

“那可不，换谁不惦记！都憋一年了，来来，赶紧说说。”

钟宁笑着说道：“观察细节啊，你还记得那天是什么天气吗？”

“记得啊，瓢泼大雨，那个老天跟个抽水马桶一样。”

“对，而且天气预报提前预警了当天会有大台风。”

张一明点头：“对对对，预警了好几天呢。”

钟宁指了指他的脑袋：“那么，按照正常逻辑，你会不会穿一双白色帆布鞋出门？”

“那肯定不会。”张一明摇头，“你这么一说，那姑娘不只穿了一双白鞋，还穿着长裙，这打扮确实不适合刮台风下暴雨的鬼天气……”

“对，不过裙子不是关键，只能作为最后结论的副证。”钟宁又问道，“你还记得那是什么时候吗？”

“好像是个小长假前！”张一明脱口道。

钟宁问道：“马上要放假了，天气预报预警了好多天台风暴雨将至的消息，一个姑娘穿着不合适的服装出现，结合这些线索，你能得出什么结论？”

张一明眼前一亮：“说明那姑娘可能是从外地来星港旅游的，不了解星港的气候，也没有提前关注天气预报的预警？”

钟宁点头，笑了起来：“你小子变聪明了嘛。当然，每个人都有穿衣自由，也有可能人家就喜欢那么穿呢。”

张一明撇撇嘴，又问：“假设她真是从外地来旅游的，然后呢？”

“然后……”钟宁抬了抬下巴道，“……然后就到了。”

02

张国栋此时正守着一些住院的行李站在湘雅医院的门口四下张望，等着他们。

张一明叹了口气，嘟囔道："我爸这人真是的，做手术居然都不告诉我，等到要出院了才通知我来接他。就是做一个切除胃息肉的微创手术，有什么好瞒着我的？"

说话间，车停在了路边，张国栋中气十足地冲着张一明吼道："你这个臭小子怎么才来，我跟你妈都等了半个小时了！"

张一明也不敢吭声，赶紧下车去提行李往车上搬。

张国栋嫌弃地喊道："去病房帮你妈去，她一个人在收拾东西。"

"好嘞！"张一明应了一声，屁颠儿屁颠儿往住院楼跑去。

"放心，瞒着呢。"人一走，钟宁立刻心领神会道，说罢又关切地问道，"张副局长，你的手术情况怎么样？"

张国栋拍了拍自己胸口道："一切顺利，好好疗养，按时复查。说了早期的，没事，我什么时候骗过你？"

钟宁苦笑一声，帮着张国栋收拾好了行李，嘴里道："那你还真骗过我。"

张国栋不解："我什么时候骗过你？"

"劝我进这次专案组的时候。你给我讲了一个退伍军人的故事，我当时还以为你说的是陈山民教授，其实另有他人吧？"

张国栋窘道："你小子怎么知道的？"

"不是只有张一明看内刊。"钟宁得意道，"我也喜欢看啊！"

"好了！打住！"张国栋摆摆手，"我承认，差点丢了公职做不成警察的人是我，这事不提了。"

钟宁见好就收，说道："你那次没逮到野兔的原因，我也想明白了。"

"哦？"张国栋颇有兴趣道，"你说说。"

钟宁抬头看了一眼远远的天际："因为兔子窝里有小兔子，所以那只兔子没有按照原路返回。"

"当时我叔他们都不信，赶山几十年，从来没有遇到过这种事，还是你小子聪明！"他坐上车，想起刚刚结束的案子，叹了口气，"女人厉害起来，真是挺厉害的。你知道吗，赵亚楠拿到的传唤证是没有经过许厅批准的。她这不按规矩办事的风格，跟你倒是挺合拍。"

钟宁有些意外，细想一想，又觉得在情理之中，很符合赵亚楠的行事风格。

张国栋也很有感触，半晌问道："听说你们在青山公墓还找到了一封信？"

钟宁点头："是一封小娟写给小娟的信。"

"张副局长，钟宁！"

此时，路边驶来一趟车，在GL8旁边停下，赵亚楠三两步跨过来，关切道："张副局长，身体没有大碍吧？"

"没事！"张国栋一挥手，"你们这是干吗呢，一个个都来了，不上班了吗？"

"我们……"

"行了，行了！我可受不了这么多人围着。钟宁，你把张一明和这车留下，你们俩该干吗去干吗。"

"是。"

这是张副局长一家人难得团聚的时候，钟宁点了点头，看了看赵亚楠道："我们先走吧。"

03

阳光明媚，劈头照下，在车内留下了几道好看的光影。

赵亚楠问道："刚才看你和张副局长笑得那么开心，在聊什么？"

钟宁咧嘴："在聊你骗人的事情。"

"我骗人的事情？"赵亚楠一愣，随即明白过来，不过，她没有继续这个话题。

钟宁问道："李红兵怎么样了？"

"据说这阵子都没敢出门。"赵亚楠笑了笑。

此时，车行至明珠大厦，钟宁侧头看去，那个巨大的显示屏上正在播放着新春将至的相关新闻。附近有一家超市新开业，舞台上，跑场的姑娘正卖力地演唱着一首《祝你平安》。

钟宁忽然长长地叹了一口气："我听说，袁明珠要办一个妇女救助基金？"

赵亚楠点点头："嗯，听说已经筹备很久了。她们几个的案子目前都还在详细调查，袁明珠人在看守所关着，事情倒是在稳步推进。"

钟宁神色复杂："估计袁明珠早就为自己再次入狱做好了安排；还有蒋翠花开店，收留社会底层女性；夏新梅的五元旅馆多年不涨价，收留无家可归的人；蒋翠萍读法律专业，立志帮助像她们一样的女性……"

此时车已驶入一条小道，再往前开两三公里，便是女子看守所。

赵亚楠道："把我放这里吧，我就在这里等你。"

"你不去？"

钟宁没多问，点了点头，目送赵亚楠下了车。

"喂！"

才走几米，赵亚楠忽然转身叫他。

“怎么了？”

赵亚楠冲着女子看守所的方向，冲着明亮的阳光，大喊道：“你告诉陈小娟，这世界上，‘亚楠’一定会越来越少，‘盼’一定会越来越多！”

“好！”钟宁大声回道。

04

阳光更烈了，即便对戒备森严的看守所也丝毫没有吝啬它的博爱，门口围墙上一圈一圈铁丝旁，翠绿的小草在它的宠爱下倔强地窜着个头。

办好手续，钟宁一路来到了探视室。不一会儿，一个瘦瘦小小的女人被带了进来。

“陈小娟。”钟宁叫了一声。

“钟警官。”陈小娟抬起了头。

钟宁开门见山：“苏盼去英国了。”

陈小娟瞬间抬起了头：“真的去了吗?！”

钟宁点了点头，拿出手机，点开一个视频递过去：“我今天来，主要就是想给你看看这个。”

视频点开，正是苏盼在英国皇家芭蕾舞团的首场演出《陌生人》。

音乐声很快响起，苏盼穿着鲜红的舞鞋跳跃而上，随着音乐的律动，她时而如灵动的小鹿，时而如高傲的女王，时而又如孤单的小孩。时而高高跃起，时而抱膝抽泣，时而又展翅高飞……

陈小娟就这么怔怔地看着，在苏盼谢幕的瞬间，她再也压抑不住，全身剧烈颤抖起来，眼泪决堤。她缓缓站起来向钟宁深深鞠了一躬：“谢谢你，钟警官，谢谢你！”

“不用谢我。”钟宁收起手机，“你要好好的，你的姐妹们也都会好好的。”

“好，我一定好好改造，争取早日出狱，去现场看小盼表演。”陈小娟认真地点了点头。正起身准备出去，她忽然又站住了，轻轻问道，“钟警官，能再放一遍吗？”

“可以。”钟宁再次按下了播放键。

音乐响起……

陈小娟没有坐下观看，她后退两步，呼吸开始变得粗重，鼻尖气息在冬日里幻化成雾气。

鼓点声袭来……

陈小娟抬头看了一眼白晃晃的天花板，忽然双腿绷直，一个大跳……

“唰！”

那副瘦小的身躯随无数细小尘埃瞬间腾空，在到达顶点时，双腿如翅般张开，在空中划出一个“一”字，笔直且坚硬，像极了一片无拘无束的云，像极了一只翱翔天际的鹰！